特战荣耀

纷舞妖姬 著

大结局

中国友谊出版公司

图书在版编目（CIP）数据

特战荣耀. 大结局 / 纷舞妖姬著. -- 北京 : 中国友谊出版公司, 2020.5
ISBN 978-7-5057-4474-5

Ⅰ. ①特… Ⅱ. ①纷… Ⅲ. ①长篇小说—中国—当代 Ⅳ. ①I247.5

中国版本图书馆CIP数据核字(2018)第190830号

书名　特战荣耀. 大结局
作者　纷舞妖姬
出版　中国友谊出版公司
发行　中国友谊出版公司
经销　新华书店
印刷　天津旭丰源印刷有限公司
规格　710×1000毫米　16开
　　　18印张　240千字
版次　2020年5月第1版
印次　2020年5月第1次印刷
书号　ISBN 978-7-5057-4474-5
定价　48.00元
地址　北京市朝阳区西坝河南里17号楼
邮编　100028
电话　（010）64678009

如发现图书质量问题，可联系调换。质量投诉电话：010-82069336

目录

CONTENTS

第五卷 兄弟（下） ☆ 001-280

第二十一章 - 001 - 始皇特战小队，反击！（下）

第二十二章 - 010 - 虎之殇

第二十三章 - 020 - 军人天职

第二十四章 - 027 - 破而后立

第二十五章 - 038 - 再见，我喜欢的大男孩儿

第二十六章 - 045 - 老牌特种劲旅

第二十七章 - 059 - 故人远道而至

第二十八章 - 067 - 时代的转折

第二十九章 - 079 - 战争时代

第 三 十 章 - 088 - 死敌赌局

第三十一章 - 106 - 裴踏燕（上）

第三十二章 - 118 - 裴踏燕（中）

第三十三章 - 121 - 裴踏燕（下）

第三十四章 - 128 - 逆袭

第三十五章 - 142 - 时代

第三十六章 - 146 - 回响着的钟声

第三十七章 - 163 - 这一刻

第三十八章 - 169 - 尔虞我诈

第三十九章 - 180 - 虚幻与真实的融合

第 四 十 章 - 193 - 烈焰狂潮

第四十一章　- 202 -　九头蛇
第四十二章　- 210 -　第二阶段
第四十三章　- 220 -　第二战场
第四十四章　- 232 -　抢镜
第四十五章　- 237 -　节外生枝
第四十六章　- 251 -　新时代的音符（上）
第四十七章　- 261 -　新时代的音符（下）
第四十八章　- 269 -　终章

第二十一章 – **始皇特战小队，反击！（下）**

“中国人疯了，他们疯了，他们全疯了！”

刚才还胜券在握的雇佣兵们，甫一交手就被打蒙了。他们的内部通信频道里一片混乱，作为世界顶级雇佣兵组织，有资格加入的都是各国特种部队退役老兵，他们身经百战，他们见惯生死，他们不知道有过多少和老牌特种劲旅交锋的经验，但是他们还真是第一次见到如此疯狂、如此咄咄逼人、如此势如破竹的特种部队！

不，与其说这些发了狂的中国军人是特种兵，倒不如说他们是一群根本不知道死亡和畏惧为何物的超级敢死队！

这些中国特种敢死队，一边向前冲锋一边射击，他们打空了自动步枪弹匣内的子弹，就会换手枪；他们打空了手枪弹匣内的子弹，拔出一把刀子，就敢继续往前冲。这种哪怕老子被你打成马蜂窝，临死前也要在你身上捅一刀的最惨烈杀气，这种狭路相逢勇者胜的疯狂，一波波地猛撞过来，让原始丛林中这批刚才还抱着猫戏老鼠心态的外籍雇佣兵，终于明白了在几十年前，武器装备并不精良的中国陆军，为什么敢于自称世界最强！

“嗒嗒嗒……”

沉闷而缓慢的大口径重机枪扫射声，从紫阳山方向传来，已经冲到谷口，再过二三十米，就能冲出生天的雇佣兵，他们手中的重型防弹盾，就像纸糊的，被十二点七毫米口径重机枪子弹轻而易举地撕成碎片，比成年人手指还要粗的子弹，在打穿防弹盾后依然余势未消，打进了手持盾牌的雇佣兵胸膛上，炸出一个个碗口大的窟窿。

空气中到处都是炸出的血雾，地面上到处都是鲜血，武警特勤中队他们累死累活带进战场的89式重机枪，终于发威了。这种在正面战场上都作用惊人的重型武器，哪怕只有一挺被投入使用，只要甫一出手，就会打破雇佣兵们那看起来无懈可击的盾牌防御。

面对这种能直接将武装直升机从天上打下来的大口径重机枪扫射，几乎所有雇佣兵都立刻趴倒在地上，两名雇佣兵看着近在咫尺的山谷出口，只是略一犹豫，他们的身体就被重机枪子弹扫过，其中一个被子弹打出一记少见的腰斩——整个人从腰部炸裂而断成两截；另一个更是被子弹打中头部，他整个脑袋就像被人用力丢到地板上的西瓜般，炸成了无数碎片，各种红的白的黏黏腻腻的玩意儿四处飞溅，洒了周围雇佣兵们一头一脸。

雇佣兵们失去了盾牌保护，武警特勤中队几十支自动步枪的杀伤力立刻得到展现，就算是趴在地上，把受伤面积降到最低，但是转眼间，这批雇佣兵中间就连续出现伤亡。

这款中国制造的89式大口径重机枪，就是巴雷特反器材狙击步枪的连射版，有效射程高达一千五百米，使用穿甲弹可以在八百米距离内生生打穿十五毫米内均制钢板。

这种大口径重机枪在战场上的任务，就是对敌方集群目标进行有效杀伤和压制，直接摧毁轻型装甲目标。由此可见，如果放任这种大口径重机枪发威，它在战场上形成的杀伤效果将会有多惊人。

“大家不要慌，”笑面虎放声狂吼，“这种大口径重机枪的弹药箱容量只有五十发，战斗射速每分钟六十发，除非他们将两挺重机枪都修好，否则的话，撑死一分钟时间，它就要因为更换弹药箱而出现火力断档！”

笑面虎直接就道出了武警特勤中队看似强大的攻击背后，没有火力替补而出现的弱点。但是同时，笑面虎也在心里狂叫：“究竟是谁，能用89式这种破玩意儿，打出这种高精度攻击？！”

中国军队装备的89式重机枪，是全世界最轻的一款大口径重机枪，但是就和“长炮榴弹”为了增加威力而牺牲了射程；87式自动榴弹发射器为了轻便和威力，而牺牲了榴弹飞行速度一样，这款全世界最轻的榴弹发射器，为了追求便于携带，不计后果地减轻重量，尤其是减轻了三脚架重量，导致射弹散布点太大。

用通俗的语言来说，就是在连续扫射时，枪身跳动太过严重，导致子弹乱飞。在攻击超过五百米距离的步兵目标时，还使用连续扫射，十发子弹能有一发命中，就已经算是非常优秀的射手了。

89式重机枪理论射程每分钟高达四百多发，当然这个数据在职业军人眼中纯属瞎扯。在实际战斗中，不能使用拼接式弹链来保证持续火力强度的89式重机枪，每分钟也就是六十发左右的射速，放在现代枪械当中，绝对属于老牛拉破车级水准。它之所以能成为步兵压制武器，最主要的原因还在于它射出的子弹威力实在太大，对步兵的心理震慑力实在太强。

可是这名重机枪手，却硬生生压制住重机枪后坐力，几乎打出了班用轻机枪的精度。就算是武警特勤中队，他们在弹匣中每隔三发54式普通机枪弹，就添加一发89式曳光弹，可以清楚地看到重机枪子弹在空中拉出的轨迹，能做到这一点也绝不容易！

半分钟后，重机枪扫射声戛然而止，五十发的弹药箱被打空，没有第二挺重机枪进行火力替补，武警特勤中队的火力压制，无可弥补地出现断档。

扛着火箭筒的雇佣兵，立刻从地上跳起来，他半跪在地上，在重型复合防弹盾的掩护下抬起了火箭筒，通过火箭筒上的光学瞄具，迅速锁定了那挺打空子弹，至少需要十几秒钟才能换上新弹匣的89式重机枪。就在这名雇佣兵准备扣动扳机发射火箭弹时，那挺重机枪在看似绝不可能的情况下，竟然再次开始怒吼。

大口径重机枪那沉闷而缓慢的射击声再次响起，十二点七毫米口径子弹撕裂防弹盾，在打穿了双手持盾的雇佣兵身体，炸出一个海碗大小的弹洞后，依然余势未消，弹头又撞进了扛着火箭筒的雇佣兵身体。

在所有人目瞪口呆的注视下，那发在五百米外打来，先是撕破一面重型防弹盾，又撞开一个人身体的子弹，已经偏离了直线弹道，它是旋转着撞入第二名士兵的身体的。它撞进那名扛着火箭筒的雇佣兵胸膛，却并没有形成贯穿伤，而是旋转着撞开头盖骨，从雇佣兵的脑袋里钻出来。

没有亲眼看到这一幕的人绝对无法想象，子弹撞碎人类头盖骨，发出“啪”的一声，是多让人毛骨悚然。

面对这突如其来的重机枪射击，所有雇佣兵再次卧倒，他们在心中齐齐发出一声惊叹：“我的天哪！”

山顶操作那挺重机枪的机枪手，绝不是他们情报中显示的只是一名童子军式的武警那么简单。他用的可是“跳弹”战术，这名机枪手，是一匹不折不扣的“老狼”！

有经验的机枪手在战场上压制敌人时，不会把弹匣里的子弹全部打完才去更换弹匣，以防止对面的老兵数着自己的枪声来反击。他们往往会在弹匣里还剩几发子弹时，就突然更换弹匣，让敌对方老兵无法捕捉自己的火力断档，这样的机枪手被称为“老狗”。

在战场上比“老狗”更懂得用枪也危险的机枪手，他们会在弹匣里还有子弹的时候，突然停止射击几秒钟，营造出一个自己打完子弹，需要更换弹匣的假象，在对方主动跳出来后，再发起致命一击。这种人无一例外都是战场上最狡猾、最冷静的猎手，也就是因为这样，士兵们才会又敬又畏地称这种机枪手为“老狼”。

由一名“老狼”来操作重机枪，纵然无法形成两挺重机枪交替射击的不间断火力压制，但是在枪声停止的时候，谁也不敢肯定，对方到底是正在更换弹匣，还是留了几发子弹，在等着他们自投罗网。

这种不确定性，会让他们的行动因为犹豫而失去一开始的果断利落。而犹豫不决，会让他们在战场上付出更多的鲜血与死亡的代价。

“轰！”

在背后的原始丛林中，又有一发榴弹打过来，笑面虎再也没有了用狙击步枪去打榴弹的专注力与兴致，但是借着榴弹爆炸腾起的硝烟，他迅速抬头，当他终于看清楚那名操作重机枪的“老狼”时，笑面虎猛然瞪圆了眼睛。

用一挺重机枪，将他们三十多人死死压制住的“老狼”，竟然就是笑面虎这些年来，一直念念不忘的燕破岳！

为了对付发射“长炮榴弹”的迫击炮，燕破岳直线冲到最前方，在打掉“导弹”指挥的迫击炮小组后，如果燕破岳没有原路返回，而是绕过山谷，的确可以进入对面的武警特勤中队阵地。

如果燕破岳根本不在背后的丛林，又是谁不停将榴弹打过来，又是谁发动了一波又一波只有燕破岳才能玩得出来的攻击手段，让笑面虎确定了燕破岳的位置，并深信不疑？

就是在心头转念间，一个这些年来总是陪伴在燕破岳身边，却总是被笑面虎下意识忽略的名字，就这样鲜明无比地浮上心头：萧云杰！

萧云杰一开始和燕破岳一样，都是用87式自动榴弹发射器为武器。他和燕破岳是搭档，并肩作战了这么久，燕破岳懂的战术和小伎俩，他纵然不能学个十成，最起码也能懂个七七八八。

但是笑面虎刚才通过“幽灵”侦察机传送回来的图像清楚地显示，萧云杰在遭遇炮击，扑倒在地面后，不知出于什么原因受了重伤，被迫退出战场，只剩下燕破岳一个人继续向前冲锋。

等等……

一股绝对的寒意，在瞬间就涌遍了笑面虎的全身。

正所谓“物以类聚，人以群分”，能陪同燕破岳一起走进军营，一起进入夜鹰突击队，又一起进入“始皇特战小队”的萧云杰，又怎么可能是一个路人甲级别的龙套角色？！

当战斗打响，己方的底牌一张张掀开，“狼狈为奸”中以足智多谋而著称的狈，已经嗅到危险逼近的气息，也许是随机应变，也许是他提前准备的道具得到应用，总之，在“长炮榴弹”爆炸，将四周的树木全部炸翻，“幽灵”侦察机上的摄像头，可以直接捕捉到燕破岳和萧云杰的身影后，萧云杰就在意料之外、情理之中，因为一个游人随意丢弃的啤酒瓶而“身负重伤”，被迫退出战场了。

萧云杰继续使用自动榴弹发射器，而真正的燕破岳则成功地在战场上“隐形”，成为一名潜伏在暗处的刺客，直到双方底牌全部摊开，才在敌人最脆弱、最关键的位置打出了致命一击，如铁锁横江般，将笑面虎连同三十多名雇佣兵堵死在山谷中。

笑面虎不知道的是，成功设局的萧云杰，在这一刻心中没有半点计谋得逞的得意，而是满心的苦涩。

他这头“狼狈为奸”的狈，明明已经接到孤狼的示警，知道在天空中有一架“幽灵”侦察机，敌人手中肯定还握有底牌，他却理所当然地认为，凭“始皇特战小队”的超卓战力，还有他和燕破岳兄弟俩的亲密配合，只要提高警惕，一定能将来犯之敌全歼。

如果他能再谨慎一些，战略眼光再高一些，不是光想着和燕破岳配合，玩出一些小伎俩，而是站在指挥官的高度去纵观局，用警惕的心态去分析一切，他真的有机会提前发现问题，并向权许雷队长示警；如果是指导员赵志刚在这里，“始皇特战小队”绝对不会变成现在这个样子。

眼光、经历，以及面对任何敌人都保持足够警惕与尊重的气度，这就是他萧云杰和赵志刚的差距。

那么请问，如果是指导员赵志刚在这里，面对这种已经打成一团，注定要伤亡惨重的战况，他会做出什么样的选择，或者说，下达什么样的作战命令？

“有谁能解释一下，为什么这批敌人，攻势会突然变得这么猛，又突然被打回了原形？”

在到处都是疯狂咆哮声的内部通信频道，萧云杰的声音显得太过冷静，冷静得和这片已经快要被战斗打红的战场显得如此格格不入，冷静得让人一听就觉得刺耳。

但是萧云杰竟然得到了回应。

“自九十年代初，世界各国就开始研发单兵作战系统。据我所知，经过近十年研究发展，已经有一些具有划时代意义的单兵系统，进入小批量试用阶段。”

这是艾千雪的声音，在这一片杀气腾腾的战场上，她竟然向所有人讲起了新式武器，并开始向大家讲述其中的原因与知识：“这种单兵作战系统，最大的作用就是‘战术互联网’功能。他们的每一个士兵，身上都会携带摄像机、激光测距仪、热成像扫描仪等战术配件，而每一个士兵身上这些仪器搜集到的信息，都会集中到队长那里，再配合数字地图和计算机模拟推演，居中指挥的敌方指挥官无异于开了天眼，站在天空以上帝模式纵观全局。”

就算是再悲伤再疯狂，听着曾经担任过信息自动化作战参谋，肯定对新式武器有着相当了解的艾千雪的话，所有人仍然被触动了。原来，敌人的攻势突然变得几倍猛烈，明明人数相等，却打得让他们几乎以为自己陷入了几倍于己的敌人包围当中，是因为他们使用了近乎作弊的新式单兵作战系统，让他们几乎开了天眼！

“始皇特战小队”这群身经百战的老兵，他们太明白，拥有这套系统帮助后，特种兵在战场上，具有划时代意义的战力强化了。

这套系统，队长相当于主服务器，单兵相当于各个节点，他们所有人在系统的帮助下，根本不需要所谓的默契，就能形成一个整体。他们在队长的居中指挥下，可以分享所有人看到的一切，让他们的视力、听力十倍甚至百倍强化；配备在他们身上的热成像仪、数字摄像机、激光测距瞄准器，使得他们可以对两千五百米内的所有目标进行测距定位。计算机会根据这些数据，帮助士兵自动计算弹道，自动跟踪瞄准，更会让他们打出最精妙的战术配合。

“只要装备了这套系统，任何一个合格的士兵，哪怕只是一个刚刚接受完训练的新兵，在战场上都能变成和团队配合无间的老兵；能变成弹无虚发的狙击手；如果他们愿意，甚至可以在最意想不到的时候，出现在敌人最意想不到的位置，成为最优秀的战场刺客！”

说到这里，艾千雪的声音猛然提高：“不是我们不够精锐，不是我们不够勇敢，而是我们正在和一批装备了划时代武器的敌人交手，这种武器上的差距，就像是清朝拿着弓箭去对抗侵略者重机枪的骑兵。我必须说，我们虽然付出了最惨痛的代价，但是我们正在创造奇迹，创造用普通特种部队战胜一批装备了划时代武器特种部队的奇迹！”

在丛林中和“始皇特战小队”交手的外籍雇佣兵们，发现中国特种兵又变了。在他们的身上，刚才那种就像受伤野兽般不顾生死、不顾损伤，向他们发起一波波最疯狂进攻的歇斯底里式爆发消失了。

这种彻底燃烧的疯狂爆发，本来就是不能持久的。

他们只要防守到中国军人身上这股疯狂气势燃烧殆尽，就可以展开反击，将这支中国特种部队彻底全歼。

可是当这种歇斯底里式爆发消失之后，他们却清楚地感受到，那支和他们正面抗衡，丝毫不落下风，每一次攻击时，都因为融入了太多骄傲自信与保家卫国的信仰，而坦坦荡荡所向无前的“始皇特战小队”，在看似绝不可能的情况下，竟然又回来了！

不，现在的“始皇特战小队”，比起一个小时前的“始皇特战小队”，要更强！

包括他们的队长在内，那么多兄弟战死沙场、马革裹尸，面对双手沾了他们太多太多鲜血的敌人，他们内心深处涌起了太多太多的悲伤与愤怒，在短短十几分钟时间内，就尝遍了酸甜苦辣，这一刻的“始皇特战小队”，又怎么可能不强？！

看着面前这批用“冷静”外衣，包裹住悲伤与愤怒，向他们发起一波波看起来普普通通，可是内部隐藏的杀气却直透人心的攻击的中国特种兵，外籍雇佣兵队长清楚地明白，他们今天，大概回不去了。

一名对信息工程以及相关武器发展了如指掌，交手几分钟，就对他们使用的新型武器系统做出精确判断的作战参谋；一名隐忍潜伏，直至锁定他们的致命关键点，才加入战场，一举打破他们武器优势的超级王牌狙击手；一名可以以坚攻坚单枪匹马打掉“导弹”指挥的迫击炮小组，让他们摆脱灭顶之灾的王牌火力支援手；一名不惜赌上生命也要让所有队员重新振作，并疯狂起来的队长；一名在整支队伍都陷入极度疯狂暴躁氛围中，却能想方设法让所有人都恢复冷静，在战场上再无弱点的超级智者。

这批中国特种兵中间，集结了这么多最优秀，在各自领域内能独当一面，甚至是独领风骚的精英，在面对泰山压顶式的危机时，各司其职，联起手来对抗绝境，终于让他们杀出一条生路，他们真的……好强！

第二十二章 - **虎之殇**

“上曳光弹！”

随着燕破岳一声令下，弹药手拎起一箱填装了五十发89式曳光弹的弹药箱，动作利索地更换上去。在这个过程中，燕破岳又放声狂吼：“还愣着干什么，快换人！”

这款大口径重机枪，可是被部队的老兵们亲昵地戏称为“小野马”，意思就是说，它一打起来就会蹦就会跳，用的时间稍稍一长，就到处都松，极个别奇葩的，就连枪管都上不紧。

这挺重机枪的三脚架，还被火箭炮炸断了一根，就是因为这样，笑面虎才根本没有想到，89式重机枪竟然还能在战场上咸鱼翻身。

是一名武警特勤中队班长，直接用双臂死死抱住被炸断一半的那根支架，用自己的肩膀死死撑住了重机枪。他用这种方法，为燕破岳提供了重机枪扫射时必须具备的稳定性。用这种姿势半跪在地上的班长，头部距离枪身只有五十厘米。

头部距离十二点七毫米口径重机枪枪身只有几十厘米，这代表了什么？

在使用同样的大口径反器材狙击步枪时，狙击手左右一米范围内，不能有墙壁或者石头之类的障碍物，因为大口径反器材步枪的后坐力太强，为了减轻后坐力，大都会安装枪口制退器，也就是枪口那个看起来方方正正，左、右两侧还各有一个出气口的玩意儿。

这种枪械配件，可以让子弹发射时气浪从左、右两侧流出，有效减小枪口喷射形成的后坐力。而从左、右两个气孔冲出的气浪，撞到一米以内的障碍物再反弹回来，很可能会对狙击手造成伤害。

大口径反器材步枪，只是一发一发地开火，射击时形成的气浪都会如此恐怖，更何况是在用口径相同的重机枪不断压制扫射！

两名武警特勤中队的士兵一起冲上去，当他们试图让班长松开三脚架，由他们接替“枪架”工作时，他们才发现，他们的班长已经被大口径重机枪扫射时，在近距离形成的气浪给生生震晕过去了。

在班长的耳朵里，缓缓渗出了两条触目惊心的细细血丝。可是在这种情况下，这名武警特勤中队的班长，依然死死抱着三脚架，用自己的身体为重机枪提供了最稳定的有效支撑。可以说，燕破岳能够用一挺重机枪压制住那三十多名雇佣兵，这位班长是一位真正的幕后功臣。

弹药箱已经换好，燕破岳猛地一拉枪栓，看到两名特警还傻呆呆地站在那里，燕破岳瞪圆了眼睛：“干什么呢，快点换人！”

话音未落，燕破岳就看到，因为重机枪火力出现断档，雇佣兵们已经蠢蠢欲动，其中一名雇佣兵再次架起了那门威力惊人的四联装六十七毫米口径火箭炮。

燕破岳掉转枪口，猛地再次扣动扳机。那名扛着火箭筒的雇佣兵，刚刚将视线投注过来，就看到曳光弹在空中拉出一条在白天肉眼都清晰可见的红色流线，以三倍于声速的惊人速度，向自己猛撞过来。雇佣兵双眼瞳孔在瞬间骤然收缩，他的心脏更在同时沉到了谷底。

他知道，自己死定了。双方的距离只有五百米，这颗达到三倍声速的子弹，只需要半秒多钟，就可以直接贯穿他的身体，在这么短暂的时间里，他已经来不及做出闪避动作。

炮手的嘴角向上一扯，猛地发出一声疯狂的吼叫，他手指用力，试图在中弹前将刚刚填装好的高爆燃烧弹打出去，这样最起码也能换一个两败俱伤，可他的手指还没有来得及扣下扳机，整个人被撕裂般的痛苦，就从右肩位置排山倒海地直刺大脑，让他的狂吼只吼出一半变为最痛苦的惨叫。

当这名雇佣兵下意识地转身去看自己的手臂时，他才发现，自己的右臂和右肩都被子弹一起撕裂，连同火箭筒一起甩到了地上。而鲜血混合着骨头渣儿和碎肉，正在伤口部位不断疯狂涌出。

没有人知道，就是在这短短的一声长号中，这名雇佣兵就疼得晕过去一次，又疼得生生恢复了清醒。受到致命重创，再不可能活下去的雇佣兵，他在这片弹如雨下的战场上，竟然在本能的支撑下站了起来。他摇摇晃晃地走着，太过剧烈的痛苦，让他已经失去了思考的能力，他每一步踏出，都会在地上倾洒上一片鲜血，他的嘴唇不停地抖动着，谁也不知道他在这生命最后的时刻，在喃喃自语着什么。

一发四十毫米口径榴弹从背后打来，就落在这名雇佣兵的附近，将他整个人炸得飞起两三米远，像是一个麻袋般重重落在地上，发出“啪”的一声闷响后，这具鲜血几乎已经流尽的尸体就再也没有了声响。

笑面虎猛地握紧了手中的枪，不用回头去看他也知道，是萧云杰在背后的密林中，拿着燕破岳那把87式自动榴弹发射器，在向他们展开覆盖性进攻。他笑面虎再厉害，也被重机枪压得根本无法抬头，又怎么可能继续去表演那手华丽的狙击步枪打榴弹的绝活？！

大口径重机枪对他们进行扇面压制攻击，在几十支自动步枪的配合下，打得他们根本无法抬头实施有效反击；四十毫米口径自动榴弹炮，在背后以两三秒钟一发的频率不间断地轰击，这简直就是刚才他们利用四门迫击炮进行压制，再让“导弹”用“长炮榴弹”进行覆盖式轰炸，将“始皇特战小队”一举逼入绝境的翻版！

而且笑面虎都必须承认，燕破岳这个在战场上偷奸耍滑诡计无数，能耍到宗师境界的死敌，真的能现学现卖，把他们这三十多号人给一路压制到死！一想到这种战术，还是他笑面虎用了半年时间精心布局的产物，笑面虎的心中就产生了一种郁闷到死的憋屈。

别看距离山谷出口只剩下二十多米，但是如果得不到支援，他们这批身经百战，在世界雇佣兵舞台上，不知道执行过多少次任务的雇佣兵，真的可能会阴沟里翻船，被尽数全歼！

一想到“支援”这个词，笑面虎就忍不住再次摇头。“导弹”可是玩火炮的专家，用迫击炮的宗师，这样的人物都在和燕破岳的炮战中被正面击败，而且是死无全尸，这导致一直躲在几公里外，对战场展开火力攻击的另外四个迫击炮小组组长，立刻做出撤出战场的选择。

打顺风仗时，勇往直前，个个奋勇无比；遇到真正难啃的骨头，必须付出鲜血和死亡的代价才能取得胜利时，就会畏手畏脚，有十分力量最多只会使出五分；一旦敌强我弱，必须拼死作战时，就立刻会脚底抹油……

战斗打到这种时候，“雇佣兵”这个纯粹为钱而战的群体，缺乏信仰，更不会为了保护战友而拼死作战的缺点，终于彻底暴露出来。

而那群正在和“始皇特战小队”在原始丛林中，展开殊死对抗的王牌雇佣兵部队，不是他们不想撤退，如果给他们机会，这群失去了先进作战系统，被迫短兵相接，从战斗力和战损比上来说，撑死也就是和“始皇特战小队”持平的王牌雇佣兵部队，保证比谁跑得都快！

但是只可惜，他们没有机会了。

中国军队，尤其是中国陆军，之所以敢自称“世界最强”，不是他们单兵素质真的能站在世界巅峰，他们使用的武器更和世界顶级特种部队有着一段相当漫长的距离。真正的原因在于，中国部队，尤其是在年复一年日复一日的相处中，积累出深厚友谊的中国部队，在战场上真的出了血见了红，亲眼看到朝夕相处的战友，倒在了血泊当中，再也不可能重新睁开双眼和自己返回军营，一起继续挥汗如雨的训练，一起去欢笑，一起去面对挑战时，活着的人都会变成猛兽！

中国军队，就是平时看起来像猎犬，抗震救灾时像骆驼，打起仗来一旦出现伤亡，就会变成狼群，打到最后，活下来的人就会变成猛虎的最勇猛、最奇特猛虎群体！只有真正和中国军队交过手，你才会明白，一支军队能够打破阵亡百分之三十，就会失去战斗力的常规理论并不属实，中国军队就算是阵亡百分之七十，都能和你继续死磕到底，而且越打越强，越打越疯狂，在这个逐级提升过程中，那不断涌起、不断强化的压力，是多么恐怖！

想对付这种彻底打红眼之后，在斗志和疯狂指数上，和宗教狂热分子都有得一拼的军队，唯一的办法，就是在战斗甫一开始，像狮子扑兔一样用尽全力，用摧枯拉朽的方式将他们一举全歼！

当中国部队已经打疯了、打狂了的时候，最好的办法，就是……撤退！

“嗒！嗒！嗒！嗒……”

89式重机枪那沉闷的射击声，还在不停地响起，十厘米长的弹壳，从枪膛中一枚枚地呼啸而出，在强大的气压下，它们被狠狠抛飞出七八米远，在弹壳不断地弹跳中，犹如重鼓狂擂，又像是锻钢厂几十吨气锤，对着烧红的钢坯在不断猛砸发出的声响，狠狠撞击着附近每一个人的耳膜。而每一次开枪，枪身都会狠狠一震，枪身上不知道哪儿的零件，更会随之发出痛苦的呻吟。

眼看着随着枪声不停响起，身体被带着一次次颤抖的班长，鲜血从他的鼻孔和耳孔中不断渗出，两名特勤中队的士兵都急红了眼睛，其中一个士兵忍了再忍还是忍不住冲上前一步，对着燕破岳放声哭叫：“不要打了，不能打了，再打下去，我们班长就要被活活震死了！”

燕破岳没有理会那名士兵的眼泪和哭泣，他只是不停地开火，不停地调整射击角度，硬是用这挺一打起来就不断乱跳，虽然得到精心保养，但是全身零件都在响，已经处于淘汰边缘的89式重机枪，打出了班用轻机枪甚至是狙击步枪的精确压制效果。

枪声戛然而止，燕破岳扭头，望着身边略略迟疑的弹药手，放声喝道：“干什么呢，换弹！”

第三个五十发容量的弹药箱又装到重机枪上，再看看一百发子弹打完，他已经是双耳、双鼻都鲜血长流，就连嘴角都渗出血丝，再也不可能坚持完第三个弹药箱了。这时，那名在战场上当众掉了金豆子的士兵，用手背狠狠一擦眼角的泪水，猛地扑上去，用自己的身体抱住了班长的脑袋，试图用这种方法保护班长，让他不要在后面的扫射中再受更多伤害。

另外一名士兵也有样学样地扑了上来，三名武警士兵在重机枪三脚架下，死死抱成了一团。附近的武警特勤中队官兵看到这一幕，他们的嘴角都在不停抽动，可是燕破岳却仿佛什么也没有看到，什么也没有听到，在这一刻他脸色平静得让人心里发毛，“哗啦”一声再次拉起了枪栓。

在燕破岳手中的89式重机枪第三次开始怒吼时，在同一战线的左翼位置，同样沉闷单调而缓慢的重机枪扫射声传来，一左一右形成了战场上最醒目而另类的二重奏。

经过最开始的慌乱后，武警特勤中队终于反应过来，在几名士兵的协力合作下，用相同的方式将第二挺重机枪重新架起，加入了战场。到了这个时候，两挺大口径重机枪，已经可以用火力替补的方式轮流更换弹药箱，对战场实施不间断压制，山谷中被他们压制住的那批雇佣兵终于失去了最后的机会。

“燕破岳你赢了，但是你真以为凭这条山谷，就能要了我笑面虎的命？！”

笑面虎突然抬起脚，将身边两名雇佣兵狠狠踢出五六米远，踢出了他们勉强能够躲避弹雨的位置，这两名雇佣兵虽然是猝不及防，但他们都身经百战、训练有素，在被踢出掩体的第一时间，就立刻举起重型防弹盾，护在自己身前。武警特勤中队士兵们立刻向他们两个人一起开火，81自动步枪倾泻出的子弹打得重型防弹盾火星四溅，响起一连串叮叮当当的声响。

在将身边两名队友踢进死神怀抱的同时，笑面虎整个人就像是一支离弦之箭，猛地扑向已经近在咫尺的山谷出口。在飞冲出十米之后，笑面虎猛然扑倒，他的身体还没有着地，就已经缩成一个中弹面积最小的球状，以肩膀部位着地之后，借着高速冲刺形成的惯性迅速向前翻滚，将几发打过来的子弹甩到了身后。

连续几个翻滚，笑面虎又向前冲出七米远，他双手猛地一撑地，整个人弹跳而起。在这种要命的时候，笑面虎全身的爆发力都激发到极限，他的右脚在地面上狠狠一蹬，借着反作用力，他再次获得了足够的加速度，几乎在同时，他又向前扑倒，整个人又在地上滚成了一团。

冲刺，翻滚，冲刺，翻滚……如此周而复始。这套组合动作听起来非常简单，但是一般的特种兵根本无法在短冲刺时，让自己的身体获得足够加速度，如果强行这么做，只会让自己的动作越来越慢，最终成为敌人的枪靶。他们也无法像笑面虎一样，一边全力冲刺翻滚，一边还能分出一部分注意力观察四周，细微调整冲刺和翻滚方向，这样就算是有人对他开枪射击，笑面虎也能通过这一系列不规则军事规避动作，将射过来的子弹全部甩开。

更何况笑面虎还踢出两名拿着重型复合防弹盾的“同伴”，成功吸引了武警特勤中队相当一部分士兵的注意！

重机枪子弹撕裂重型防弹盾的声音响起，紧接着是两名“同伴”身体被十二点七毫米口径子弹打碎时发出的惨叫。听着这样的声音，笑面虎的脸上竟然扬起了一丝绝不应该在这种场合、这种时间出现的笑容。

笑面虎最担心也最畏惧的，就是燕破岳。既然燕破岳已经掉转枪口，吞下了笑面虎抛出去的诱饵，在紫阳山上，就再也没有人有能力阻止笑面虎逃出生天！

不停冲刺、不停战术翻滚的笑面虎，终于毫发无伤地冲出了山谷，一头冲进了山谷对面的原始丛林，虽然在战场上把队友踢出去吸引火力，自己趁机逃出生天，这种事情看起来是有点不招人待见，但是老祖宗不就说过“人不为己，天诛地灭”这样的话吗，他笑面虎为了活下去，做出一点点过激行为，也没有什么了不起的吧。

再说了，他笑面虎在雇佣兵舞台上无亲无友，原本就是孤魂野鬼一个。只要他能活着离开，在重新接受雇佣时，自然就会有新的队友和搭档。

没有干掉他这辈子最大的死敌燕破岳是很可惜，但是没有关系，他笑面虎可以继续在雇佣兵舞台上积蓄力量提高自身实力，而燕破岳迟早有一天会放下手中的武器退役，回归到正常人生活当中。从那个时候开始，再潜心等上几年，等到燕破岳失去了一名职业军人在战场上用无数血与火洗礼出来的锐气，也就没有了朝夕相处的战友可以依靠，他笑面虎自然可以将燕破岳斩于刀下。

就算退一万步来讲，燕破岳是一个超级怪胎，战斗力强悍得可以几十年不变。他总得娶妻生子吧，一个男人一旦有了妻儿老小，就算他是燕破岳，也会出现致命弱点。

一想到将来自己把刀子架到燕破岳的女人脖子上，逼得燕破岳只能跪在自己面前磕头求饶，笑面虎就忍不住伸出舌头，轻舔了一下自己微微发干的嘴唇。

他真的很期待这一天，或者，到时候，他还能当着燕破岳的面，用刀子一颗一颗又一颗，慢慢挑开燕破岳女人衣襟上的纽扣，看着燕破岳的脸庞随之扭曲，那一幕一定是世界上最美丽，足以让他笑面虎记忆一辈子、回味一辈子的最精彩画面！

“嗯？！”

笑面虎猛地停住了脚步，他有些疑惑地低下了头，一团暗红色的液体正在他的胸口迅速聚集，很快就渗出了碗口大小的一块。

“这是……”

笑面虎疑惑地伸出手，在胸口蘸起了一丝暗红色的液体。手指上沾的液体还透着一股温热，用指尖稍稍揉搓，指尖上传来黏黏腻腻的感觉，就像是笑面虎在战场上经常从敌人甚至是平民身上放出来，不小心溅到他皮肤上那种“血”的感觉。

血？！

笑面虎再次低头，他终于看清楚，在自己的胸口上多出了一个弹洞，鲜血带着他的生命力，正在不停地喷涌，不断流失。

“我中弹了？不会吧！”

笑面虎真的呆住了，孤狼死了，燕破岳和萧云杰正在山谷两侧对雇佣兵们展开包抄攻击，“始皇特战小队”正在原始丛林中，和同样精锐训练有素的强敌展开不死不休式对攻，那么，请问，又是谁能卡在他必经之路上，在他认为终于逃出生天，精气神都随之一松的最脆弱时，对他展开致命一击？

鲜血从胸部的伤口中不断喷涌而出，笑面虎没有伸手去按住伤口，也没有试图用止血绷带对自己实施战场急救。他不是那些刚上战场的菜鸟，他清楚地知道，自己死定了。就算子弹贯穿身体，弹头并没有留在身体里，就算是天上突然打下一道闪电，把隐藏在暗处的敌人劈死，就凭这已经超过八百毫升的失血量，他笑面虎也绝不可能再支撑着逃过边境线。

身体失血过多，眼前的一切都变得模糊起来，笑面虎却死死挺住了身体，他丢掉了手中的武器，张开了双手，他已经放弃了反击和报仇的希望，他只是想看一眼对方的脸，他只是想知道，究竟是谁像“螳螂捕蝉，黄雀在后”，要了他笑面虎的命。

一个矫健敏捷的身影从密林中站了起来，笑面虎努力瞪大了眼睛，试图看清楚对方的那张脸。就是在生命最后时刻，他看到了对方那张沾满泥土硝烟，到处都是擦伤的脸上布满了泪痕；他更看到了一双充满了仇恨，对他恨到了骨髓里的眼睛。

噢……原来，是她啊！

笑面虎终于释然了。他了解燕破岳和萧云杰，也了解孤狼，却忽略了面前这个叫艾千雪的女人。其实他早就应该想到的，能成为燕破岳认同的同伴，能和孤狼结成搭档，这样的女人又怎么可能是弱者？

要知道，狼的同伴，只可能是狼！

笑面虎仰天摔向地面，他凝望着头顶那遮天蔽日的树冠，在心中低语着：“燕破岳，别以为是你赢了，如果没有这些人帮你，咱们两个人单独对决，谁胜谁负，还难说呢！”

“嘭！”

笑面虎的身体就像一个麻袋般，重重摔落在地面上，他的心跳随之停止了。

没有人知道，笑面虎在生命最后弥留时刻心底涌起的最后一个念头是“为什么，我就没有像萧云杰、孤狼、艾千雪这样的生死兄弟呢？如果有这样的兄弟，我也会珍惜他们……燕破岳，他有什么好的，让这么多人都喜欢围着他打转”？！

第二十三章 - 军人天职

枪声，终于停了，空气中飘散着浓重的硝烟和血腥气味。三十多名敢于深入山谷腹地担任诱饵的雇佣兵，除了笑面虎之外，全部倒在了距离出口只剩下二十多米位置的谷底。他们当中，有人是被重机枪子弹打中，死得惨不可言；有些是被自动步枪打成了筛子，还有些是被榴弹炸死，整个山谷的泥土仿佛都被他们的鲜血浸透。

燕破岳右侧地面上，弹壳抛得密密麻麻到处都是。三个死死抱在一起，用他们的身体支撑起重机枪的武警特勤中队官兵，都被生生震晕过去。其他人用了很大力量，才终于将这三名同伴分开，并将他们抬上了担架。

在抬着这三名满脸是血的同伴离开时，那些武警特勤中队的官兵面对燕破岳，全部选择了沉默甚至是敬而远之的态度。大家并肩作战之后，彼此之间的气氛，甚至不如刚刚见面那一刻。

燕破岳知道，形成这种结果的原因，在于他和那名为自己抱起重机枪的班长。

就算是中途有两名士兵冲上来，抱住了班长的头，那名班长也很可能受了不可逆转的伤害。因伤退伍，几乎已经是板上钉钉的事情，甚至那两名士兵也无法逃脱这个命运。

但是燕破岳不后悔，就算是让他重新经历十遍刚才的战斗，他都会毫不犹豫地做出相同选择。如果他不坚持开枪，用大口径重机枪强行压制，那三十多名明显比武警特勤中队成员更精锐、更善战的雇佣兵，一定会趁机冲出山谷，再一路逃过国境线。

这样做的话，他燕破岳是对得起那名班长了，但是放任双手沾了那么多战友和同胞鲜血的入侵者逃出战场，逃出中国，他又怎么对得起那些战死沙场为国捐躯的兄弟？

这些入侵者可是主动伏击中国军队，甚至是早有预谋地试图全歼一支中国特种部队！如果让这样的敌人成建制顺利逃脱，会让外面更多的雇佣兵发现，原来所谓的“中国是世界雇佣兵禁地”只是一句口号，中国这个曾经喊出“陆军天下无敌”的国家，他们最自豪的部队，也不过就是一只纸老虎。这样的话，会有越来越多的雇佣兵在高额佣金刺激下抱着侥幸心理，带着武器走进中国，在中国制造出越来越多的流血冲突。

所以，他们必须全军覆没，只有这样，才会让那些有奶就是娘的雇佣兵对中国继续保持敬畏，继续把中国列入“雇佣兵禁地”。

武警特勤中队的官兵们也明白这一点，才会用沉默的态度，来面对燕破岳这样一个以一己之力扭转整个战局走向，同时也让他们三名同伴付出最惨痛代价的战友。

在原始丛林中的枪声，也已经停歇下来。

十九名装备了最先进武器，由世界各国特种部队退役老兵组成的王牌雇佣兵部队的所有成员全部倒在了丛林各个角落。无一例外，在他们心脏停止跳动的同时，他们的头盔和身上背的单兵战术组件就全部自动销毁。简单地说，在他们心脏停止跳动的瞬间，他们一直背在身上的炸弹就被引爆，将他们的尸体连同装备一起炸毁，当真是将毁尸灭迹应用到了极限。

消灭了这样一支世界顶级特种部队，“始皇特战小队”也付出了最惨痛的代价。当战斗结束，还能以自己的力量手持武器支撑着身体没有倒下的人，已经不到十个。

燕破岳匆匆赶过来，当他看清楚眼前的一切，就算是已经做了充足心理准备，仍然惊呆了。

队长权许雷战死；一班长右腿被炸断，就算是能被抢救回来，也必然会退出军营；二班长、四班长战死；孤狼战死……

曾经目空一切，以特种部队中的特种部队自居，而且也的确实至名归的“始皇特战小队”，在这场短暂得只有二十分钟的战斗中，真的被打残了。伤亡率超过百分之七十，如果按照国际常规惯例，他们甚至已经被敌人成建制给歼灭。

远方的天空中，传来直升机螺旋桨高速转动发出的破风声，在激战已经结束后，援军终于姗姗而来。

望着队长权许雷倒下的位置，再看看面前这片被炸得支离破碎，到处都是弹壳和鲜血，在迫击炮炮弹爆炸的位置还冒着袅袅青烟的丛林，看看面前这群阵亡的比重伤的多，重伤的比轻伤的多，轻伤的比没事的多的“始皇特战小队”兄弟，燕破岳一拳狠狠砸在身边的大树上，硬生生在坚硬的树干上砸出半寸多深的拳印：“这究竟是怎么回事！？”

所有还能站着的人都握紧了双拳，他们当中，大半人都高高昂起了自己的头，只有这样，他们才能让自己眼眶里正在迅速聚集的泪水不要流出眼眶，只是被含着浓重硝烟味道的山风一点点吹干，直至再也看不到半点痕迹。

虽然大家都说什么“铁打的营盘，流水的兵”，虽然大家都知道，保家卫国纵死无悔，是军人的天职，在他们中间，还有着“职业军人死在保家卫国的战场上，就像是蚕蛹蜕变成蝴蝶一样自然而美丽”之类的话，但是面对眼前的这一切，看着这么多朝夕相处的兄弟战死沙场，换成你是“始皇特战小队”的士兵，是否真的可以无动于衷，没心没肺地来上一句“这只是军人天职？！”

两架直升机停在了丛林上空，背着急救箱的医护兵正在通过索降，迅速进入这片已经被彻底打残了的战场。还有两架武装直升机在丛林上空呼啸而过，站在被炸得七零八落的丛林中抬头向上看，就能看到这两架武装直升机的火箭巢里，已经填装了货真价实的火箭弹。他们的任务，显然是去追杀在十分钟前放弃作战选择逃跑的敌方迫击炮小组。

三天后，回到军营的“始皇特战小队”成员，只剩下十四个，而且几乎人人带伤。至于那些被送进医院、必须住院接受治疗的兄弟，还有多少能重新返回军营，他们不知道，真的不知道。但是他们都知道，有二十二个兄弟是永远也不可能回到军营了。

包括队长权许雷在内，二十二人，阵亡！

据说武警特勤中队和缉毒大队那边，也没好到哪里去。

事后联合部队打扫战场，并没有发现毒品。现在国家安全部门已经全力介入展开调查，虽然还没有水落石出、真相大白，但是有一点可以确定，这是一场以大批量运送毒品为诱饵，针对“始皇特战小队”精心准备的军事行动。

官方还没有得出结论，但是在私下里，却有专业人士以个人见解做出了合理的解释：从缅甸运送毒品到中国境内的，除了那些有奶就是娘的毒贩，还有一直“立志”分裂中国领土，建立所谓“天朝王国”的恐怖分子。他们从缅甸私运毒品到中国境内，在销售一空赚得盆满钵满后，再用从中国人身上赚到的钱，返回战乱不断、只要有钱就能买到包括坦克在内各种武器的缅甸，购买大量“物美价廉”的武器，然后再把它偷运到中国，武装他们的狂热分子。对恐怖组织来说，“始皇特战小队”封锁住的不只是一条运毒通道，同时也是恐怖组织用来组建军队的武器通道！

被“始皇特战小队”压制的大量积压货品，仓库里堆满货物，却愣是变不成现金，也买不到食物，被逼得几乎要带部下一起去啃树皮的金三角地区军阀头头；依托毒品种植基地生存发展，处于毒品产供销链条中，收益最大的毒枭毒贩们；通过毒品赚钱，再通过同一条运输路线购买武器装备，境内的恐怖分子；在西方反华势力资助下，自以为身经百战所向无敌，更兼装备了一批具有跨时代意义新式武器，终于形成了那场让“始皇特战小队”损失惨重，差一点就被全军歼灭的生死激战。

这位国家安全部门工作人员当然懂得保密条例，他以“私人身份”向“始皇特战小队”讲这些东西，未尝不是代表国家安全部门，向燕破岳他们这批身经百战而且伤痕累累的共和国守卫者做一个交代：“我们刚刚收到情报，全世界二十多个国家的四十多个激进恐怖组织，在土耳其聚首。他们试图在五年时间里，组建一支正规军进行捣乱！”

一直待在军营里，鲜少与外界接触，这一两年时间，更是以原始丛林为家的燕破岳他们，直到这个时候，才知道境内恐怖组织竟然已经嚣张至极！

“你们是打得挺惨，但是在这一年多时间里，你们死死卡住了金三角地区向中国境内运输毒品和武器的最大通道！先不说这种壮举让中国少了多少瘾君子，单说中国境内的恐怖组织，他们至少因为你们损失了百分之二十的活动经费和百分之六十的武器来源。”

说到这里，国家安全部门的工作人员丝毫没有掩饰对“始皇特战小队”的尊重，沉声道：“‘始皇特战小队’功在当代，你们不断在原始丛林中四处转战，不但打寒了毒贩的心，更让境内那些试图分裂国土的恐怖组织真正知道了中国军队的可怕，让他们再不敢吹嘘自己的强大，让他们的发展计划受到了致命重创！已经创造出这样的奇迹，别说三天前你们打赢了，就算你们打输了，眼睁睁地看着对方逃走，又有谁敢小看你们，又有谁敢说你们不是英雄？！”

在场的所有“始皇特战小队”成员听到这里，都深深地吸着气，对着面前这位已经违反安全条例，向他们透露出太多内幕的工作人员，齐刷刷地敬上了一个认真的军礼。

死者已逝，如果人死如灯灭，那自然是一了百了，但是如果真的烈士有灵，听到这样的评价，他们也可以含笑九泉了。

七天之后，天空飘起了细细的雨丝。

整支夜鹰突击队二千多人，静静站在烈士陵园前。二十二座墓碑，整齐地排成了一行。洁白的花圈，红色的国旗，形成了最鲜明的对比。

就是在这一天，燕破岳他们第一次看到了队长权许雷那白发苍苍的母亲，只有四岁的儿子，还有那个静静站在一边，长得并不是特别美丽，却气质恬静，让人一看就心生好感的妻子。

不知道为什么，这样的组合让燕破岳想到了电影《高山下的花环》中梁三喜的家人。唯一值得庆幸的是，中国经过几十年的发展，无论是军事科技还是经济，都得到了飞跃式提升，权许雷又是特种部队中的少校军官，无论如何，也不会出现电影中梁三喜的母亲用抚恤金加卖猪的钱凑在一起还债的画面。

老人伸出她如树皮般干枯而满是皱纹的手，颤抖着轻抚着墓碑，她渐渐泣不成声，直至抱着墓碑放声哭号。老人的嗓音沙哑得厉害，更透着发自内心的浓浓悲伤，豆粒大小的泪珠更不停地从她那刻满时间印痕的脸上淌落下来，她不停用手拍打墓碑，似乎想要用这种方法，让自己的儿子能够重新睁开眼睛。

“我的儿啊，你怎么就这么走了……娘老了没人送终没啥，你的小子，才四岁，才四岁啊……你从小就没了爹，别以为娘不知道，村子里的人骂你是没爹养的野孩子，你天天和他们打架……你比谁都清楚，没爹的孩子有多苦，你怎么忍心让你的儿子也从小没了爹？！”

在墓碑上，相片中，权许雷脸上露着一个淡淡的微笑。

他可否知道，自己白发苍苍的老母亲，正在他的墓前泣不成声？

他可否知道，自己那个只有四岁的儿子，因为奶奶的哭泣害怕得跟着一起哭泣起来？

他可否知道，他的妻子，那个温柔而恬静的女人，眼睛里的悲伤与坚定？

雨，如发丝，细细密密，带着一股清冷的寒意。山风阵阵，吹拂起了四周的万株大树。又有多少人知道，在这片鲜为人知的世界中，共和国的守卫者正在为他们的英雄送行？

清脆的枪声响起，可是又有多少人能听到这为烈士而鸣的礼枪？

其貌不扬的女人走上前几步，站到了权许雷的墓碑前。她直直凝视着权许雷的眼睛，低声道："我会再找一个男人嫁了。"

以遗孀的身份，对着刚刚战死的丈夫和哭得泣不成声的婆婆说出这样的话，猛地听上去，真的是太过无情。所有人的目光，都齐刷刷地落到了女人的脸上，但是她却依然平静："这个男人，可以没有多大本事，可以没有房、没有车，但他必须忠厚老实，愿意接受我们的孩子，和我一起奉养你娘。"

说完这几句话，女人伸手搀扶起了白发苍苍、嘴唇都在轻颤的婆婆，用手帕帮婆婆擦掉了脸上的泪痕，又招手让四岁大的儿子跑过来。儿子聪明地抱住了奶奶的大腿，这种血缘相关的亲密，加上赤子没有任何掩饰，也不会有任何虚假的依恋与喜欢，终于大大冲淡了老人的悲伤与绝望。

子孙三代人静静地站在一起，山风吹拂起了他们的衣衫和发丝，带动了烈士陵园中那一株株万年长青的松柏和那一排长长的墓碑，这组成了一幅燕破岳这一生都不会忘怀更不敢忘记的画面。

三天后，权许雷的家人离开了。他们并没有带走权许雷的骨灰，用白发苍苍的老母亲的话来说，权许雷一辈子都把时间和精力放到了军营里，他葬在烈士陵园，有那么多战友和兄弟陪着，比把他带回家更让他开心。

他们带回去的，是属于权许雷的一枚特级军功章，以及权许雷曾经穿过用过的物品，他们会在家乡为权许雷建起一座衣冠冢。

在他们离开的时候，天空依然阴霾，"始皇特战小队"所有成员都静静地站在军营大门前，目送载着这祖孙三代的汽车离开。直到汽车驶出了很远很远，都没有人挪动脚步。

就是在这死一样的寂静中，又有一辆汽车驶进了军营，透过车窗，可以看到坐在里面的人手臂上已经戴起了黑色臂章。这是其他战友的家人闻讯赶来了。

有些战死者的家属来得早，有些来得晚，在一个月时间里，“始皇特战小队”那已经空旷的宿舍和军营，注定会被悲伤与哭泣填满。

第二十四章 - **破而后立**

就是在这个过程中，三班长向上级提交了转业报告。当年，他和另外三名同乡一起走进了军营，他们彼此角逐，彼此激励，一步步走到了今天的位置。可是现在，他们曾经被好事者称为“四大金刚”“四神兽”的组合，死的死，残的残，只剩下了三班长一个人。他就像是当年赵志刚陷入长眠时，也随之失去了斗志的第一任队长郭嵩然一样，没有了对手和同伴，松懈下来，再也没有了原来的激情与冲劲。

知道了三班长的事后，所有人都集中到宿舍里，他们的目光都落到了燕破岳的身上，没有人说话，但是他们的目光中都透出了相同的信息……我们应该怎么办?

直到这个时候，燕破岳才猛然惊醒。队长战死，四个班长全部离开，新任指导员，根本就不问“俗事”，摆明就是把“始皇特战小队”当成了一个混资历、走过场的地方，而他们的副队长许阳，在几年前就把工作重心放到了“综合训练中心”的打造与升级上。算来算去，现在“始皇特战小队”的最高指挥官，也是最有权威、让大家最愿意接受的，竟然就是在三班担任副班长的燕破岳了。

看着这些投注过来的目光，燕破岳的心中没有半点自己成为这支部队最高指挥官的快乐，在心底反而涌起了一种巨大的悲哀。他们再强大、再骄傲，经历过那场血战之后，军官和精英几乎全部阵亡，山中无老虎，才轮到他燕破岳这只猴子来称霸王了。

受到如此重创的“始皇特战小队”，中层指挥官全部缺乏，这代表着“始皇特战小队”在这一刻已经失去了支撑他们的骨骼，就算能从夜鹰突击队调派人员来补充，但是他们真的能填补上四位班长留下的位置，让“始皇特战小队”恢复曾经的强大与荣光吗？

在众人的注视下，燕破岳站了起来，他没有刻意板起脸来彰显自己的权威，但是当他昂首而立，宽厚的肩膀，并不犀利却让人不敢直视的双眼，还有他微微抬起的头，都让他身上多了一种让人心安的沉稳如山之感。

燕破岳目视全场，沉声道：“没错，我们是伤亡惨重，几乎达到了成建制被歼灭的标准。但是这又能怎么样？看看近几十年来中国陆军的战争史，我们的先烈哪一次不是面对绝对强敌，被打得几近全军覆没，却奇迹般地又一次次重新崛起？！战争是我们的老师，死亡是我们的磨刀石，只要我们还活着，将自己在战场上获得的经验与知识薪火相传，‘始皇特战小队’只会越战越强！”

士气虽然有所提升，但是并不高昂。燕破岳说的这些东西，大家都懂，但是这些话并不能让失去主心骨、坐在空荡荡宿舍中的“始皇特战小队”成员们真正平静、安心下来。

“我们是并肩作战的兄弟，我们积累了别人也许一辈子都积累不下的实战经验，我们已经学会了在绝境中拼死作战，直至联手在一片绝望中杀出一条生路！别看我们现在只有十九人，但是我敢断言，我们已经比原来的‘始皇特战小队’更强！而且随着时间的推移，我们会以远超原来的速度，变得越来越强！”

燕破岳猛地提高了声音：“我燕破岳在这里向大家保证，‘始皇特战小队’垮不了、散不了，如果谁不服气，那我燕破岳愿意做出头鸟，带着大家让那些人见识一下什么叫作铁血劲旅，什么叫作身经百战、杀敌无数的老兵！”

听着燕破岳的话，在场所有老兵的眼睛中都涌起了一股可以称之为“希望”的生机，在他们的脸上，再次看到了曾经的自信与骄傲。

没错，以前的他们，虽然天天在原始丛林中伏击毒贩，但从来没有和一支同样精锐的特种部队展开不死不休式的对决；他们始终在自己国家的领土上，他们更没有经历过大厦将倾的绝境，没有体验过拼尽全力依然独木难支的逆局，直到经历过这场血与火的洗礼，身边有太多兄弟袍泽战死沙场，他们才终于完成了向铁血劲旅的蜕变，成为一批真正意义上身经百战、杀敌无数的老兵！

夜鹰突击队会再次进行选拔，挑出优秀者补充进来，他们这些老兵一个带两个，将他们在死亡边缘游走积累下来的经验传播出去。也许只需要一年时间，“始皇特战小队”就会恢复元气，甚至比起以前有过之而无不及。

燕破岳不知道，“始皇特战小队”的队员们都不知道，在宿舍门外，夜鹰突击队大队长秦锋正在不断点头，他的脸上一个释然而欣慰的微笑，正在不断扩大。

作为夜鹰突击队最高指挥官，秦锋当然知道，“始皇特战小队”经历过这么一场减员太过惨烈的激战，剩下的人无论是身体还是精神，都受到绝对重创。他们需要鼓励，需要重新恢复斗志和士气，他们更需要在自己的队伍中推选出新的领袖级强者，让他们可以追随、可以依靠，而不是像没头苍蝇一样乱飞乱撞变成一盘散沙。

在这种最需要强者挺身而出支撑全局的时候，燕破岳站了出来。这个还是一个平民时，就让他有了太多惊讶与惊喜的大男孩，在军营中经过了四年多的洗礼磨砺后，终于真正成长起来，不但成为一个优秀的特种兵，更成为一个让身边同伴愿意真心服从和信任的指挥官。

秦锋掉头走出了“始皇特战小队”的军营，他一边走，一边在心中低语：“真正的强者，就算是陷入黑暗的绝境，也会把自身作为灯塔，散发出耀眼光芒，把所有人凝聚在一起，带领他们找到一条回家的路。燕破岳，从今天开始，我把‘始皇特战小队’交给你了。我希望你能完成自己的承诺，带着这只在战场上被打折双翼的雄鹰振作起来，重新翱翔于九天之上！”

一个月后，站在主席台上的燕破岳昂首挺胸、目不斜视，在主席台下，是整个夜鹰突击队的两千多名官兵。

大队长秦锋亲手将一枚特级军功章戴到了燕破岳的衣襟上。而燕破岳军装上的肩章，多了一条横杠和两颗银色的五角星。

中尉排长，对于一名只入伍四年多时间，而且没有进入军校深造学习的士兵来说，已经称得上是火箭式升迁。但是去向夜鹰突击队任何一个人询问，他们都会认为，燕破岳获得这一切是实至名归。

在两年时间里，身经大小四十七次战斗；在一个月前爆发的激战中，更是力挽狂澜，在联合作战中，将敢于踏入中国土地，向中国军队发起进攻的境外雇佣兵和毒贩护卫队一举全歼。现在燕破岳有可以查询的翔实记录和个人战绩，击毙数量已经超过百人大关。而这些被击毙的目标，绝大多数都是身经百战的老兵甚至是特种兵，让这个数字含金量尤其惊人。

别说是在和平年代，就算是在战火纷飞，把整个地球都打红的第二次世界大战战场上，拥有这样的战绩，也足以称之为传奇英雄！

将军功章戴在燕破岳的胸前，秦锋伸手整理了一下燕破岳的军装，他在近距离凝视着燕破岳的脸庞，他心中在思考着一个这么多天来，他已经不知道想了多少次的问题：“这个还不到二十三岁的大男孩，他真的准备好了吗？”

这个年轻却已经拥有四年军龄的中尉军官，他一次次经历生与死的轮回，同龄人还会残存的稚气，早已经被清扫一空。取而代之的，是犹如刀凿斧刻般硬朗的线条，他那高挺的鼻梁上，深深的眼眶中，一双代表着心灵窗户的眼睛看上去就像鹰眸，并没有刻意凝视，一股直透人心的锋利混合着不动如山的沉稳，就如此矛盾地直刺心脏。而他那沉稳如山的宽厚胸膛，犹如猎豹般线条优美，充盈着最澎湃爆发力的身躯，更无时无刻不在提醒着每一个人，他是一个非常有力量的人。一旦被他列入敌人范畴，必将遭到他如火的不间断打击，直至彻底被摧毁，在这个过程中，休想获得半点怜悯。

一边是年轻而生机勃勃，一边是经历过太多死亡和鲜血洗礼后的沉稳淡然。眼前的这个年轻军官给秦锋的感觉，一半是海水，一半是火焰。如此矛盾，却又如此协调，仿佛他天生就应该是这个样子。

秦锋又看了看站在燕破岳身边那十二名整齐排成一列，等着他逐一颁发奖章的“始皇特战小队”成员。就算是手无寸铁地站在主席台上领奖，他们的气息依然隐隐以燕破岳为中心，凝聚成了一个整体。

在短短一个月时间里，这些经历了切肤之痛的特种兵，就在燕破岳的带领下走出了他们的低谷，再次绽放出最强超级王牌特有的锐气。经过死亡的洗礼，在坠入谷底重新反弹后，他们的锐气中更多了一种重剑无锋的厚重，将来如果他们再遇到同样的强敌，再面对生死存亡之危机，纵然出现一面倒的逆局，他们也绝不会再迷茫和彷徨。

当然，想做到这一点，有一个必需的前提……他们的精神与实质双重领袖燕破岳，没有阵亡！

秦锋有力的大手重重拍到了燕破岳的肩膀上，只有最熟悉秦锋的人，才会明白这一拍的分量究竟有多重。

受伤的队员，伤愈陆续归队。他们已经被打残，但是这样一支从战火与废墟中重新站起来的队伍，在大家心中，“特种部队中的特种部队”这个名号反而更加实至名归，想要加入的申请书如雪片般地送了过来。经过最严格挑选，三十二名从夜鹰突击队中崭露头角的士兵与军官，昂首挺胸地走进了“始皇特战小队”显得太过空旷的军营与宿舍。

一直悬而未发的人事任命，也终于在同一天公布出来。

“始皇特战小队”堪称元老级别的副队长许阳，被正式任命为队长，去掉了前面的“副”字。第二任指导员，依然保持原位。

这样的人事任命，在整个夜鹰突击队当真是一石激起千层浪。

谁都知道，许阳这个家伙，一开始还算是野心勃勃，但是在遇到郭嵩然和赵志刚这两个只能用变态来形容的对手后，他所有的骄傲都被打成碎片。为了证明自己，一头扎进“综合训练中心”，几年下来，许阳已经把“综合训练中心”打造得有模有样，影响力直接辐射全国，成为一个标志性特种部队训练中心。现在许阳正在着手把世界最先进的特种部队训练技术和手段引进他的“综合训练营”，每天忙得脚不沾地，这个队长职务对现在的许阳来说，真的只是一个挂名罢了。

队长和指导员都站到了跑龙套的位置，“始皇特战小队”实质最高指挥官，赫然就是刚刚被提干加提拔成副队长的燕破岳，一个还不到二十三岁的年轻军官！

在外人眼里看来，“嘴上没毛，办事不牢”，秦锋的决定实在太过大胆，几近赌徒已经输红了眼，把所有赌注都一次性投入了赌桌。

但是真正手握重权，站到高处眼界也随之开阔的高层军官们都明白，秦锋用看似赌博的方式做出了最正确的选择。

“始皇特战小队”已经打成这个样子，但是他们的内部凝聚力反而更强，甚至会产生“骄兵悍将”式的排外。

除非是和他们一样身经百战，否则的话，没有和“始皇特战小队”一起并肩作战，也没有和“始皇特战小队”成员一起在战场上成长起来的第三任队长，必然要很久很久才能勉强融入这个团队，甚至可能几年下来，都无法建立属于自己的指挥官权威。

与其“空降”一个指挥官，让他和士兵们互相内耗，还不如从“始皇特战小队”中挑选出一个在战场上表现出足够力量，得到所有人认可的强者接任指挥官职务。在这种情况下，原本就是三班副班长，又在大厦将倾时表现出众的燕破岳，自然而然就成了第一人选。

至于“始皇特战小队”原本有资格问鼎队长位置的三班长，已经处于半离职状态，他甚至拒绝了和所有人一起站在主席台上领取军功章。他现在最大的心愿，就是协助燕破岳在新兵入营后完成新老融合工作。等到“始皇特战小队”恢复元气，他就会正式脱下军装离开军营。

但是不管怎么说，“始皇特战小队”正在破而后立，只要给他们时间，他们会慢慢自我恢复。

看着重新被绿色身影填满的宿舍，虽然内心深处还有着失去战友与兄弟的悲伤，但是十几名老兵相互对视，都在对方的眼睛里看到了欣慰。只要还有他们这些老兵打底，“始皇特战小队”用鲜血与战火磨砺出来的军魂就不会丢，他们依然是“始皇”，依然是最强的特种部队！

分配铺位，整理内务，一切都做得有条不紊，当所有士兵都站到了属于他们的院落当中时，看着排成四排站在自己面前的“始皇特战小队”成员，和许阳以及第二任指导员并肩昂首而立的燕破岳，心中突然涌起了一阵恍惚。

当年，他和萧云杰初入“始皇特战小队”时，队长郭嵩然和指导员赵志刚就站在这里，用审视的目光打量着他们每一个人。

现在，他燕破岳已经成为“始皇特战小队”的副队长，萧云杰也成为“始皇特战小队”二班班长，在这里，他们已经成为老兵了。

时间，过得真快！

许阳对着燕破岳略略点头，示意燕破岳上前讲话，就是这样一个细微的动作，彻底坐实了燕破岳才是这支部队真正指挥官的事实。

不再理会万年跑龙套的第二任指导员，燕破岳踏前一步，沉声喝道：“坐下。”

随着燕破岳一声令下，所有人都双腿盘膝坐在地上。在许阳的帮助下，燕破岳将一块用木架支撑的黑板抬了过来。

刚入营的新兵还没有什么感觉，都瞪大了眼睛想看这位只有二十二岁的副队长葫芦里究竟卖什么药，在场的十几个老兵却不由自主地在心中齐齐叫了一声：“燕队，您老人家不会这样吧？！”

燕破岳抓起粉笔，在黑板上画出了一幅草图。

这幅草图画的是班一级作战单位在行动时展开的阵形。图中一共有十一个人，其中九个人分别编成了三个三角形作战小组，这三个作战小组又组成了一个大的三角形。而队长和通信员就被包裹在三个三角形作战小组当中。

“这就是中国陆军最擅长使用的三三制掩护阵形，我想在场的所有人，都接受过这种阵形作战训练。”

燕破岳目视全场，沉声道：“三三制掩护，是由作战经验丰富的老兵担任组长，带领两名士兵编成一个作战小组，三个作战小组组成一个班；组长一般都是由军事技术过硬、拥有实战经验的老兵担任。在作战时，组长就是突击尖兵，而两名组员则负责掩护组长左、右两翼安全，并为组长实施火力支援。一旦在战场上作战小组出现伤亡，就会在老兵的带领下，由两个甚至是三个作战小组剩下的成员集结成一个新的作战小组，使得部队纵然在战场上遭受重大伤亡，也可以保持最基本的战斗组织和战斗力。”

噗……

十几名老兵，包括萧云杰在内，所有人都在心里喷了。这可是他们几年前加入“始皇特战小队”的欢迎仪式上，郭嵩然队长说过的话、做过的事，也真难为燕破岳记性能这么好，居然说得一字不差！

想到这里，所有人又在心里一起吐槽，大家都认真遵守了第一任队长郭嵩然的“二人小组掩护制”原则，在战场上从来不会相距十米，算来算去，好像也就是他们现在这位副队长最不乖，会时不时和搭档断了线，就拿上一场激战来说，他们两个人可是一个在左侧山峰上，另一个在右侧山峰上。

“‘始皇’第一任队长，教会了我们放弃最擅长的‘三三制掩护’，选用美军特种部队的两人小组搭档模式。队长是希望我们能在战斗中，尽可能地生存下来！”

燕破岳目视全场：“当时我听得心里暖洋洋的，甚至有了一种士为知己者死的冲动。遇到这样一个关心士兵、想要努力让我们活下来的指挥官，是每一个人的幸运。但是，就在不久前，我突然发现，郭队长错了。”

在队伍中的艾千雪，眼睛里闪过一丝讶异。踩着前任者的肩膀来抬高自己，这种行径在官场中屡见不鲜，但是在军营中，踩着一位获得了大家由衷尊敬的前任指挥官的肩膀抬高自己，效果却往往适得其反。

燕破岳又抓起粉笔，在黑板上画出了一支特种部队选用二人搭档小组为基本作战单位的作战队形。

三三制掩护和二人搭档小组模式，在黑板上各据一方，形成了楚河汉界强强对峙的格局。

“这两种小组战术，都经过实战考验。一个能将职业军人进攻进攻再进攻天性发挥到极限，一个能培养士兵之间最亲密的信赖，形成在战场上不离不弃、生死与共的二人共生体。”

燕破岳目视全场：“谁能告诉我，这两种战术，谁更强谁稍弱，谁优谁劣？”

现场一片沉默，大家都各自思索着。

中国陆军和美国陆军都在各自的战场上，证明了其战术的实用性和优秀。而这两种战术，更和各自民族特性及文化信仰有着不可切割的密切关系。至于哪种战术，或者说哪种思想更优秀，没有人敢断言，也没有人愿意通过实践去验证。

“三三制掩护，代表着不惜一切代价取得胜利的决心；两人搭档模式，代表着珍惜每一名士兵的生命，努力让每一个人活着回家。这两者猛地看起来，是不可调和的矛盾冲突体。”

作为队长，燕破岳抛出了问题，他就必须负责解答问题。燕破岳再次开口：“战争并不是一成不变的。擅长使用三三制掩护的中国部队，看到最亲密的战友倒在血泊中，也会有人不顾冲锋号响起，停下脚步去救助伤员；美国海军陆战队，在第二次世界大战期间，和日军在太平洋各个岛屿上展开激战，也曾经有打红眼的老兵用手臂抓着手榴弹，直接塞进日军碉堡，让日军根本没有办法在第一时间把手榴弹抛出地堡。”

燕破岳举的这些例子无可辩驳，大家都在认真思考着。“始皇特战小队”幸存的老兵们，更是若有所思。当他们几乎被成建制打散，面对那批不死不休的绝对死敌，彼此之间就像是两头最疯狂的野兽，根本不顾自身还在流血，只是拼命向对方倾泻自己最有力的进攻时，他们不假思索使用出来，不断被打散又不断重新组织出来，保证了他们最强火力输出与反击力量的战术，还是中国特种部队最擅长使用的“三三制掩护”！

并不是说两人搭档小组模式不好，而是说到了不顾一切彻底拼命时，三三制掩护更能激发出一支部队的极限潜力！

“一支部队，不能动不动就像看到红布的西班牙斗牛一样去拼命，什么样的部队也经不起这种损耗。特种兵，更不是敢死队一样的消耗品。”

燕破岳伸手轻点着黑板上，画着两人搭档小组作战模式的草图部分：“在执行普通任务时，我要你们和最亲密搭档联合作战努力生存，通过积累实战经验，不断提高单兵作战能力以及和整支队伍的默契。但是一旦赌上国家民族命运的战争打响，我们肩负起不胜则亡的任务，面对绝对强敌……”

燕破岳的手指在黑板上慢慢滑动，一直滑到了“三三制掩护”那一部分，他转身目视全场，昂然道：“那就让敢于向中国宣战的敌人睁大眼睛看清楚，不管是过五十年还是一百年，中国陆军在那个家破人亡、山河破碎的最黑暗年代，硬生生地打出一个朗朗乾坤，支撑起我中华民族骄傲脊梁的铁血战魂，仍在！！！”

沉默了大约十秒钟，潮水般的掌声突然在“始皇特战小队”独立院落的操场中响起。

我们尊重每一个士兵的生命，我们会努力让每一个士兵在战场上生存下来，活着回家；但是当我们肩负起重要使命，必须赢得胜利时，面对任何强敌，我们都敢于用我们的鲜血与无悔军魂，打出破釜沉舟式的最灿烂进攻！

这，就是燕破岳这位实质意义上的第三任队长，赋予“始皇特战小队”的又一特质！

和身边的战友一起用力鼓掌的艾千雪，望着昂然屹立，已经足够成为所有信任他的士兵最可信赖的参天大树，为他们遮风挡雨的燕破岳，她心中突然涌起了一种沧海桑田、时过境迁的感慨。

从什么时候开始，那个刚入新兵连就被指导员处罚，站在自动化大楼前，喊着羞人到极点的话语，甚至还想到用装甲车加铁皮门来“磨”被子的大男生，已经成长到这种地步了？

她与他之间，再也不可能像两年前那样了吧？那时他已经在演习中打疯了、打狂了，逼得指导员赵志刚把她当成救兵搬过来，她只是跑到群山与丛林中间扯开嗓子喊上一声，就让燕破岳乖乖走出来，哪怕是被她伸手拎着耳朵，疼得嘴角直咧，他也不敢反抗。

第二十五章 – 再见，我喜欢的大男孩儿

几天后的晚上，艾千雪把燕破岳约到了军营外的操场上。

操场上很安静，只有他们两个人。

“我要走了。”

如果是在以前，听到艾千雪这突如其来的话，燕破岳一定会一蹦三尺高，可是现在，他却只是略略挑了一下眉角，就那么直直凝视着艾千雪的眼睛，他在等着她的解释。

“内心激流涌荡，却能面沉似水，不动如山。大队长没有看错，燕破岳，你果然能成为一名最优秀的战地指挥官，而且我坚信，你在这条路上一直走下去，将来的成就，远不会仅止于一个‘始皇特战小队’。”

月光倾洒下来，在艾千雪的皮肤上蒙了一层晶莹的质感，让她整个人都透出一种朦胧的美感，那精致得仿佛得到九天诸神祝福的面庞，美丽中隐隐透出一丝落寞，让燕破岳都看得心脏微微一跳。

艾千雪的声音很低、很柔，一如她和燕破岳初识时，那小白莲般的温婉可人。“我已经向上级递交了申请书，希望能离开‘始皇特战小队’，我原本就是一个女人，待在一线特战部队并不合适，我想很快上面同意申请的批复就会下达。”

燕破岳开口了，他的声音听起来干而生涩：“为什么？”

“我一直认为，自己够强大，只要我愿意，像我这种集美丽、智慧和力量于一身的女人，能做好任何事情，而且不会比任何优秀的男人差一丝半毫。”

艾千雪抬起双手，望着自己那双纤细而美丽的手，低声道：“你看到了吗，我的双手在发颤。过了这么久，一想到那场血战，想到那两发劈头盖脸砸下来的炮弹，还有被炸得死无全尸的孤狼，我的双手就在发颤。”

她的手，真的在轻轻颤抖。

“我平时双手并不会颤抖，可是一看到你，就会变成这样。”

就算燕破岳再沉着冷静，遇事不动如山，这一刻也不由得瞪大了双眼，伸手揉着鼻子苦笑起来：“不会吧，我有这么恐怖？”

“我一直以你为参照。无论你变得有多强，在我的意识中，你都是那个被指导员罚站，站在办公大楼前，和萧云杰一唱一和说相声的新兵。既然你燕破岳都能做到，那我艾千雪当然不在话下。直到一个月前，整支‘始皇特战小队’面对生死存亡挑战，你以坚攻坚、力挽狂澜，我只是远远看着，都觉得心惊肉跳。直到那个时候，我才知道，如果我们两个人生死相搏，也许你还没有动手，你身上那股不断积累的杀气，就会让我丧失正面对抗的勇气。原来我只是一只坐井观天、自以为是的井中蛙罢了。”

燕破岳几次想要开口，但是最终却一个字也没有说出来。他真的是太了解艾千雪了，这个女人美丽强大而又骄傲，如果用谎言去安慰她，反而是最大的侮辱与残忍。

“以孤狼的敏锐和反应速度，她完全可以在炸弹落下来之前，冲进那个岩洞。像她这样的王牌狙击手，早已经预测了战场上可能遇到的各种情况，并做了各种准备。在战斗结束后，我一合上眼睛，眼前就会浮现出孤狼临死时看向我的眼神，我一直在想，人不都是怕死的吗？为什么在生死关头，她放弃了自己，而选择救我？”

说到这里，晶莹的泪花已经在艾千雪那如暗夜星辰般美丽的双瞳中渗出，并迅速聚集，无声地在她那精致而美丽的脸庞上，滑出两道细细的泪痕。在皎洁的银色月光下，她看起来有种有说不出来的凄美。“后来，我终于想明白了。孤狼在整个军营中，只有你一个朋友，也只有你一个兄弟。她早就看出来我喜欢你，喜欢得不得了，在面临死亡的时候，以自己的生命为代价，保住了兄弟女人的命，所以她看向我时，脸上的表情才会那么无悔和欣慰。”

燕破岳呆住了，他真的呆住了。巨大的信息像海潮一样猛撞过来，让燕破岳的大脑有了片刻的呆滞。说对艾千雪没有好感，那百分之百是骗人的，但是作战作战再作战，始终游走于生与死的边缘，让他根本没有时间也没有精力去思考这个问题。

“这一次，是孤狼为了救我而战死沙场，一个大家都认为，有资格冲击当代狙击手排名榜前十名的狙击手，就这么死了。”

艾千雪在泪眼模糊中，望着燕破岳轻声道：“那么下一次，我再遇到危险时，要用谁的命来换我的？是萧云杰，还是你？”

燕破岳终于明白，为什么艾千雪要离开，为什么艾千雪的战后创伤应激综合征，是一看到他，就双手轻颤了。

她从来没有向他表露过什么，但就像她刚才说的那样，她喜欢他，喜欢得不得了，就是因为太害怕在战场上拖累他、失去他，她才会变成现在这个样子。

她已经无法再继续待在“始皇特战小队”，和燕破岳并肩作战了。

而这个理由，让燕破岳既心酸悲伤又快乐。就是在这短短几分钟时间里，他就尝遍了人生的酸甜苦辣。

所有的智商，在这一瞬间，仿佛都变成了负值，燕破岳伸手搔着脑袋，嘴唇嚅动了半晌，才挤出一句他自己应该大嘴巴把自己活活抽死的话：“我一直搞不清，你究竟是喜欢我，还是喜欢萧云杰？还是两个都喜欢，却把我们当成了弟弟？”

艾千雪不再流泪了，或者说，她已经被气得忘记了流泪。眼前这个家伙，要没心没肺混账十八级到什么境界，才能在一个女孩子向他道别加表白时说出这样的话？！

终于发现自己说错了话，燕破岳试图补救：“其实，其实……萧云杰也喜欢你……”

艾千雪眼睛瞪圆了，这个家伙说出这句话，是要拒绝她吗？！

“不，不，不对……”燕破岳竟然结巴起来，“是……是……你……是你喜欢萧云杰！”

“嗯？！”

艾千雪已经柳眉倒竖。

“是……是……是……是……”

燕破岳突然脸色一变，一把捂住嘴巴，将自己差一点儿说出口的那句会要了命的“是我不喜欢你”给硬生生按了回去。

看着燕破岳同时按住口鼻，因为缺氧脸都开始涨红，却依然不敢松手，生怕再说出什么意外之言的模样，艾千雪的眼睛里海波一样的轻潮还在荡漾，就已经被笑意填满。

在手忙脚乱的燕破岳身上，她依稀又看到了那个有点青涩、有点稚嫩，和她交手打架，连手都不知道该往哪儿放的大男孩儿。

艾千雪走前两步，拉开了燕破岳捂在鼻子和嘴上的手，旋即又踏前半步，在燕破岳还没有明白她想干什么之前，她的嘴唇就已经落到了燕破岳的嘴唇上。

也许是一种雄性的本能，燕破岳下意识地伸出舌头，在艾千雪的嘴唇上轻轻舔过，他尝到了淡淡的苦与咸，那是艾千雪眼泪的滋味。可是旋即，将销魂噬骨的柔软与馨香混合成的滋味涌上心头，燕破岳大脑中再次陷入一片空白，他下意识地伸出有力的双臂，一把死死搂住艾千雪那纤细而充满爆炸性力量的腰肢，把她整个人都带进自己的怀里，然后在本能的驱使下，不顾一切地用力吮吸，直至怀里的女人发出不胜负荷的低声浅吟。

然后……

熟悉的天旋地转，熟悉的“啪”的一声闷响，当燕破岳终于回过神来，他又被艾千雪用一记漂亮的过肩摔，像个麻袋似的摔到了地上。

艾千雪居高临下瞪着燕破岳，她的脸颊红得就像十月的柿子，仿佛伸手一掐都能掐出水来。艾千雪气愤地瞪着燕破岳，但是她的嘴唇都被燕破岳吸吮得微微红肿，她的目光怎么看都不具备杀伤力，反而像是刚刚陷入热恋的女生在向喜欢的男孩儿撒娇。

燕破岳下意识地又伸出舌头舔了一下嘴唇，再次回味了一下那种销魂噬骨的滋味，他果不其然地看到艾千雪的脸更加红了：“你这个小浑蛋！”

燕破岳不解又无辜地眨着眼睛，大概、好像、貌似是她老人家主动说喜欢他，主动走上来亲吻他的吧，怎么最后反而他成了小浑蛋被摔倒在地，艾千雪姑奶奶倒像吃了大亏似的？

艾千雪柳眉倒竖：“很委屈是不，你的手放在哪儿呢？！”

燕破岳这才发现，不知道什么时候，他的右手，不，他的右爪，竟然不知不觉间攀上了女神胸前那少儿不宜的，呃，那个，啥，而且看他手指的动作和那个啥的形状，他在无意识中，爪子捏得那是相当的卖力！

燕破岳的脸，也红了。他讪讪地收回右爪，嘴里小声加小心地解释了一句：“嘿嘿……纯属本能，其实，我都没发现我这么大胆，也没有记住是啥感觉。这个……没记住，您老人家就当没发生过吧。再说了，是你先对我展开了突袭，我只是……呃，自卫反击罢了。”

艾千雪真的无言了，还自卫反击，已经是“始皇特战小队”的副队长了，这个家伙怎么还好意思这么耍无赖？

松手站起来，艾千雪随意踢了燕破岳一脚：“起来，我还有话对你说。”

燕破岳一个骨碌，从地上爬起来，连身上的土都没有拍，就对艾千雪露出一个谄媚的笑容。

虽然知道这个家伙至少有八成在耍宝，一个开怀的微笑却已经控制不住地在艾千雪脸上涌起，她终于又感受到了原来那个让她喜欢的燕破岳，而不是现在那个喜怒不形于色，仿佛天塌下来，都能登高一呼应者如云的“始皇特战小队”副队长。但是笑容刚刚露出，想到为了救自己而战死沙场，甚至是死无全尸的孤狼，悲伤的情绪又涌上心头。刚刚从艾千雪脸上绽放的笑容，又随风而逝。

但是不管怎么说，经过这一系列小小的波折，两个人的心，却贴近了。

“无论是我，还是大家，喜欢的还是那个开心起来会放声大笑，不高兴了就会嘟起嘴唇，一个人就能拎着一门自动榴弹发射器，扛着几十发炮弹，满山遍野乱跑的燕破岳。”

艾千雪望着燕破岳，柔声道：“我知道，你当了副队长，身上的压力太重太重，你想学郭嵩然和赵志刚那样，成为大家可以全心信赖的领袖。可是你想过没有，大家能接受你当副队长，除了因为你在战场上展现出了足够的实力，更因为你是大家熟悉的人？如果就连你都变成了一个完全陌生的人，那么大家又如何去保存‘始皇特战小队’？”

燕破岳沉默不语，他在思考着。

“不要变得太快，不要变得太陌生。大家不但需要一个队长，更需要一个熟悉的同伴，陪同他们一起战胜失去太多战友的悲伤与彷徨，重新强大起来。”

艾千雪伸手轻轻抚摩着燕破岳的脸，似乎想要借着这个动作，将燕破岳这个人永远地镌刻进自己的内心最深处：“你也不要劝我留下。如果有一天，你累了、乏了，又找到了新的接任者，可以放下身上所有的重担，放心离开‘始皇’来找我。让我们可以像普通的男人和女人那样，谈一场恋爱，吵吵架，赌赌气，逛逛街，看看电影。”

艾千雪踏前半步，再次在燕破岳的嘴唇上留下了轻轻的一个吻：“答应我，等你再次出现在我面前时，不再是‘始皇特战小队’的副队长，不再有这么多的压力与伪装。我还是喜欢原来的燕破岳，那个有点傻、有点呆，开心起来会放声大笑，执拗起来八头牛都拉不回来的燕破岳。我可以等你，但是，如果你重新出现在我面前时，没有变回曾经的‘他’，我会拒绝你的。”

艾千雪走了，只留下燕破岳一个人。他坐在军营的操场上，望着头顶那轮银色的圆月，在静静想着什么。任由夜晚的露水，打湿了他身上的军装。

不知道坐了多久，燕破岳突然跳了起来。他在操场上连翻了十四五个跟头，依然是脸不红，气不喘。

在这一刻，燕破岳仿佛脱掉了一层无形的外衣，又仿佛刚刚摆脱了一个心灵的重负，他长长嘘出一口闷气，对着头顶的圆月张开了双臂，做出了雄鹰展翅飞翔的动作。

“我成不了郭嵩然，也做不了赵志刚。我不会面对强者卑躬屈膝，也不会面对弱者趾高气扬。我踏踏实实一步一个脚印地向前走，我努力接近自己的梦想，努力活出自己的精彩。我既不伟大，也不卑微，我就是我，燕破岳，天上地下，独一无二的燕破岳！”

也许只是一种巧合，也许是心有灵犀，也许是冥冥中一种难解的缘，回到宿舍后，就一直静静坐在窗台边，看着同一轮银月的艾千雪，唇角突然露出一丝笑容。如果不是看到燕破岳因为突然到来的权力与责任变得太过厉害，她会选择一个人静静地走开，而不是向燕破岳吐露心声。

这个男人是够聪明，他没有发现自己的感情唯一的原因，就是他心无旁骛，把所有的专注力都集中到了对力量的追求上。也就是因为这样，燕破岳才能在短短四年时间里，从人才济济的“始皇特战小队”崭露头角，成为让所有人信服的强者。

随着他越走越远，他的眼界越来越高，他的心胸越来越广，在他累了、乏了，愿意停下冲锋的脚步，用悠闲的心态去打量路边的风景之前，爱情对他而言太过奢侈。所以，在两年的时间里，他们明明彼此欣赏，彼此喜欢，相互的关系，却一直停留在“战友”和“朋友”层次，再无寸进。

“别了，不断让我惊奇的大男孩儿。”

艾千雪轻抚着自己的唇线，那里仿佛还停留着刚才拥吻带来的压力与热度。“很久以前，我就找萧云杰问过，知道你曾经有过一个没有血缘关系的姐姐，也知道你们之间有过几分暧昧，你还亲口喂她喝过酒。像你这样的男人，要么根本不动心，要么一旦真的动了心，就会一生一世海枯石烂。所以，在我临走前，我要把你姐姐留在你心中的影子和阵地全部扫掉，再插上我艾千雪的旗帜！”

说到这里，艾千雪自嘲地笑了笑：“对不起了，未曾谋面的刘招弟，我不但占据了地利优势，更对你不宣而战，可谓是占尽便宜、心机用尽。‘爱情是自私的’，这句话，还真是没有说错。”

第二十六章 - **老牌特种劲旅**

一年半之后……二〇〇一年，九月十一日，这是一个世界会永远记住的日子。

“始皇特战小队”所有人，包括一直在综合训练中心的许阳队长和第四任指导员，都静静坐在会议室里。投影机正在工作，将几个小时前刚刚发生的事情投到了幕布上。

一座高耸入云，在世界经济领域都起到举足轻重作用的大楼（北楼），被民用客机撞到九十四至九十八层之间，白色的楼身正在不断燃烧，猛地看上去就像一支燃烧并不充分的火炬，扬起的浓烟直冲上近千米的天空。

突然间又有一架民用客机，带着第二次世界大战期间日军神风敢死队式的疯狂与果决，以大约每小时七百五十公里的速度，一头撞到了第二座世贸大楼的正中央（南楼）。这架标号为美国联合航空公司第175号航班的波音767民用客机，原定是从波士顿洛根国际机场起飞，最终目的地是洛杉矶，它刚刚起飞，所以燃料几乎还是满的，也就是说，这是一颗装载了几百条鲜活的生命，外加近四万升航空燃料的超级燃烧高爆导弹！

四万升！

这段新闻录像，很可能是在民航飞机撞击第一座大楼后紧急录制的，就是在第二架飞机直撞向南楼时，在场所有“始皇特战小队”成员可以清楚地听到，在音箱里传来了在场行人的疯狂惊呼和女人面对末世来临般的悲伤哭泣。

整架波音767民用客机，在空中划出一道绝对称不上优美的小弧线，在它即将用翅膀撞击到第二座世贸大楼前，做了最后的方向调校，以机头直接狠狠撞进了大楼。携七百五十公里时速形成的惊人惯性，波音767客机对着钢架结构的二号世贸大楼，进行了一次残酷的腰斩。就像播放好莱坞大片般，二号世贸大楼被撞击楼层支离破碎，大约过了一秒钟，从大楼被撞击部位正中央爆起的火团将整个大楼中段包围，在瞬间形成绝对的高温，直接对撞击楼层附近所有的人进行了一次无遗漏死亡洗礼。

几秒钟后，火焰化为浓烟，第二座世贸大楼也和第一座世贸大楼一样，成了几公里外都能清楚看到的巨大烟筒。

在摄像机附近，人们的惊呼声、奔跑声，还有哭泣声响成了一片。在这场浩劫中，究竟会出现多少伤亡，在灾难刚刚开始的时候，也许只有上帝才能知道。但是可以肯定的是，经历了这场伤亡数量绝对惊人、经济损失和政治损失更是无可估量的恐怖袭击事件，美国民众自以为远离战争，可以用“世界警察”身份居高临下俯视世界的自豪感和安全感，遭到了严重削弱。这场恐怖袭击的余波和阴影，在相当长的时间内，会在美国民众心中挥之不去。

新闻播放完了，“始皇特战小队”会议室内一片肃然。按照中国情报机构的分析，有能力策划实施，也敢于策划实施这种向全人类道德挑战的恐怖袭击事件，并且能够真正成功的恐怖组织，只有在本·拉登带领下，已经在全世界各地和美国政府对抗了二十年时间的基地组织！

美国、世贸大楼、恐怖主义袭击、阿富汗基地组织……

这些东西，仿佛和中国很遥远，甚至可能会有一些人唯恐天下不乱地拍手叫好。

但是他们这些奋战在国防第一线的特种兵却清楚地明白，在全世界到处都有恐怖袭击事件，这其中也包括了中国。他们更清楚地知道，就在去年，中国激进组织头目已经亲赴阿富汗，向基地恐怖组织头目本·拉登宣誓效忠，因此得到了基地恐怖组织的资金武器支援，更有大批中国激进组织成员进入阿富汗，并在那里接受了为期三个月的准军事化训练。

就是在基地组织的支援和撑腰下，这两年来，中国境内的激进组织态度越发嚣张。如果不全力打击，把他们的嚣张气焰直接掐灭，又有谁敢说十年后、二十年后，他们不会变成第二个基地组织，在他们中间不会出现第二个本·拉登？！

新闻播放完了，画面定格在两幢依然在燃烧并散发着浓烟的世贸大楼上。

身为副队长的燕破岳走上讲台，目视全场：“策划这场恐怖袭击的人，也许真的以为用这种行为，就可以让美国民众屈服，通过游行抗议等方式就能要求政府放弃海外军事行动。但是，他们错了！”

所有人都在静静倾听着。燕破岳在“始皇特战小队”副队长的位置上，整整待了一年零七个月，他已经用自己的出色表现证明了大队长秦锋的眼光和自我实力，真正获得了所有人的认同。

这一年零七个月时间，燕破岳增长最快、最让大队长秦锋感到惊喜的，并不是他的单兵作战能力，也不是他的战术指挥能力，而是这位“始皇特战小队”首任指导员精心培养出来的高徒，在得到足够的时间去吸收知识，并和自己的职业融会贯通后，终于展现出他堪称惊艳的战略眼光。

“第二次世界大战期间，日本海军不宣而战，偷袭珍珠港，将美国这个一直躲在战火之外闷声发大财的国家彻底激怒。就是在那一刻开始，美国向世界所有国家证明了自己的强大。他们不但具有世界最强大的工业生产能力，当他们真的怒了、疯了、狂了的时候，这个喜欢冒险追求自由的国家，更会爆发出最可怕的战争潜力，在战争中也会涌出无数传奇英雄！”

也许在以前，在美国还有人道主义组织和个人反对对恐怖组织展开军事行动，还希望通过谈判等方式，获取和平。但是从这一刻开始，这个拥有世界最强军事力量和战争潜力的国家已经被彻底激怒。

想到这里，燕破岳深深吸了一口气，做出了最后总结：“睁大眼睛学着点，这个国家的军队，要拼命了。”

没错，只有摧枯拉朽的进攻，用无数敌人的鲜血与死亡，才能平息他们的悲伤与愤怒，他们的国家、他们的军队、他们的平民，再不会将注意力集中到战场上又死亡了几个士兵，又有几架直升机被击落。一场在人类进入二十一世纪后，最先进、最猛烈、最疯狂的复仇之战即将打响！

就是在这一天开始，“始皇特战小队”每天都会定时聚集在会议室，密切关注在地球另一端正在发生的事件。

在“九·一一”恐怖袭击发生当天，美国无论是海外驻军还是本土军队，无一例外都进入了最高战备状态。天知道有多少防空武器对准了天空，在这个时候还有什么飞行器不服从空中管制，美国空军的战斗机将会立刻升空将其击落。

到了第二天晚上，也就是二〇〇一年九月十二日晚上八点十分，美国国务卿鲍威尔宣称，整个美国已经进入“宣战”状态。还是在同一天，夜间十点四十五分，美国总统布什，就“九·一一”事件发表第四次讲话，宣布恐怖袭击是“战争行为”！

九月十五日，美国参议院正式授权总统，对恐怖分子使用武力。就是在这一天，密切关注事件发展的世界各国情报组织都通过自己的渠道探知，平时绝不会轻易涉险的美国特种部队，已经以三人或者五人一组，通过空降渗透的方式出现在阿富汗境内。

这些美国特种兵活跃在阿富汗首都坎大哈附近，他们的任务就是从地面收集情报，寻找基地组织头目本·拉登的信息，同时他们要在情报人员的协助下，和反塔利班武装力量会合，并建立战略同盟关系。

没有充足准备，就直接进入敌占区活动，完成情报收集甚至是狙杀任务，这对世界任何一支老牌特种劲旅来说，都是最困难、最危险的，轻易不愿意涉足的试金石。在阿富汗境内活动，基地组织成员是他们的敌人；塔利班政府军和警察是他们的敌人；那些看到他们，就会向上述两个组织报告，以获取奖金的平民是他们的敌人。

燕破岳不知道在后面二十多天时间里，这些以小组为单位进入阿富汗的美国特种部队究竟做了些什么，但是燕破岳可以断定，就是因为这些特种兵的活跃表现，才让美国在悲伤与沉默中，以惊人的速度完成了战争准备。

十月七日，美国总统乔治·沃克·布什终于面向全世界宣布，针对基地组织和塔利班政权，展开举世瞩目、代号为“持久自由”的反恐战争。

随着美军正式宣战，空袭和外科手术式高精度导弹打击的画面重复上演，阿富汗这个号称“距离蓝天最近，但是距离天堂最远”的国家，境内几个大型城市几乎同时被卷入战火，唯一可以庆幸的是，所有人都知道美国军队的反击已经不可避免，绝大多数平民都已经撤出这些城市，避免了重大伤亡。

塔利班政权驻巴基斯坦大使扎伊夫，立刻在伊斯兰堡发表演讲。他不谈塔利班政权身为一个合法政府，对基地组织的种种包庇行为，而是话锋一转，强烈复强烈地谴责美国对阿富汗实施军事行动。这位大使面对摄像机语气严肃认真而又骄傲，他是这么说的："这种残忍的袭击，和世界上发生的其他恐怖袭击没有任何区别。美国永远无法靠对阿富汗发动军事袭击，达到他们的政治目的！"

看到这段被翻译成中文的宣言，燕破岳无言地摇头。

几年前，美国"游骑兵"和"三角洲"特种部队在索马里首都摩加迪沙陷入重围，经过十五个小时的激战，直至得到巴基斯坦维和部队接应才撤出战场，据战后统计，美军特种部队一共阵亡了十九人，还有七十三人受伤。这一场激战，还被拍成了名为《黑鹰坠落》的电影。

也就是因为这场摩加迪沙之战，才导致美国军队从索马里撤军。

这位阿富汗驻巴基斯坦大使敢这么高调宣称美军无法战胜他们，大概就是以为，他们只要能将美国拖入战争泥沼，美国死上十几或者几十个特种兵，就会像退出索马里一样撤出阿富汗吧？

可是这位大使忘了，在半个世纪前，就是因为日本海军不宣而战偷袭珍珠港，让美国军队在自己的家门前死伤惨重，更将美国人彻底激怒，美国军队才会不计损耗，在各个战场和敌军展开血战，用无数士兵的鲜血终于铺出一条通往胜利的路！

美国军队已经把这场战争列入不死不休范畴，到了这个时候，别说是死上十几或者几十个士兵，就算是死上几百个、几千个，甚至是几万个，在将基地恐怖组织和包庇他们的阿富汗塔利班政权全部铲平之前，美国军队都不会后退，更不会撤出！

面对这样一个原本就比他们强了十倍甚至是百倍，又被彻底激怒的绝对死敌，还敢摆出那种自以为是的姿态，除了将对方激得更加愤怒之外，没有任何意义。

随着代号“持久自由”的战争打响，一直活跃在阿富汗境内，以潜伏渗透暗杀和收集情报为主要任务的美军特种部队，终于从暗处站出来，走到了这场战争的最前沿。

作为最早进入阿富汗的地面部队，这些特种部队接到的命令，几乎可以打破人类自有特种部队以来的特种作战史。他们可以自由决定攻击目标，自由决定行动路线，他们遵循的目的只有一个——不惜一切代价，用尽一切手段，让敌人付出最惨痛的代价！

就拿美国陆军特种部队代号“刺刀”的一支十二人特遣小队来说，他们和阿富汗当地反政府武装力量“北方联盟”会师，正式浮出水面，成为世界公众媒体关注的焦点。明明只有十二个人，他们竟然又分成两个六人小组，一个叫“英勇”，另一个叫“阿尔法”。

“英勇”小组向南移动，进入阿尔玛塔克山区，袭击达尔亚瑟夫山谷南部的“塔利班”力量；而“阿尔法”小组则进入克什达巴拉山区，攻击马扎里沙耶夫。

这两支特种作战小组，最擅长的“技能”就是精确定位请求空军低空支援。在他们的召唤下，美国空军的B1、B52轰炸机，还有F14、F15、F16、F18战斗机都相继亮相。在“阿尔法”小组的精确定位指引下，美国空军仅仅用了十八个小时，就击毁了塔利班政府军二十辆坦克装甲车和二十辆后勤车辆。发现美国空军攻击力量太过猛烈，塔利班政府军一开始还不服气，调动了大量后备力量赶往战区，结果全成为美国空军的炮靶。到了最后，“阿尔法”小组都不知道自己究竟在战场上指引空军击毁了多少塔利班政府军武装力量。

最后只能用“很多”“无数”这样的词语，来形容他们的战果之辉煌。

而“英勇”小组，他们的主要任务是协助“北方联盟”，切断塔利班政府军的补给线。无论是在哪一个时代，军队补给线都是绝对生命线，双方在这条战线上反复厮杀，“英勇”小组和塔利班军队的交锋，一直持续了整整十八天。而“英勇”小组的战果，数字就更加精确。他们一共击毁了塔利班政府军六十五辆卡车或者坦克，十二座指挥部掩体，外加找到一个大型军火库，并指引空军将其炸毁。

仅仅是十二名美国陆军特种兵，外加他们精确指引的空中力量，就对塔利班政府军造成毁灭性打击，直接撕开了塔利班政府军在北方精心布置的防线，“北方联盟”反政府军几乎是以打酱油般的跑龙套角色，几乎没有打过什么硬仗，就一路凯歌地向前推进。

十一月十三日，“阿尔法”特种作战小组成功渗透进入喀布尔北部机场，并成功接引“北方联盟”攻克喀布尔。“北方联盟”继续向前推进，试图再攻下康杜兹市。为了压制塔利班政府军反击和增援，这支全员只有十二人的特遣队，两支小组重新集结，又分成了三个四人编制的小组。

他们其中一支特种作战小组，在战场上精确引导空中打击时；第二支特种作战小组会进入战备状态，随时面对突发事件；而第三支特种作战小组，则是放心休息，享受他们在战场上难得的放松与舒适。这样三支特种作战小组，实际上是“工作”一天，警戒加休息两天。如此周而复始，使得全员都能在战场上保持充沛体力，二十四小时不间断为空军提供高精度引导，硬生生将塔利班援军压制得无法进入康杜兹市。

在一个月的时间里，这支只有十二人编制的美军特种部队特遣队，与“北方联盟”反政府武装联手作战，一共打下六个阿富汗北部主要城市，外加五十座城镇。在完成这一系列只能用奇迹来形容的军事任务时，这些美国特种兵并不是像一般人想象的那样，像大少爷一样躲在战场后方。他们亲自在最危险的战场上来回穿插，而且几度和“北方联盟”一起向塔利班政府军发起冲锋，而且他们曾经在最恶劣的环境中，夜间疾行一百公里穿过了山脉与峡谷，展现出一支特种部队除了高科技与空中支援之外最强大的单兵素质。

这支十二人的特遣队，在战场上用自己手中的枪和精确的地面引导，对敌军造成了超过五千人的致命重创，摧毁了大量地面防御工事，坦克装甲车、卡车等军用车辆，而他们自己却无一伤亡！

而这支代号“刺刀”的陆军特种部队，只是美国投入阿富汗的众多特种部队中的一支而已。

十二月七日，美军特种部队成功攻入阿富汗首都坎大哈，这代表着塔利班政权的“精神之都”被攻克。

随后美国特种部队集中全部力量，对阿富汗东部山区的托拉博拉区域展开了最猛烈的进攻。在这个过程中，各种似乎只应该出现在科幻电影中的攻坚武器被一波波地使用出来，美国特种部队和英国特种部队更将他们的王牌狙击手遍布在整个山区，只要有人走入他们的射击范围，狙击手就会毫不犹豫地射杀，每天再由专车负责“接送”尸体。

在这短短的两个月时间里，美国特种部队给还在学习成长中的中国特种部队上了一堂震撼的教育课。大家都知道，陆军特种部队通过地面精确引导，能够呼唤空军战斗机或者轰炸机，对目标展开毁灭性攻击。可是没有人知道，原来“陆军特种部队+空军+导弹部队”，能够形成如此惊人的破坏力。

“队长，”有人开口问了，“假设，只是假设，如果是中国和基地组织外加塔利班那样的敌人打起来，队长你亲自带队，我们能不能做到美军那种程度？”

这个问题，已经盘旋在“始皇特战小队”每一个人心底很久很久，只不过今天，终于有人鼓足勇气，把它问了出来罢了。

所有人的目光，都落到了燕破岳的脸上。

“如果从‘始皇特战小队’拉出十二个人，和他们在战场上殊死对决，只有一方死光，剩下的人才能离开，我有六成信心可以带着兄弟们赢得胜利。但是，如果让我们进入类似战场，同样可以获得中国空军全力支援……”

说到这里，望着自己面前这些朝夕相处的兄弟，燕破岳的声音猛然顿住了。他在这些部下和兄弟的眼睛里，看到了期盼和紧张，大家都期望在他这里得到肯定的答复，哪怕他只是点点头，说上一个“嗯”字，也能让大家获得信心。但是，身为一名特种部队战地指挥官，他首先要学习的一个职业特质，就是尊重事实，哪怕这个事实会挫伤大家的信心与骄傲，燕破岳也绝不能回避！

燕破岳在所有人期盼的注视中，还是继续说了下去：“如果没有对比，我们在战场上能取得他们十分之一战果，我就已经非常满意了。”

会议室里一片死一样的寂静。

从现实角度来看，他们派出一支十二人编制的特种部队，在战场上凭借空中支援，没有付出任何伤亡代价，就成功击溃几百名敌军，这的确是应该非常满意了。但是和刚刚在世界公众舞台上，给他们上了一堂特种作战震撼教育课的美国陆军特种部队相比，他们在战场上拼尽全力，最多只能达到对方的十分之一，这个结论是不是太寒酸、太难以拿出手了？

但是燕破岳的话，没有人能够反驳。

从单兵作战能力上来说，大家基本是五五开，各有各的长处与缺点，谁也不比谁更厉害。但是当美国特种部队为了复仇，再无顾忌地在阿富汗战场上把他们平时所有藏着、掖着的撒手锏和先进战术一股脑儿地全部使出来的时候，他们这些中国特种兵就清楚地认识到，现代特种部队作战比拼的已经不是士兵单体素质，而是以特种部队为触角展现出来的整支军队，甚至是整个国家的科技与军事综合力量！

那些美国特种兵之所以敢长时间孤军深入，在阿富汗境内纵横穿插，除了他们有大量情报人员，并且和“北方联盟”反政府武装早就建立了千丝万缕的联系之外，更重要的是，美国早在一九七三年，就开始组建前前后后斥资二百多亿美元的GPS全球定位系统。

这套GPS全球定位系统，是将二十四颗工作卫星分布在六个轨道平面内，无论我们站在地球哪个位置，在任何时间，我们的头顶都至少有四颗卫星同时出现。这些卫星可以向地面二十四小时不间断发送精确的三维位置、速度与时间信息。由于GPS卫星定位系统采用了类似于无线广播的开放式发送，所以从理论上来说，可以向无限多的用户提供服务。就是因为这样，美军已经将这种GPS定位系统普及到了任何一名士兵身上。

这种GPS服务，到了今时今日，已经在民间得到广泛应用，尤其是在汽车导航领域。必须着重申明的是，一般民用的GPS系统都采用的是“粗码”，也就是“民码”定位，只有美军自己才能使用“精码”，也就是“军码”来进行定位。这两者的区别在于，军码的定位精细度比民码要高出三倍，定位速度比民码要快出五倍！

这样的速度差距，使得美国特种部队拥有世界最优秀的指挥控制系统。世界上任何一个国家，都无法像美国军队那样，快速有效地实施多兵种协同作战，更缺乏美国军队的快速反应能力。

打一个简单的比方，就算“始皇特战小队”在战场上发现敌方目标，并通过地面精确定位引导，呼唤空军战机进行定点清除，但是由于没有自己的卫星定位系统，只能使用美国政府向全世界开放的GPS民码。我军战机从起飞到攻击，需要的时间，至少是美国空军的三倍。如果再加上其他诸如指挥、后勤、情报分析等综合系统，这个时间差可能会被放大到六倍、九倍，甚至是十二倍。

在场的“始皇特战小队”成员，只要经历过一年半前那场生死决战的人，就会清楚地明白，对他们这种最精锐的特种兵来说，毫厘之差往往代表的都是生与死的距离，更何况是六至十二倍的差距！这还没有计算因为GPS系统定位精确度不足，在引导空中攻击时，必然会出现的误差。

对了，既然在未来特种作战战场上，特种兵与空中打击力量会形成梦幻组合，那么就必须把中国与美国空军战机进行对比。

当时中国空军装备的是歼-7和歼-8，歼-7属于标准的第二代战机，歼-8是世界上最后一款第二代战机，也有人把歼-8戏称为“二代半”。而美国空军装备的F15和F16，却已经是第四代战机。双方的战机整整相差了两个时代，也难怪有人曾经说，如果中、美两国空军爆发激战，战损比会高达45：1。意思就是说，中国空军需要损耗四十五架战斗机，才能击落一架美军战斗机。

真实的战损比到底是多少，两个国家自朝鲜战争以后，就再也没有直接爆发武力冲突，姑且可以不论，但是必须承认，相差了一个时代。中国与美国的战机相比，无论是在空中缠斗上，还是对地面高精度定点打击清除，或者覆盖式轰炸方面，都相形见绌了很多。

就算“始皇特战小队”使用了“军码”GPS定位系统，中国空军也拥有了美国空军的指挥、雷达、情报、后勤系统，可以保证战机迅速起飞，用同样的速度抵达战场，在二十世纪六十年代开始研发，必然有其历史和技术局限性的中国空军第二代战机，也很难像美国第四代战机那样，凭借自身机动性和强大火力优势，暴力撕破敌军地面防空火力网，再对地面目标展开收割式进攻。

当现代化特种战争演变到现在这个阶段，考验的就不再仅仅是一支小规模精锐部队在战场上的生存和适应能力，或者是他们的单兵作战能力。

燕破岳他们能吃下就连野山羊都不愿意去碰的干苔藓，能徒手翻越猿猴都不敢轻易挑战的山峰。而美国空军，却可以通过空中投放，将补给线延伸到战场任何一个角落，更可以将特种部队空投到任何一个角落，在这种强大的综合军事实力支撑下，深入阿富汗境内的美国特种部队，根本不需要去啃什么干苔藓。他们每天可以吃着口味不错的单兵食品，喝着啤酒和咖啡来保持体力与斗志。他们人手一只GPS，在行军时，会通过GPS卫星定位再加上数字地图，由计算机为他们计算设定出一条最佳通行路线，除非是被逼上绝路，否则他们很少会踏上稍不留意就会当场摔死的极端路线。

不是说燕破岳他们的技能不好，或者已经过时，单兵作战能力强悍无论在什么时候，都是特种部队的最基本素质之一，但是他们想要踏入这些直接挑战人类生理承受极限的领域，必须接受一段相当漫长，而且艰苦甚至是痛苦的非人训练，直至被训练成一台作战机器；而美国特种部队，他们却是在用真正的机器达到了同样效果，而换成另外一支部队，也可以轻而易举地整体批量复制，这种近乎工业化流水线生产的作战实力“质量”体系，才是美国特种部队最可怕的地方。

当然，美国特种部队也绝不是什么菜瓜，他们一旦愤怒起来，立刻就会展现出一个冒险民族特有的骁勇善战。他们在战场上积极进取，就算是没有GPS定位系统和强大空军支援，他们也是一支绝不容小觑的超级劲旅！

没错，在燕破岳看来，这是一支值得尊敬的超级特种部队！

超一流的装备、超一流的战术、超一流的单兵素质、超一流的协同配合、超一流的空军支援力量、超一流的指挥系统……就是这么多“超一流”，再加上“九·一一”事件刚刚让美国人品尝到了切肤之痛，让他们有了太多血与泪，才终于让美国特种部队在阿富汗战场上打出如此精彩、如此让人目瞪口呆，在尊敬与赞叹的同时，心中又忍不住涌起一股刺骨寒意的灿烂进攻！

身为一名时刻准备着参战，去和世界最强军队交手的中国陆军特种部队指挥官，燕破岳在认真考虑，假如有一天强敌入侵，赌上国家与民族命运的大战爆发，敌军特种部队在中国境内，凭借强大的信息情报系统纵横穿插，再通过地面精确引导定位，不断打击中国地面部队和各级战略目标，他们应该怎么去应对？

历史车轮向前滚动，时代也在变迁，就好像人类发明了火枪，弓箭随之退出历史舞台，人类发明了机关枪，骑兵密集冲锋就再无用武之地一样。残酷而现实，容不得半点心存侥幸。

美军特种部队已经证明，在战场上集结大规模部队去围剿敌方特种部队，只会成为对方空军的靶子，最有效、最好的办法当然就是投入比敌军更精锐的特种部队，使用比敌军更先进的武器，拥有比敌人更精确的情报指挥系统，外加能够取得足够制空权的空军战机！

就是在当天晚上，燕破岳在只有自己一个人的军官宿舍里，开始写一封建议书。

建议书的名字很长，叫作《论中国特种部队如何弥补和美军特种部队之间巨大的时代差距》。

燕破岳这些天来一直在思索着这个问题，并试图寻找答案，所以他写得很快，笔尖在纸上快速划过，发出一连串沙沙的声响……

想要弥补这种跨时代的差距，中国就必须向美国学习，用十至二十年时间，发射二十四颗工作卫星和四到六颗备用卫星，建立一套属于自己的卫星定位系统；中国要对武器以及指挥系统进行更新换代，尤其是在空军战斗机、雷达预警、信息自动领域加速更新，设计制造出足以和美国F15、F16相抗衡的第四代战机，并紧跟美国在军事领域内的发展脚步，在美国推出第五代战机的同时，也随之推出可以与之匹敌的第五代战机。如果有可能的话，中国最好能建造航母，让中国的第四代甚至是第五代战斗机，可以以航母为平台，将它们的作战半径增大。也只有这样，中国特种部队才可能拥有美军特种部队在阿富汗战场上展现出来的惊人战力。

没有空中支援，没有多兵种协同作战，特种部队也不过就是一群训练比较严格、枪法比较好、心理素质比较过硬的士兵罢了。

……

燕破岳整整写了五页信纸，他将这份建议书填进信封，明天他就会将这份建议书送到夜鹰突击队大队长秦锋的办公桌上。

他是一个军人，一个希望中国特种部队能跟上世界发展脚步，真正和世界老牌特种劲旅并肩称雄的特种部队年轻军官。他只是在分析事实，并提出建议，至于他提的这些现代化军事改革，究竟需要投入多少人力、物力，又需要多少时间，燕破岳没有想过，他不是什么经济师或者规划师，当然也不知道如何去计算。他只知道，在未来战场上，特种部队的作用会越来越大，而想建立真正的特种部队，中国军队就必须完成这一系列改革与升级！

第二十七章 - **故人远道而至**

“砰！”

燕破岳的办公室大门被人撞开了。背上三十五公斤负重，能连续跑上二十公里都不带休息的萧云杰，竟然跑得上气不接下气，他狠喘了几口气，才终于缓了过来，对着燕破岳叫道：“老燕，你姐来了！”

生怕燕破岳听不懂自己话似的，萧云杰又补充了一句：“你姐刘招弟来了！”

萧云杰的话还只说了一半，燕破岳就猛地跳起，硬生生地将站在门前的萧云杰撞出六七步远，连头也不回地猛冲出去。萧云杰瞪了半天眼珠子，才嘴角一撇，小声嘀咕了一句：“别看你现在跑得倍儿欢，不出一分钟，你小子就得来个浪子回头，对哥哥我露出一张既羞且怯的笑脸！”

萧云杰一边说，一边抬起手腕看着手表上那根正在不断跳动的秒针，果然只跳了半圈，走廊里就传来燕破岳往回飞奔的脚步声，燕破岳人未到，声先到：“人在哪儿？！”

萧云杰没有回答，燕破岳直冲回办公室四下打量，然后他目瞪口呆地发现，萧云杰仿佛刚刚被汽车正面高速撞击又碾轧了一遍，一脸痛苦地躺在办公室地板上，嘴里还在小声哼哼着。无论是动作、表情，还是姿势，赫然比那专业碰瓷的拆白党，更拆、更白、更专业！

面对这一幕，燕破岳没好气地瞪了萧云杰一眼，他抬首挺胸昂然而立，深深吸了一口气，猛地放声暴喝：“立正！”

在这一刻，萧云杰真的想哭。在他做出判断之前，他受过最严格训练，已经将很多规则与习惯融入骨子里的身体，就自发自觉地做出反应，随着燕破岳一声令下，猛地跳起来，对着燕破岳猛然立定，身姿之挺拔，眼神之坚定，气概之宏伟，都足以去客串每天在天安门负责升降国旗的仪仗队！

“敬礼！”

燕破岳这位中尉军官兼“始皇特战小队”副队长，主动向自己敬了一个军礼，萧云杰在心中发出一声哀鸣：“爷，不带这么赖皮的吧？”

这一次意识已经做出反应，但是直属上司，在主动向自己敬军礼，这……萧云杰是翻着白眼，向燕破岳还了一个军礼，不等燕破岳继续发招，他就立刻高举双手认㞞投降：“你姐和大队长，正在一起赶来，再有五分钟就到。”

燕破岳飞奔到办公桌前，从抽屉里取出一面镜子，对着镜子开始整理仪容仪表。看到这一幕，萧云杰嘴角一撇，走过去和燕破岳争抢着照镜子，嘴里还不忘发起攻击："虚荣、臭美！"

燕破岳眼角一挑："虚荣、臭美咋了，我和我姐前前后后加起来，都有七年多时间没见，我总得拿出自己最佳状态去见她，给她一个惊喜吧。其实，她要再晚来一年就好了。"

看看燕破岳这一刻春光灿烂，脸上笑得几乎成为一朵喇叭花的模样，明知道这小子九成九是言不对心，萧云杰本着人道立场，还是配合地追问了一句："为什么？"

燕破岳伸手摸了摸自己军装上那个一杠二星的肩章，认真地道："如果再多等一年，我就是上尉了。你看看我现在，一个中尉，一听这个'中'字，就会让人想到中不溜啦，比上不足比下有余啦，中庸啦什么的，反正怎么听怎么觉得没劲；你再看看上尉，什么天朝上邦，上上之策，这个'上'字一出口，立刻就透出一种奋发图强、力争第一的动人感觉。再说了，这一杠三星的肩章，也比一杠二星的肩章更有美感，对吧？"

还只是一个士官，如果运气够好，明年有望提干的萧云杰，闻言不由得倒翻起了白眼，旋即嘴角露出一个诡异的微笑，他突然走前一步，主动帮燕破岳整理了一下仪容仪表！"其实中尉也不错，配合你老人家的英俊潇洒、龙行虎步，招弟姐一定会看得眼前一亮，在心中暗叹，昔日少年郎已经变成了今日的英武男子汉！"

燕破岳嘴角一咧，笑了。也许是想到了和刘招弟曾经的相处往事，他的笑容中，多了一丝回忆的温柔，也多了一丝孩子气的率直。就是在精神略略恍惚中，一向对危险逼近，有着野兽般直觉反应的燕破岳，忽略了萧云杰嘴角暗暗扬起的诡异笑容。

当刘招弟在秦锋秦大队长的陪同下，走进"始皇特战小队"的独立院落，站到了燕破岳面前时，燕破岳整个人都怔住了。

就算是大校军阶的大队长秦锋，对刘招弟的态度都很亲切。以燕破岳今时今日的眼力，他一眼就可以确定，大队长的态度并没有客气成分，他是真的喜欢甚至是尊敬刘招弟。

而刘招弟军装上那两杠二星的中校军阶，在瞬间就差点亮瞎了燕破岳的眼。

中尉、中校都带一个“中”字，但是这两者的感觉，怎么相差这么大呢？！

但是在燕破岳的心中，更多的还是浓浓的喜欢与开怀。

两个人都在部队，他们也曾经回家探亲，但是出于假期原因，他们之间一直没有重逢的交集。

算一算日子，他们已经有七年多时间没有见面了。而七年后的重逢，让燕破岳几乎找不到那个他曾经熟悉的姐姐。

刘招弟十八岁时进入军营，她当时长得已经不矮，谁想得到她的身体竟然又蹿巴了一下。一百七十四厘米的身高，纵然是站在阳刚气息过重的军营中，都不显半点弱势。烫得笔挺的校官军装，还有肩膀上那两杠二星的肩牌，都在无声地向旁人彰显着她的优秀。多年军旅生涯，让她举手投足间都透出职业军人特有的干脆利落。

抛开这些制式的东西，任何一个人都会先被她的眼睛所吸引。

她并不需要刻意去眯起眼睛，用什么犀利的眼神来表达什么。在她深深的眼眶中，那一双眼睛灵动而有神，更洋溢着用天文数字的知识与智慧反复凝练，终于形成的世事洞达。当她的目光静静扫过来，一股含而未张的重剑无锋式压迫感就会扑面而至，让任何人只要和她甫一对视，就会明白原来“智慧”也是一种力量。

她的鼻梁高挺，这代表她拥有不输于男人的坚毅，绝不会轻易放弃自己的观点。而她那一双柳叶形的眉毛，却又妙手天成般地大大冲淡了她脸上属于军人的“硬朗”，让她看起来多了几分柔和。而那没有涂抹唇膏，却嫣红得醉人，让人看了就忍不住去暗中猜测，轻轻吸吮一口，会不会吸出一股微甜芬芳的红唇，让她又增添了一份女性的妩媚。

她今年刚刚二十五岁，还处于花一样的年龄。

她的同龄人，应该还在为约会时穿哪件衣服、喷哪瓶香水、戴哪个发卡才能让自己在男朋友面前显得更加美丽而煞费苦心，甚至是明明满心甜蜜却非要在闺密面前摆出一脸轻愁。而她已经是一名拥有七年军龄，在自己的岗位上，无可争议地迅速脱颖而出，以火箭般速度一路向上攀登，而且任何人都可以敢言，她的未来成就，远不会止步于今时今日的中校女军官！

刘招弟刚进入军队时，还只是一个高中毕业的女生。在短短七年时间里，她通过刻苦学习和天分，如饥似渴地获得知识。在这个过程中，她得到导师青睐，以助理的身份得到进修机会，现在已经是一个博士生，并选修了第二学历，成为中国军队内同时精通信息化作战与特种作战理论的国宝级精英。

刘招弟写的论文在军队内部刊物上连续发表，有相当一部分甚至已经被列入教材范畴，就连秦锋都拜读了几篇。

绝大多数中国军官，包括秦锋自己，在阿富汗反恐战争爆发前，都对中国特种部队的作战能力抱有乐观态度。只有她一针见血地指出，中国侦察兵“一根绳子一把刀闯天下”的时代已经被终结，在未来信息化战争时代，训练有素、装备精良的小股特种部队，就是整支军队探到敌方战场的触角，一旦特种部队在战场上和敌军遭遇并交战，站在特种部队背后的整支军队各个兵种，就必须迅速做出反应，通过各种途径对特种部队实施支援，甚至是直接参战，利用高反应速度、高精度打击能力，在敌占区形成局部战力优势！

她的建议和看法一开始并不被接受，很多人都认为，这个丫头只是在纸上谈兵，甚至有人当面指责，说她是年少得志便猖狂，明明没有真正进入过特种部队，缺乏经验，仅仅是多喝了几瓶墨水，就敢自以为是地对着职业军人指手画脚。

可是事实证明，在进入二十一世纪，科学技术研究应用一日千里，旧有经验不断被淘汰，无论是个人还是国家，都必须用最快的速度吸收最新知识，并把它们变成自己的力量，通过种种渠道收集信息，并从中解读推理出最符合逻辑的结论与方向，这种能力甚至比经验更重要！

读书读傻了，除了读书什么也不会的人，叫作书呆子，就连普通人都可以调侃讽刺对方几句，并趁机说上几句“读书无用论”；可是一开始就让自己站在巨人肩膀上，通过读书去博古通今，掌握知识与力量，再用智慧拨开层层迷雾，通过逻辑分析推理，直击事件发展本质的人，却会一步步走到金字塔顶端，成为人人仰望的绝对强者。

刘招弟，无疑就属于后者。

看着面前这个熟悉而又陌生的倩影，一个“姐”字在燕破岳的嘴边反复打滚，最终却并没有喊出来，而是猛然立正，对着刘招弟和大队长秦锋认真地敬了一个军礼。

刘招弟也认真地回了一个军礼，两个人的态度和行为就像是两个今天才初次相逢的军人，因为工作关系，在努力彼此熟悉认识对方。

“燕队长，”刘招弟开口了，七年时间改变的不仅仅是她的身高和形象，就连她曾经带着浓重当地方言的“普通话”，也变得如播音员般标准，更公式化得厉害，“我带了一批调查问卷，需要‘始皇特战小队’所有成员填写，时间会有些长，请提醒大家做好准备，中途不得离场。”

五十多名“始皇特战小队”成员全部集中到会议室，他们每个人都分到了整整四张调查问卷。看着调查问卷，这五十多号身经百战，就算是面对最强大敌人都可以面不改色的特种兵，全部面面相觑。

发到他们手中的东西与其说是调查问卷，更不如说是考卷。

其中一份考卷，考的是数学、几何知识；第二份考卷，考的是物理知识；第三份考卷，考的是诸多杂项，其中包括了自然、化学、地理、人文、机电，几乎可以称之为一部小百科全书；至于第四份考卷……上面全部都是英文字母，考的当然就是英语！

他们要在三小时内连续答完这四份考卷，中途不得离场，不得抄袭，而刘招弟和她带的一名女兵，自然而然客串成为考场上的监考官。

就算是以“始皇特战小队”的纪律性，面对这四张“调查问卷”，依然有人小声发出了嘀咕。有近一半特种兵更是瞪大了眼睛，一个个瞠目结舌，看他们的样子，似乎连十分之一的内容都无法填写。

按照国家规定，城市兵入伍，需要高中学历；农村兵入伍，需要初中学历。

三个小时后考试结束，五十多套试卷交到了刘招弟手中。

前面三份考卷，大家怎么说也在上面写满了汉字和数字，但是最后一份英文试卷，有近三分之二的人直接交了白卷。

燕破岳和萧云杰在剩下的三分之一群体当中，他们的脸色也绝不轻松。在学校时，他们哥儿俩的学习成绩算是相当不错的，如果真去考大学，不敢说一定能考上什么重点大学，努力临时抱佛脚，再加上良好发挥，考上二本大学应该还是没有问题的。但是进入军营这么多年，学到的知识没有使用的机会，尤其是英语，几乎都还给了老师。在填写考卷时，燕破岳和萧云杰那是连猜带蒙，写的东西九成九是老外不懂、中国人迷糊的“四不像”。

在收取考卷时，刘招弟浏览着手中的卷子。她看得很快，就像是人们在不经意中随意浏览着什么，但是燕破岳和萧云杰都知道，刘招弟拥有近乎过目不忘的变态记忆力和快速分析力，她看似随意地浏览，实际上已经把考卷上的内容看得七七八八，并在心中做出评判。

看着刘招弟那张微微低垂下来的脸，还有她那长长的睫毛，燕破岳的心底缓缓涌起了一股难以言喻的凉意。

凉意？！

燕破岳不解地眨着眼睛，他太熟悉这种感觉了，不知道从什么时候开始，当足以致命的危险逼近他时，他就会感受到这种凉意。有人告诉他，这就是最优秀的职业军人身经百战，一次次陪着死神姑奶奶跳华尔兹后得到的报酬。

但是这股前所未有的强烈寒意，竟然来自他的姐姐刘招弟，这似乎也……太扯了吧？！

“老燕，情况有点不对啊。”

耳边传来了死党萧云杰的低语，燕破岳用力摇摇头将意识重新集中起来，看着已经空荡荡的主席台，他这才发现所有人已经全部填完了“调查问卷”，刘招弟带着身边的女兵，已经带着“调查问卷”离开了。

“从招弟姐给我们发问卷那一刻开始，我右眼皮子就一直跳个不停，”萧云杰在燕破岳身边，低声道，“我总觉得，招弟姐这一次，是祸非福。”

燕破岳抿紧了嘴唇没有回答，如果说他一个人出现这种感觉，还可能是错的，但是他和萧云杰两个人都熟悉刘招弟，他们同时感受到危险，这种错误的概率几乎已经可以忽略不计。

“我们又不参加成人高考，填这些试卷干什么？”

“对啊，要是学习成绩够好，先考个名牌大学。要是非得当兵，那就直接报考军校，四年后本科毕业就是中尉，而且是三年调一级，怎么看也比进部队当一个苦哈哈的大头兵要强得多吧？”

“你们城市兵都是高中毕业，还好一些，我们这些农村兵可都是初中毕业学历，考我们高数微积分什么，这不是逼着我们去读无字天书吗？”

会议室里传来了“始皇特战小队”士兵们的小声交谈，燕破岳回头看着这些朝夕相处的战友，除了几个接替队长位置的军校毕业生表情还算淡然之外，其他人脸色都不算太好，显然刚才长达三个小时的考试，勾起了他们心中那绝不算愉快的回忆。

要是学习成绩拔尖，一到考试的时候就会兴奋得两眼发光，这种人叫超级学霸。当他们高中毕业，站在人生的选择路口时，有太多的路可以走，考上重点大学，在大四那年估计还没有走出校门，就已经找到了工作单位，只要自己不是情商过低自寻死路，将来就是一片坦途。

就算在他们当中，有一部分人从小就做着走进军营成为一名职业军人的军旅梦，他们也完全可以去报考军校，几年后走出军校大门，就是令人羡慕的中尉甚至是上尉军官，又何必从头做起，苦哈哈地当一个大头兵？！

不管是连队的士兵，还是“始皇特战小队”的特种兵，学习成绩不好是普遍现象，要是随便抓住一个路人甲、乙、丙、丁，就是考过英语四级、六级，能和你热情如火地探讨一下马克思主义思想和西方哲学，那是学霸云集的军校，不是军营！

第二十八章 - **时代的转折**

经过几年的建设发展，夜鹰突击队已经将曾经被废弃了近二十年的兵工厂彻底改头换面，变成了一个现代化军营。经常有兄弟部队或者上级派出工作组来视察学习，还有一些军队刊物记者进入部队采风写稿。为了招待这些访客，夜鹰突击队专门将军工厂原址位置的招待所给重新修葺起来。

招待所看起来有点像老北京时代的四合院，始建于二十世纪六十年代的平房，一间连着一间，围成了一个标准的四方形，在中间的院落中，栽着郁郁葱葱的细竹，形成了一片令人心醉的竹林。到了夜晚走出房间，坐在门外凭栏而望，微风吹拂竹叶随之飘舞，发出沙沙声响，空气中更飘散着一股竹叶特有的清香，就连小虫子都凑趣地低鸣起来，高高低低、抑扬顿挫，和竹林混合成一道最优美的风景线。

至于招待所的房间，只要推开房门，你就会发现里面是别有洞天。红色橡树地板、空调、电视机、有浴缸的独立洗浴室、舒适的大床，还有摆放在桌子上的果盘，都让人感受到了星级酒店的宾至如归。最让人赞叹的是，在房间后面的窗户那里，架着一台天文望远镜，在这片远离城市繁华与浮嚣，也远离工业污染的天与地之间，单凭肉眼抬头远望，在一片苍茫的夜幕下，也能看到平日里根本不会看到的满天繁星在不停闪烁。把眼睛放到天文望远镜前，你就会感到月亮仿佛已经近到触手可及。

看着这架造价并不昂贵，以其高性价比，在天文爱好者当中广为流传普及的白色小型天文望远镜，刘招弟的嘴角露出一丝若有若无的笑意。

她想起了一个燕破岳当年讲给她的笑话，这个笑话的名字叫作《漫天星斗》……

有两个人野外宿营，睡到半夜，甲把乙给推醒了，问乙看看头顶有什么感觉。乙睡在地上，仰首望着头顶的星空发出一连串的感慨，看着这片漫天星斗，才发现面对这浩瀚无垠的宇宙，地球是多么渺小，而生活在蓝色地球某一个角落的他们，又是更加渺小。什么个人的追求与理想，面对整个宇宙来说，连沧海一粟都比不上。乙发了一大通感慨，才终于回过头，问甲看到这片漫天星斗的感受是什么，甲神色严肃："我发现，我们的帐篷被人给偷跑了！"

这当然是一个笑话，但是在刘招弟看来，这个笑话背后却隐藏着无比深刻的生活哲理。当人站在大海或者大草原时，目光极力远眺，天高地阔，这是何等波澜壮阔。当眼界被拓展，心胸自然会随之开阔，就像笑话中"乙"所说的那样，面对这一切，你就会发现，自己所谓的烦恼与忧愁，真的没有什么。

而这台天文望远镜，吸引着住进这个房间的人更远、更细腻地眺望星空，它所带来的震撼与感动，远胜过大海与沙漠。

当一个人的心情好了，自然看什么都顺眼，就连脾气都会变得温和大气起来，这就是所谓的环境影响心情。

中国特种部队还没有学习西方特种部队，引入专业心理咨询师坐镇，放眼整个夜鹰突击队，能这么玩，会这么玩，还能玩出精彩，不知不觉中常会“算计”的厉害角色，大概也只有燕破岳和萧云杰那对“狼狈为奸”的活宝。

接风宴吃过了，漫天星斗也用天文望远镜看过了，这“始皇特战小队”的副队长憋了大半天，煞费苦心营造氛围，现在也差不多该粉墨登场，再对她实施亲情攻势，趁机摸清底细了吧？

刘招弟的脸上露出了一丝玩味的微笑，已经有多少年，没有人敢对她用这种小伎俩了，就是不知道燕破岳和萧云杰这两个混账小子，这些年来有多少长进，能不能让她在这场“小游戏”中找到一点点惊喜。

“嘭！嘭！嘭！”

清脆的敲门声响起，刘招弟略一点头，不愧是身经百战，从死人堆里爬出来过的特种部队指挥官，对战机的把握能力，比那些同样受过最严格训练，却欠缺鲜血洗礼的军官，要强得太多太多。

刘招弟打开房门，果然，门外这个昂然站立，全身上下都写满职业军人坚毅不屈特质的男人，就是燕破岳。刘招弟更敏锐地发现，燕破岳刚刚刮过胡子，还换了一身崭新的军装，这种业精于专，从细节处见功夫的特质，应该是来自燕破岳身边的狗头军师萧云杰的指点。

燕破岳以标准的军姿走进房间，就是在房门关上的瞬间，一束鲜花就变戏法般地出现在燕破岳手中，然后燕破岳的嘴角向上一勾，脸蛋上那如刀凿斧刻般硬朗的线条，外加硬汉气质，在瞬间就片片破碎，变成了一个大大的笑容：“姐，送你的。”

夜鹰突击队建设得再完善，也不可能在内部开上一个卖鲜花的花坊，燕破岳手中的这束鲜花，外面包裹的塑料纸，九成九是从装衬衣的那种塑料袋上裁剪下来的，而里面包着五枝月季花，如果刘招弟没有记错的话，它们来自“始皇特战小队”院落边角那片正在盛开的花丛。

这五枝月季花，一枝是最常见的粉红色，一枝是大红色，一枝是白色，一枝是非常罕见的绿色，还有一枝是蓝紫色，五种颜色搭配在一起，还真有一种赏心悦目的美感。

刘招弟接过花束，伸手在绿色的月季花花瓣上轻轻一揉，在她的指尖上，就多了一抹绿色。这枝罕见的绿色月季花，是用绿色水粉涂抹而成的产物。再看看蓝紫色的月季花花茎上，正在慢慢流淌下去的黑水儿，刘招弟脸上的表情似笑非笑，说不出来的诡异。

“嘿嘿……”燕破岳讪讪地笑了，“条件有限，心意为主，心意为主。想把粉色的月季花染成绿色和蓝紫色，这还真是水磨功夫的细活儿，用了我整整四十分钟呢。”

“无事献殷勤，非奸即盗。”刘招弟微笑起来，“你的心意，我已经收到，现在该到说正事的时候了吧？”

燕破岳脸上的笑容消失了：“姐，我带你去见见我的兄弟。”

燕破岳并没有带刘招弟夜探“始皇特战小队”军营，而是走到了军营后方那片有二十二名老兵长眠于此的烈士陵园当中。

月光倾洒在墓碑上，泛起了一片银色的皎洁，让整个墓地多了一种圣洁的色彩。这里也的确是整个“始皇特战小队”甚至是整支夜鹰突击队的圣地。

这里每天都有人自发自觉地过来打扫，不要说地面上找不到一片树叶，就连墓碑都被擦洗得不染尘埃。

“这是我们第二任队长，叫权许雷，绰号‘扑克脸’。他给我留下的印象，就是平时总喜欢板着脸一声不吭，嘴唇抿起的弧度让我看了都替他觉得累。”

凝视着墓碑上权许雷队长的相片，燕破岳柔声道：“我一直不喜欢他，觉得这位新队长，有事没事都板着一张脸。可是在‘始皇特战小队’遭受重创，即将彻底溃败时，是他以自己的生命为代价发起了一次又一次进攻，他不但让战场上的敌我战力重新回归平衡，更让‘始皇特战小队’在战场上夺回了被打碎的骄傲与自信。直到那个时候我才知道，他比任何人更喜欢我们、关心我们，只是他不习惯用语言和表情把这种喜欢和关心表达出来罢了。”

刘招弟立正，对着权许雷的墓碑认真地敬了一个军礼。有这样的队长，对“始皇特战小队”来说，是一种幸运。刘招弟早就看过那一战的全程资料，如果不是权许雷的拼死反击，激发起“始皇特战小队”悲伤的反击，就算“始皇特战小队”有更多的人撤出战场，他们也不过就是一支抛弃战友、逃出战场的溃军罢了。

燕破岳走到了第二个墓碑前，这个墓碑上的相片显示，长眠在此的是一个女兵。

她有着一双没有半点温度和情绪波动的眼睛，纵然只是一张相片，和她的眼睛彼此对视，刘招弟都感受到了一种难以言喻的压迫感。刘招弟看了一下墓碑，这个女孩儿在墓碑上留下的名字，竟然是……孤狼？！

燕破岳在孤狼的墓碑前，沉默了很久很久，才低声道：“她是我曾经的搭档，也是我最好的兄弟。”

燕破岳没有再多说什么，但就是因为这样，刘招弟才更加清楚地知道，这个女子特种兵在燕破岳心中留下的分量与地位。燕破岳带着刘招弟在烈士陵园中慢慢走着，每走到一个墓碑前，他就会停下脚步，向刘招弟介绍在此长眠的兄弟，介绍他们的优点与缺点，介绍和他们相处时的点点滴滴。

整整用了一个小时，燕破岳才终于带着刘招弟走完了整座烈士陵园。

“我们这支部队当中，有三分之一是身经百战而且打过硬仗、死仗的老兵，剩下的人，也是被老兵带出来的精锐士兵。”

燕破岳望着刘招弟，轻声道：“就是因为有这么多兄弟躺在了这里，经历了鲜血与死亡的洗礼，品尝过了失去战友的悲伤，‘始皇’才真正成为一支有了灵魂的强军！他们都是中国特种部队最宝贵的财富，哪怕走一个，都是巨大的损失。”

刘招弟脸色平静如水，但是在她的内心深处，却涌起了浓浓的惊讶。她终于开始认真起来，仔细审视面前这个已经有七年时间没有见面的弟弟。

他在迂回劝说，或者说，他在自己由秦锋大队长亲自陪同压阵，来到“始皇特战小队”并发放“调查问卷”那一刻开始，就已经判断出她的来意。

她是来考核，并且淘汰“始皇特战小队”中不合格，或者说不适应中国特种部队，必将面临的进化式改革的士兵。她就是一条被投进沙丁鱼鱼群中的鲇鱼，逼着这群已经够精锐的老兵，继续游动起来，不断前进！

在来到这里之前，她就曾经想过，自己的任务可能会引起燕破岳的激烈反抗，他们姐弟两个甚至会大吵一架，可是当她看到这二十二座墓碑的时候，她就知道自己错了，错得厉害，错得离谱。

她一直和文职军人相处，她自以为已经摸清了人性与人心，可是她忘了，一群经历了血与火的考验，在战场上把命交到彼此手上的战友，他们之间没有血缘关系，却早已经成为比血缘牵绊更重的生死兄弟。想要动燕破岳这样的兄弟，他不是激烈反抗，而是会直接把她当成敌人！

“姐。”

燕破岳再次开口了，他的声音很轻、很柔，带得刘招弟的心脏都跟着轻轻一颤。

燕破岳踏前一步，突然伸出双手将刘招弟抱进了怀里。燕破岳低下头，轻轻枕到了刘招弟的锁骨上，他的鼻端可以直接嗅到刘招弟发梢那淡雅的清香，他们更可以彼此感受到对方因为这种亲密接触，而突然有点炽热起来的体温。

在七年前，他在把她从着火的新房中硬抢出来时，也曾经这样拥抱过她。七年之后，当他再次抱住她时，早已经时过境迁，他已经不是当年那个毛毛躁躁、脾气火暴冲动的他；而她，也不再是那个行事偏激，只能以生命为代价来反抗命运不公的她。

他们都大了，他们都成熟了，他们更在各自的领域内，成为绝对的军中精英。

“姐。”

燕破岳在刘招弟的耳边再次发出了一声低语，他的声音中，委屈、焦虑、不安、开怀、欣喜，甚至还有一丝淡淡的属于男人和女人的喜欢，各种情绪混杂在其中，让他只用了短短的一句话，就在刘招弟的心中掀起了一片波澜。

“能再见到你，真好。”

刘招弟也反手抱住了燕破岳，在这一刻她也放弃了所有武装与心防，抱着这个胸膛宽厚得可以为任何一个女人支撑起一片蓝天，再也不用让她担心外面风风雨雨的男人，她闭上了双眼，静静品味着小船在暴风雨到来的前夕，终于驶入港湾后那种被安全包围的欢喜，就是这种感觉，让她心神皆醉。

这，就是真正的家人的感觉吧?

“那个已经调走的艾千雪，应该算是你的女朋友了吧？”

听到刘招弟这突如其来的询问，燕破岳尴尬地轻咳了一声，却老老实实地点了点头，在刘招弟继续询问前，他迅速转移话题：“那你呢？今年都二十五，快二十六了吧？有没有找到合适的准姐夫？我这个小舅子，可是很挑的。”

刘招弟轻轻摇头。

“别太挑了，像老姐你这种既漂亮，又强势，又聪明，学历又高的女人，有时候必须学会放下身段，否则的话，将来不是做了尼姑，就是做了别人的情妇。”

刘招弟瞪大了双眼：“嗯？！”

发现自己出现巨大口误，燕破岳立刻补救：“我是听人说过一句话，男人其智若妖，最多活不过四十八；女人其智若妖，不是当了尼姑，就是做了别人的情妇。我怎么看，老姐你都达到其智若妖的水准了……嘿嘿……当然了，我敢用脑袋和任何人打赌，只要老姐愿意，分分钟都能找个好人家嫁了，哪能做尼姑、情妇啥的啊……啊！”

燕破岳发出一声压抑的惨叫，猛地退后一步，赫然是刘招弟伸手，在他肋下最软的软肉位置，狠狠一掐一旋一拧一扭。燕破岳真想问问这位七年不曾见面的老姐，是不是跟着什么世外高人学了诸如打穴之类的绝活儿，否则的话，他燕破岳天天在训练场上摸爬滚打，早就练得皮粗肉厚忍耐力十足，怎么会一掐，就疼得差点一蹦三尺高？

“你这个野蛮女，下手轻点会死啊？”

“你这个小破孩儿，几年不见，嘴巴还是这么毒。”刘招弟瞪大了眼睛，“第一次见面，就把我当成你的小妈，现在更是当面说我只有当情妇的命，没掐死你已经是我手下留情了！”

瞪着彼此，瞪着瞪着，两个人突然都笑了。他们这种因为生活环境、性格差异造成的甫一见面就小矛盾小冲突不断的相处方式，大概已经融入了他们的本能，一百年也不会变了。

笑着笑着，两个人仿佛是听到一记没有声音的发令枪声，一起收敛了笑容。

燕破岳重新挺直了身体：“‘始皇特战小队’，副队长，燕破岳。”

刘招弟下巴微扬，一股立于世界巅峰睥视众生的骄傲与自信，自然而然地从她的身上涌现：“第六特殊部队，信息战略研究中心研究员，刘招弟。”

七年后的重逢，明明有喜悦和欢喜，还有淡淡的甜蜜，这些情绪混杂而成的味道还在胸膛中翻腾，但是在彼此对视中，一股让他们感到如此陌生却又如此熟悉的“敌意”，竟然在他们之间缓缓升腾，而且越来越重，越来越浓。

一个是身经百战，杀敌无数，只要登高一呼就必将应者如云的特种部队指挥官；一个是用知识和智慧武装起来，走在时代最前沿，拥有远超常人眼界，要推动中国特种部队进行改革，追上世界老牌特种劲旅脚步的超级智者。他们身边就是二十二位长眠于此的共和国守卫者墓碑，他们间隔着不到一米的距离，彼此对峙。他们明明一伸手，就能碰触到对方，并拥抱在一起。他们甚至能够感受到对方呼出来的热气，但是……在这一刻，这区区一米距离，却无异于楚河汉界，让他们再无轻易跨越的可能。

他们各有各的任务，各有各的责任，他们站在自己的立场上谁也没有错，他们明明是姐弟，明明彼此喜欢，但就是因为他们各自的坚持与责任，就是在此时，就是在此地，他们注定要成为敌人了。

“我不管你带着什么样的任务，有着什么样的权力和背景，能够请动大队长亲自保驾护航，为你压阵，”燕破岳盯着刘招弟，他的目光中透着一丝哪怕全军覆没，也要凿穿敌阵破阵而出的锋锐，一股百战老将特有的杀气扑面而至，“想动‘始皇特战小队’任何一个兄弟，你就先得过我燕破岳这关！”

“美国特种部队在阿富汗的表现，已经让你感受到了巨大压力，你给上级写的那篇报告已经充分说明，你意识到了中国和美国特种部队之间，因为时代变迁而产生的巨大差距。变，则生；不变，则死。”

如果说燕破岳是杀气十足野性难驯的狼，那么刘招弟就是同时掌握了智慧与力量的雅典娜女神，她并没有咄咄逼人的杀气，但是她的自信、她的骄傲凝聚而成的强大，比起燕破岳来有过之而无不及。“别忘了，你们的真名，并不是什么‘始皇特战小队’，而是‘始皇教导小队’，夜鹰突击队抽调整支特战大队最优秀人才组成‘始皇’，就是要让你们形成表率作用，为整支特战大队一千两百多名特战队员找到通向最强的路！在过去几年，你们做得很好，但是将来的路，需要有更高学历、更高素质的新一代特种兵来继续往下走，你们已经无法再胜任‘教导’之责，如果你们再坚持不肯退出，只会成为夜鹰突击队通往强大的障碍！”

燕破岳就像听到了一个天大的笑话，他们“始皇特战小队”，不，他们“始皇教导小队”，身经百战纵死无悔，他们是中国特种部队中实战经验最丰富的特种劲旅。可是他的姐姐——眼前这位中校女军官，竟然敢在他面前大言不惭地说，他们将会成为中国特种部队发展的障碍？！

燕破岳想要露出一个嘲讽的笑容，用来表达自己内心的不屑，可是迎着刘招弟那双沉静如水，又隐含万载寒冰般冷冽的双眸，他惊讶地发现，自己无论如何努力，竟然都笑不出来。

“其实，你的内心早就明白，‘始皇教导小队’已经因为时代的变迁，卷入到淘汰的夹缝中，只是因为你对这支部队有了太多的感情与牵挂，才不能站在一边，以冷静而公正的态度来分析一切。”

刘招弟淡然道：“回去吧，明天我会给你们所有人上一堂课，一堂名为‘战争时代’的课，让你们真正明白自己被淘汰的原因与理由。如果到时候，你还心有不服，可以再来找我。”

燕破岳和刘招弟之间，已经再无话可说，他对着刘招弟敬了一个军礼，大踏步离开了。

望着燕破岳的背影，刘招弟慢慢抬起了自己的双手。

她的手指修长而有力，这些年她就是凭这双手，不断向前冲锋。她征服了一座又一座山峰，以秋风扫落叶的姿态，击败了一个又一个竞争者，以令人瞠目结舌的速度追求力量，让自己一天比一天强大。

她在七年前，差点嫁给了一个从来没有见过，还有疾病的男人。当她离开那个小山村，获得了一次新生的机会时，她在心里告诉自己，她一定要自己选择未来人生要走的路，她一定要获得足够强大的力量，成为可以主宰自己命运的绝对强者！

她用了很短的时间，就让所有人忽略了她的性别和美丽。她在知识的海洋中不断扬帆前行，通过学习不断强化自我，直至把自己打造成一艘拥有最坚硬装甲和最犀利火炮，在谋略智慧领域，可以轻而易举碾轧任何对手的超级战舰。

在和平时代，只有她，就像一条冲进沙丁鱼群体中的鲇鱼，以和整个群体格格不入，却又压迫感十足的姿态，逼得整个鱼群都因为她的存在而游荡活跃起来。

像她这样的人，注定成为众人眼中的异类。

穿小鞋?

有过，数不胜数。

指指点点，背后冷嘲热讽?

有过，尤其是那些女兵和女军官，她们表现得比男性军人更加明显，或者说，在她们眼里，刘招弟就是不可调和的死敌，但是这又能怎么样？她刘招弟连死都不怕了，又怎么会怕一群只知道嚼舌根子，连当面向她挑衅对峙的勇气都没有的小女孩儿？

自以为老成持重，找刘招弟苦口婆心，以长者和过来人身份，劝她要三思而后行，不要太过急躁？

也有过，但是大家各有各的活法，各有各的精彩，你的人生路又和我刘招弟有何干系？只要我刘招弟高兴，我见到棺材也不哭，撞上南墙也不回头，又有什么不可以？

刘招弟就这么我行我素地走着，一步一步又一步，快速、稳定、有力，她用了七年时间，在军队中走出了一条近乎传奇的道路。

到了今时今日，再也没有人敢轻易向她启衅，就算是官职比她更高，在军队里影响力比她更大的人，也对她和颜悦色。他们不但看中了她用无数前人知识，加上自己的领悟力形成的智慧，更清楚地明白，如果招惹到一个现在就如此冷静甚至是冷酷，将来前途更加不可限量的强敌，在不久的未来，将会遭到何等可怕的反击！

没错，几乎所有熟悉刘招弟的人都知道，她是一个冷酷而残忍的人。一个能在新婚当天就让新郎打断了自己的腿，又点燃了新房，要和新郎同归于尽的女人，她对自己都能这么狠，当她拥有了足够强大的力量时，她当然是冷酷而残忍的。

刘招弟慢慢握紧了拳头，难道她最终真的要用这双手将燕破岳一个没有血缘关系，却比血缘牵绊更亲密的弟弟，一个让她每当遇到困难或者软弱起来想家的时候，只要念起他的名字，心中就会涌起一股温暖，甚至就连心跳都会微微加快的大男孩儿所有的梦想与坚持都全部击碎，直至他们成为再无可调和的死敌？

第二十九章 – **战争时代**

第二天，早晨九点钟，会议室，“始皇特战小队”全员再次集结于此。

刘招弟站在主席台上，随着她一声令下，她带来的两个女兵拉下窗帘，整个会议室立刻昏暗下来。幻灯机打开了，投入幕布的是一张还原古代冷兵器战场的幻灯片。

这张幻灯片上描写的画面，应该是古希腊战争。最吸引人注意的，就是战场左侧，由几千名身披重甲的步兵排成密密麻麻的步兵方阵。

在步兵密集的方阵中，那些身披重甲的士兵左手持有一面并不算太大的圆盾，在保护住自己左边身体的同时，也掩护了右边战友的半边身体，如此一个个铺下去，通过团队配合，形成了如鱼鳞般的盾牌防御。这些看起来明显比亚洲人要强壮得多的士兵，他们右手则抓着一把目测下来五到六米长的超级长矛。

面对这样一个用盾牌彼此保护，防御得滴水不漏，再用几千支长矛把自己彻底变成一只移动刺猬，在战鼓与号角的指挥下，以统一节奏一起挪动脚步，慢慢向前碾轧的密集步兵方阵，他们对面的敌人，无论如何拼死反击，哪怕最强悍、最勇敢的战士，借助奔跑的力量直接飞跃而起，居高临下发起攻击，都无法攻破这个盾与矛组合成的战争机器，最终全部倒在地上，成为见证这个步兵方阵强大与光荣的死尸。

“这是‘马其顿方阵’，六十四名重甲士兵为一排，一百二十八人为一连，二百五十六人为一营，一千零二十四人为一团，四千零九十六名重甲士兵为一师。而一个师除了这四千零九十六名重甲步兵，还有轻装步兵、辅兵、骑兵，总计八千一百九十二人。这八千多人，恰好能组成一个你们看到的图像中展现的‘马其顿初级方阵’。”

燕破岳双眼瞳孔，在不断危险地收缩。

他真的太了解刘招弟了，这个姐姐出手可以用“心狠手辣”四个字来形容，她无论是对敌人，还是对自己，都是同样心狠手辣的。他已经做好了刘招弟甫一开始，就向“始皇特战小队”挥起屠刀，打出最猛烈进攻的准备，可是刘招弟却用幻灯片向他们讲述起了和他们之间，没有什么关系似乎可以以旁观者角度看待的“马其顿步兵方阵”。

听着她不带半点儿烟火色地娓娓道来，一种“天之将明，其黑尤烈”的危险感，刺激得燕破岳全身汗毛都倒竖而起。他可以用自己的脑袋和任何人打赌，以刘招弟的智慧和手段，选择了迂回攻击，那么当她图穷匕见时，必然会对“始皇特战小队”形成致命重创！

不仅仅是燕破岳，和燕破岳“狼狈为奸”，一向担任狗头军师职务的萧云杰，也皱起了眉头。他和燕破岳一样，在努力思索刘招弟的后招，试图在刘招弟对他们发起致命攻击前，找到化解危机的方法。但是无论萧云杰如何思索，也没有办法把这个“马其顿步兵方阵”和现在的“始皇特战小队”之间拉起一条逻辑上的推理纽带。

不管燕破岳和萧云杰内心深处如何波涛汹涌，刘招弟已经用她不带半点儿烟火气的声音，通过图文并茂现场演讲的方式，轻而易举地吸引了会议室里老兵们的关注与兴趣。

刘招弟甚至还采用了互动的方式，向会议室里的特种兵们提出了问题：“大家都是兵王中的兵王，你们接受的训练、掌握的知识，比古希腊时代要多出几千年的沉淀，我想请你们思考一下，要用什么方法，才能从正面击溃这种步兵方阵？”

在场的几十名特种兵都陷入了沉思。刘招弟也不催促，就那么站在那里，静静地等待着答案。

“马其顿步兵方阵”，可是人类冷兵器时代赫赫有名的步兵军团战术之一。这种步兵方阵，把人类的集体力量通过训练和军规军纪发挥到了极限。在交战时，由于士兵都装备了长矛，可以让整整五排训练有素的士兵一起探出手中的长矛杀敌。当最前排的士兵阵亡，第二排的士兵立刻会走前一步填补空位，整个方阵如此周而复始，一直保持着横向推进，不断碾轧敢于挡在他们前进路上的任何目标，直至将敌人全部摧毁。

而那些轻步兵和骑兵，则游弋在方阵左、右两翼，形成机动护卫力量，保护这些重甲步兵不会从左、右两翼遭到袭击。逼迫他们的敌人，只能从正面和这些集中了乌龟和刺猬双重优点的步兵集团军进行对决。

别忘了，这么一个用四千多名士兵组成的步兵方阵，还只是“初级方阵”。四个“初级方阵”组在一起，会形成一个更大的正方形，这才是真正意义上的“马其顿步兵方阵”，一个用三万多名士兵组成的冷兵器时代无敌战车！

用弓箭面对这些身披重甲，又用盾牌拼出鱼鳞般滴水不漏防御阵形的步兵，效果微乎其微；用投石机，是能取得可观战果，但是投石机的准头本来就差得厉害，又不可能大量制造；用骑兵，只要看看那人手一支五六米长的长矛，大家都忍不住一起摇头，用骑兵向这样的长矛阵发起冲锋和自杀有多少区别？

至于从两翼攻击对方的软肋，那就得先攻破对方的骑兵防线！就算是能攻破了，一场激战打完，人家的步兵方阵也重新掉头，面对你摆出大阵了。

几十号特种兵沉默思考了一两分钟，有人举手发言：“如果能给我一挺机关枪，我就能从正面把他们打趴下！”

这句话一说出口，在场的老兵们都笑了，就连刘招弟的脸上也露出了一丝笑容。

“如果没有枪械，只能用冷兵器进行对决，就算你们这些特种兵拥有比画面上那些士兵先进两千年的战术思想，也没有任何办法。你们远超普通士兵的身手和杀人技术，面对这种以集团为单位的正面碾轧也没有任何作用，除了逃跑，真的没有其他办法。”

刘招弟竟然认同了那名特种兵近乎无厘头的答案：“想要对付这种把冷兵器时代，团队集体力量发挥到极限的步兵方阵，最好的办法，就是用枪！哪怕没有机关枪，只有最落后的火枪，只要战术得宜，也能从正面攻破他们的步兵方阵！”

幻灯片换切，幕布上出现了骑在战马上手持火枪的骑兵，他们排成五排，第一排骑兵瞄准射击，第二排则是持枪待命，第三、第四、第五排士兵则在填装弹药，这就是在打一发子弹，就得往枪管子里倒火药，用枪条压实了再填装铅弹的火绳枪时代，为了弥补射速太慢而发展出来的“骑兵轮射”。

这样的骑兵拥有比弓骑兵更强大的火力，射出的子弹可以直接打穿盾牌，对步兵造成致命伤；他们的高机动性，让步兵方阵根本不可能追上他们进行决战；而他们排成五排纵深，第一排骑兵射完后，立刻掉转马头，赶到队伍最后方，再填装弹药，如此周而复始，让火枪骑兵可以始终不间断射击，对敌人造成持续打击。

“虽然这种火绳枪现在看来非常落后原始，但是它的出现，尤其是火力递补式战术出现，使得火枪的持续打击能力得到显著提高，类似于‘马其顿步兵方阵’之类的战术和冷兵器一起被枪械所替代，人类战争形态随之进入了热兵器时代。”

就算是再面对“马其顿步兵方阵”推崇有加的狂热爱好者，也绝不会说用这种密集步兵方阵向同等数量的火枪兵发起进攻，还能取得胜利。事实上，面对这样的火枪骑兵，“马其顿步兵方阵”就是一个移动缓慢，只能挨打不能反击的肉盾。

“人类曾经经历过冷兵器与热兵器并存的一段时期，但是随着枪械射击速度越来越快，火炮威力越来越大，步兵方阵彻底淹没在历史长河当中。到了这个时候，交战双方比拼的已经不是体力，而是火力强度。‘机枪碉堡+战壕+铁丝网’，成了第一次世界大战期间，交战国最常使用也最难被攻克的战术组合，步兵冲锋时为了避免人员过于密集遭到集体杀伤，会将阵线长长拉开，士兵与士兵相互间距超过了十米。”

幕布上画面再换，出现了大家所熟悉的第二次世界大战场景。

“到了第二次世界大战期间，西方诸国已经完成了从农业国家向工业国家建设的历程，热兵器时代所推崇的‘机枪碉堡+战壕+铁丝网’组合，面对几十吨重的主战坦克，几乎不堪一击。德军以坦克为主力，打出的闪电战，几乎是摧枯拉朽；战列舰、航空母舰在蓝色大海上展开了最激烈的碰撞，争夺海上霸主地位；在他们的头顶，各种新型战斗机以惊人的速度不断更新换代。这个时代，被军史学家们称为大规模机械化战争时代。”

“始皇特战小队”成员们听得津津有味，有不少人还打开随身携带的记事本，将刘招弟讲的内容记录在本上。就算他们都是特种兵中的精英，接受最严格的军事训练，平时也很少会有人专门向他们讲述这种纯理论知识。

已经讲过了第二次世界大战，讲过了“大规模机械化战争时代”，幻灯片再次变换，里面播放的内容已经跳到了爆发时间，距今只有十年左右的海湾战争阶段。

“海湾战争爆发时，中国一些军中精英还在兴致勃勃地推演以美国为首的多国联军，要以多少伤亡为代价，又要用多少时间，才能击败拥有七十七个师，总兵力高达一百二十万的伊拉克军队。就算是足够激进大胆的作战参谋，也认为以美国为首的多国联军，需要用半年时间，才能赢得这场战争。有悲观者甚至认为，美国会在这场伊拉克战争中重新陷入越战一样的泥沼，被拖入旷日持久的战争，最终会以并不光彩的方式退出战场。”

刘招弟目视全场，淡然道：“结果就是，他们错了。”

以美国为首的多国联军，发起了以空袭为主要进攻手段的“沙漠风暴”行动。在四十二天时间里，对着被萨达姆寄予厚望的伊拉克军队，投掷了九万吨当量炸弹，发射了二百八十八枚战斧导弹，还有三十五枚空射巡航导弹，对伊拉克军队和各种战略目标，实施了高强度、高精度多波次空中打击，使得伊拉克军队还没有和多国联军在地面上交战，前线部队损失就高达百分之五十，就连躲在战场后方的军队，损失都达到了四分之一！

直到这个时候，以美国为首的多国联军，才对已经被炸得溃不成军的伊拉克军队展开地面攻击。仅仅用了一百个小时的陆上交战，就取得了决定性胜利，逼迫萨达姆接受联合国协议，从科威特撤军。

四十二天空袭，一百个小时地面交战……美国军队打完整场海湾战争，让伊拉克付出如此沉重的代价，而他们自己仅仅阵亡了一百四十八人，受伤了四百五十八人！

“萨达姆的军队，单纯从战力上来说，差距不会如此悬殊，导致这种战果的真正原因，在于伊拉克军队的战术思想依然处于机械化战争阶段，而以美国为首的多国联军，已经进入了信息化战争阶段。”

刘招弟说到这里，声音渐渐提高：“在海湾战争期间，美国动用了七颗军用卫星，它们的职能分为光学卫星、雷达卫星、监听卫星和间谍卫星，所有卫星收集到的情报，会在第一时间传送到美国加利福尼亚州的空间情报中心进行分析。伊拉克军队的导弹、战机、坦克部署，他们的军工厂、通信中心、核武器研究所、化学工厂，包括萨达姆的住所，全部被这些太空侦察卫星捕获，再加上空中无人侦察机、战术侦察机的补充，形成了一道几乎没有死角的空中侦测网。多国联军等于开启了‘上帝之眼’，居高临下清晰而精确地俯视着整个战场。这也是多国联军仅凭空中力量，就能将伊拉克军队打得溃不成军的情报基础。

“美国军队为了在战争爆发时就掌握‘制电磁权’，在海湾地区集中了上千名电子战专家，他们专门研究伊拉克军队使用的雷达，辨认伊拉克军队使用的各种电子设备和制导设备反射波，并针对性进行干扰破坏。在‘沙漠风暴’行动开始前五个小时，美军EF-111A‘乌鸦’式电子战机发射干扰波，使伊拉克军队的无线电通信、地面雷达、战机雷达、导弹导航系统全部失灵；EA-6B‘徘徊者’，则负责完全压制伊拉克的电磁波制导武器；几十架电子战飞机，加上地面大功率电磁干扰塔，将伊拉克军队所有的雷达屏幕都变成一片雪花，彻底变成了聋子和瞎子。这就是美军用六个月时间，精心准备并成功实施的‘白雪’行动！”

伊拉克几百架用天文数字金钱买到的高性能战斗机，以及几百枚精确制导导弹、几千门雷达控制的防空高炮，根本没有起到作用，就被美国为首的多国联军击毁。不要说是制空权，就连防空力量都一并失去，让战争在还没有正式打响的前五个小时，就已经决出了胜负。

不是伊拉克的军队武器装备不好，不是他们的士兵战斗意志太弱，而是在于他们在用机械化战争的战术与理念，和已经进入信息化战争阶段的美国军队对抗，彼此间整整差了一个时代。这中间的差距，就像是用“马其顿步兵方阵”，像第一次世界大战期间用重机枪和铁丝网布成防线的军队发起冲锋一样，他们不输，谁输？

这一段内容，讲得在场所有人脸上都扬起一片肃然。

身为中国军人，他们都在思考，如果在十年前，以美国为首的多国联军，也用相同的方式对中国军队来一场信息化战争，当时战略战术思想依然停留在第二次世界大战阶段，也就是大规模机械化战争阶段的中国军队，会被打成什么样？

就算没有核武器，也没有人敢打进中国，中国军队不像伊拉克军队一样，被炸上几十天就斗志全消。放眼中国军队的战争历程，一直都是在以弱胜强，无论是谁，敢打进中国的土地，都必然会陷入战争泥沼当中，无论有多少牺牲，中国军队都只会越打越强！

但是，一旦让战火在自己的家园中燃起，就算是最后能将入侵者赶出去，中国的科技、经济要被打退多少年，又有多少同胞会惨死于战火之中，又有多少人会无家可归，又有多少孩子会成为没有父母的孤儿？

身为现代职业军人，他们要做的，他们也必须做到的，就是拥有足够的力量，可以拒敌于国门之外！

也就是因为发现自身的不足，中国军队才会展开轰轰烈烈的百万大裁军，抛开人海战术，开始向高科技、高素质转变。

……

想到这里，燕破岳猛地握住了双拳，他慢慢地吸气，又慢慢将肺叶中那口连续积压的浊气一点点吐了出去。

他明白了，他终于明白了。

刘招弟从人类的战争发展史一路讲来，在讲到信息战时，特意讲得如此详细，她是在引导在座的所有人，将当时的中国军队和伊拉克军队进行对比，她在将“时代在进步，战争模式在改变，中国军队必须跟着一起改变”这样一个理念，一点点、一丝丝、一缕缕地渗透进每一个“始皇特战小队”成员的脑海，并在他们的心中形成“信息战时代>大规模机械化战争时代>热兵器时代>冷兵器时代”这样一个等级链条。

现在的中国，经过长达十年的军事改革之后，已经完成或者大部分完成了从大规模机械化战争向信息化战争的转变。

如果又有比信息化战争更高层次的战争理论与战术出现，按照刘招弟传递给在座的每一个人并获得他们认同的等级链条，走在时代最前沿的军队，自然应该能轻易碾轧比他们低一层战略战术层次的中国军队，这其中，也包括燕破岳他们这支最足以自傲的“始皇特战小队”！

一旦到了这种地步，中国军队自然应该奋起直追，学习新的战略战术，让自己努力走到时代最前沿。而在这个改革过程中，因为更新换代出现的淘汰，又有谁会说不对？

幻灯片再次变换，看着幕布上出现的那一张张熟悉得不能再熟悉的画面，燕破岳在心中发出了一声低语：“果然……是他们！”

最新画面上的主角，当然就是“九・一一事件”后，在阿富汗战场上打出最灿烂进攻的美国特种部队。

“阿富汗反恐战争，美军特种部队的表现，让人类战争模式从信息化时代进入到外科手术式高精端打击时代。顶级战争规则再次被重洗，能够直接打破敌我双方电子战、信息战胶着状态的特种部队，成为国家战争机器最敏锐的触角。作为落后一个时代的中国特种部队，想要奋起直追，就需要一批拥有高学历、高素质的军人，配合中国军工科研部门，在演习甚至是实战中对新型武器、新型战术进行测试，并将数据反馈回去，推动中国军工科研向高精端时代发展，并以自身为榜样，将这种新型战术推广到全队。”

刘招弟用了那么久的时间做铺垫，深入浅出地讲解了人类几千年来的战争发展史，将人类战争史划分成几个阶段，并且成功将这些知识与理念灌输进“始皇特战小队”这些士兵的心里。

她已经做好了所有准备，终于对着在场几十名听得聚精会神的特种兵发起最凌厉攻击：“作为‘始皇教导小队’，你们非常优秀，交出了一份近乎完美的答卷，你们用鲜血换来的实战经验，可以让夜鹰突击队的战友们减少大量伤亡。但是，我必须坦率地说，现在中国特种部队已经站在了向高精端时代变革的台阶前，而你们，已经无法再胜任‘教导’之职。”

刘招弟的话，当真是一石激起千层浪，就算在场的都是身经百战，早就将军规军纪融入骨子里的老兵，仍然有十几个人忍不住猛然站起，而更多人的目光则集中到了副队长燕破岳的身上。

燕破岳的双眼瞳孔也在骤然收缩，他一开始以为，刘招弟会对“始皇特战小队”进行大刀阔斧式的改革，也许会超过一半人被淘汰出局，可是直到这个时候他才知道，原来刘招弟的最终目的，根本不是对“始皇特战小队”进行换血，她是要将“始皇特战小队”全部淘汰，然后再成立一支她嘴里所提到的高学历、高素质教导小队！

第三十章 - **死敌赌局**

“我在来之前曾经想过，保留‘始皇教导小队’一部分人，再将一批刚刚征召入伍，拥有高学历的士兵送进来，达成高学历新兵与身经百战老兵混合，优势互补的效果。”

刘招弟目视全场，在这个时候，几乎所有“始皇特战小队”成员都将她列入了敌人范畴，可是她却毫不在意，她的声音响彻全场：“可是一见到你们，我就犹豫了。你们很强，但就是因为你们太强了，我在你们的身上看到了一股骄兵悍将式的气息。也许你们自己都没有发现，在你们区区五十多个人的小队中间，都自然而然分成了两个群体。一批，是以你们副队长燕破岳为首，经历过最残酷血战的十几个老兵；另一批，是在一年半前，重新补充进来的成员。

你们以军功、资历、战力形成了自己的等级制度，这原本无可厚非，但是，我又怎么能、怎么敢把那些刚刚大学毕业被特招入伍的学生兵，送进你们这群只以实力论高低的骄兵悍将中间？”

说到这里，刘招弟猛然提高了声音：“告诉我，如果我把你们中间一半人淘汰出局，又将一批只接受了三个月新兵训练的青瓜蛋子送到‘始皇’，顶替你们曾经战友的位置，你们这些骄兵悍将会怎么对待他们？是耐心地帮助他们，传授他们知识与经验，让他们在最短的时间内成为合格的特种兵，还是天天对着他们鼻子不是鼻子、眼不是眼地冷嘲热讽，直至把他们的自信和骄傲全部折断，成为一批再无任何用处的庸才？”

没有人能回答这个问题。一群连子弹都没有打过几发，进侦察连都困难的“后门兵”，就因为读了个大学，就是天，就是地，就是上帝，就是主宰，就能让他们这些上过战场流过血的老兵，像对待祖宗一样哄着、劝着、小心翼翼服侍着了？

一句话，凭啥？

刘招弟一挥手，一名女兵将一台带着液晶显示器的盒状仪器搬到了主席台的桌子上，刘招弟轻轻点着这台一看就造价相当不菲的仪器，沉声道：“这是一台法国制造‘皮勒尔’车载型反狙击手系统的处理终端，这套系统通过一系列声音传感器测量敌方狙击手射击时，枪口喷出的枪焰和弹丸飞行时形成的冲击波，精确计算出敌方狙击手的位置和距离，甚至能够计算出敌方狙击手使用的枪械口径。现在不只法国，就连美国、意大利和澳大利亚特种部队，也装备了这种反狙击系统。”

所有人的目光，都落到了那台名为“皮勒尔”反狙击系统终端处理器上，这种东西的出现，代表着狙击手在射杀目标后，被敌方发现的概率十倍甚至是百倍地增加。一旦这种装备在战场上大面积普及，一名狙击手在战场上射杀上百，甚至是几百名敌军的传奇故事，也许就会被终结。

这样的装备，刚刚在世界顶级特种部队中列装，对于中国特种部队来说，它是一个非常新鲜的东西。

刘招弟将一本厚厚的手册，放到了“皮勒尔”反狙击系统终端处理器的旁边：“这台机器出现故障了，不过还好，我这里有机器维修保养手册，你们谁能比对着这本维修保养手册，将终端处理器修好？”

燕破岳他们的确接受过类似训练，他们不但能驾驶坦克、装甲车，甚至是直升机，也能对一些小故障进行紧急排除，但是看着刘招弟手中那本维修手册，却没有一个人敢站起来接受这份挑战。

燕破岳和萧云杰对视了一眼，萧云杰在轻轻摇头，让他们连稍稍尝试都不敢的理由是，那本维修保养手册上面，印的赫然是有如天书的法文！

“看不懂法文？”

刘招弟眉角轻轻一挑：“也对，除非是上了法语专业，否则又有几个人会接触到法语，说到底，英语才是国际通用语言嘛。”

刘招弟将维修手册倒翻过来，将书页重新打开，露出了分开看二十六个字母大家都认识，但是组合在一起，就彻底抓了瞎的英文版面：“这本维修手册，不但有法文，还有英文。这下没问题了吧，谁来？”

这群面对任何强敌都敢挺身一战，哪怕是同归于尽也绝不后退半步的中国特种兵精英，在这个时候全部保持了沉默。

“不会吧，奘了？”

他们去参加高考的话，成绩最好的一个，估计都达不到及格水准，又怎么敢拿着那本里面充斥着各种机械专业术语的英文维修保养手册，去修理那台绝对精密，只要稍有差错，就会烧毁的数据终端处理器？

对方已经出手，可是他们却没有人敢接招，也就是因为这样，他就算是再不甘、再憋屈，面对刘招弟那辛辣到极点的冷嘲热讽，也只能沉默不语地坐在那里。

在会议室里，到处都可以听到“咔啦”“咔啦”的刺耳声响，那是特种兵们握住双拳时，用力过度，指节相互摩擦发出的声音。

“在中国特种部队，高速向高精端领域靠拢的时候，你们一定会接触到很多类似于此的尖端设备，它们有些是国内还处于小批量试验阶段的产品；有些是国家通过各种途径，从外面找到的制式装备；你们会发现，自己掌握的知识，开始不够用了，你们必须学会使用、保养和维护这些世界上最精密，也许同样是最昂贵的仪器，并在演习或者实战中，得到第一手数据资料，将它们反馈上去，成为中国军工科研单位改良创新武器装备的最重要参照。同时，你们还需要积累使用这些尖端武器装备的经验，以自身为榜样，带领整支特战大队学习这些经验和战术。这就是进入高精端时代，身为教导队，必须肩负起的责任！”

刘招弟目视全场，她伸手在面前那本厚厚的维修保养手册上轻轻弹动，发出一连串“噗噗”的闷响。她的声音中，透着浓浓的挑衅与质疑：“你们，行吗？”

依然是死一样的沉默。一群曾经是中国最精锐的特种兵，也因此而万分自豪的军人彼此对视，他们的眼神中，除了愤怒与不甘，还多了一丝无法掩饰的焦躁不安。

他们必须承认，现在的中国特种部队和美国特种部队在战力上出现了巨大的差距，他们也承认，这种差距已经不是他们在训练场上多跑几圈，多背几公斤负重，或者在原始丛林中，多和毒贩护卫队打上几场，就能弥补的。

中国特种部队必须进行战术改革，他们必须学会像美国特种部队一样，在战场上进行多兵种协同作战，拥有外科手术式高精端打击能力；他们也必须学会使用和维护保养那些太过精密、先进而昂贵，说明书也许都不是中文的机器设备。

而这些，恰好就是他们的软肋！就像昨天他们以轻松的态度，填写完“调查问卷”后随口说的那样，如果学习好的话，他们就去考大学，上军校去了，有了更多、更好的选择。

城市兵还好一些，他们至少是高中毕业，那些农村兵他们初中毕业就进了军营，谁不知道初中毕业证水得要命，哪怕你门门只考个三十分，学校老师最后也会给你打个六十分，让你顺利取得毕业证。

拿着这样水分十足的初中毕业证，要他们比对着英文说明书，去使用动不动就价值几十万，甚至是几百万的精密仪器，军队的经费不是风刮过来的，也不是地上捡的，就算他们自己敢拍着胸脯说保证完成任务，又有几个上级敢让他们拿着螺丝刀去“小马过河”？

一个不愿意接受却已经形成的念头，在很多人的心中转动着：难道，我们真的已经落伍了？

就在这个时候，燕破岳缓缓举起了右手，立刻，所有人的目光都落到了燕破岳的身上。

“刘老师，我有个问题，想问问您。”

燕破岳身体笔挺如剑，他直视刘招弟：“既然您这么在乎高学历、高素质、高智商，干脆把军工科研所那些科研员武装起来，贴个特种兵的标签丢进战场，让他们亲手取得第一手资料不就好了，干吗还要多此一举地弄一些刚刚从大学毕业的学生？”

面对燕破岳近乎嘲讽的反问，刘招弟微微一皱眉头：“有话直说，别弄这些冷嘲热讽来浪费时间！”

“美国特种部队，在阿富汗反恐战场上，能打出奇迹般的战果，固然是多兵种协同作战，将外科手术式高精端打击能力发挥到极限的结果，但是首先，他们得是身经百战，纵然在危机四伏的敌占区，也能生存下来的特种兵！”

燕破岳加重了语气：“再好的装备，也要有人来操作，如果他们一上战场就被人打成了筛子，再好的装备、再先进的战术，也全是扯淡！”

听到这里，“始皇特战小队”的兵王们眼睛都亮了。如果不是军纪严格，让这些老兵控制住自己的言行，估计已经是满堂喝彩，叫好不断了。

没错，那些大学毕业后才被特招入伍的新兵，他们也许是本科生，搞不好甚至会有硕士生，他们能被特招入伍，百分之百都是学霸级的人物，在学识学历方面，肯定要比“始皇特战小队”的老兵们强不止一个段位。但是，说到特种作战，说到在最恶劣环境中的生存能力，以及生存意志，那些才接受了三个月新兵训练的青瓜蛋子，肯定是拍马难及。

一群到了战场上，就是送菜的青瓜蛋子，就算掌握的知识再丰富、装备再精良，可以号称什么高精端时代的特种兵，这又能有什么用?

“如果我没记错的话，燕队长你和二班长在进入‘始皇特战小队’之前，也不过就是在新兵训练营接受了三个月训练的新兵蛋子，对了，你们还在炊事班放了半年的羊，但就算这样，加起来，你们进入‘始皇教导小队’，成为特种兵之前的兵龄，也不过就是九个月而已。”

刘招弟的声音，轻描淡写得不带一丝烟火色：“我亲自参与挑选的这些新兵，他们除了拥有高智商、高学历之外，体能意志也相当出类拔萃。从夜鹰突击队中挑选出一批军事技术过硬又有足够耐心的老兵，和他们混编在一起，按照训练规划，十八个月后，这些特招兵就会成为一支可以面对各种危险挑战，而且能够肩负起‘教导’重任的优秀特种兵！”

“刘老师，您是上等人，坐惯了有空调的办公室，可能并不太了解我们这群没学历、没素质、没智商的大老粗的现状。这里我礼貌、客气而认真地提醒您几句，特种兵，是这个世界上最危险的工种之一。在十八个月训练期间，他们可能在翻障碍、过绳索时摔死；可能在超负荷越野拉练中累死；可能在练习徒手格斗时，被教官失手打死；可能在实弹射击时，被跳弹崩死；也可能想娘想媳妇，哭着鼻子，像个小媳妇似的半途跑掉；而他们最大的可能，是训练成绩差得惨不忍睹，被教官踢着屁股灰溜溜地滚蛋。”

说到这里，燕破岳笑了，他的笑容有着和刘招弟相类似的锋利，他的目光和刘招弟在空中对撞在一起，激起了几点无形的火光：“刘老师，您不会以为，只要身体素质够好，意志够坚定，再训练一下子，就能进入‘始皇’，成为特种部队中的特种部队吧？”

刘招弟那双清澈如水却又隐泛着智慧轻潮的双眸，落到了燕破岳的脸上。她真的不喜欢燕破岳嘴里这个充满嘲讽意味的“刘老师”称谓，她更不喜欢这一刻，燕破岳身上那股近乎玩世不恭的味道。

身为燕破岳的姐姐，亲眼看着这个男孩儿在十几名老兵的教导下，一点点强大，明明已经成长为一只可以直冲云霄的年轻雄鹰，却因为对花生的恐惧无法脱困而出，就是在那样的环境中，“邪门”和“歪道”两位师父教会了燕破岳用这种玩世不恭的态度去掩饰自己的弱点，也教会了他在面对最危险必须战胜的绝对强敌时，用这样的态度来隐藏自己的锋利。

虽然已经有了心理准备，但是当他终于下定决心，把她列为必须战胜的绝对死敌，并且拿出这种当年他在参加夜鹰突击队考核面对“笑面虎”时，才会亮出的态度时，刘招弟的心里依然产生了一种难以言喻的惆怅。

但是刘招弟只是略一凝神，就将内心深处这股会影响她判断力的波动驱赶得干干净净。

“刚才刘老师给我们用幻灯片加演讲，绘声绘色，又深入浅出地讲述了一堂人类战争史研究课，就连我们这些低素质、低学历、低智商的大老粗都能听得懂，现在大家鼓掌，对刘老师表示感谢！”

燕破岳说到这里，率先鼓掌，旋即，整个会议室所有人都跟着一起鼓掌，但是在他们的脸上，却看不到任何笑容，这是一阵热烈却没有半点热情的掌声。这些老兵只是围绕在他们的副队长身边，忠实地执行队长的命令罢了。

身为表率的燕破岳，一停止鼓掌，整个会议室的掌声戛然而止，干净利索得犹如一辆时速超过二百公里的汽车，在高速奔驰过程中突然刹车，而且是瞬间静止。那种难以言喻的违和感，让刘招弟和两名女兵看得心中都是微微一颤。

千万不要小看这个细节，就是这么一次鼓掌，燕破岳就将“始皇特战小队”的纪律性、团队配合默契，以及他身为副队长的统率力，展现得淋漓尽致。这样的部队，在战场上必然是不动如山，只要燕破岳一声令下，更能攻势如潮！

燕破岳当众点名：“萧云杰。”

萧云杰猛地跳起，放声回应：“到！”

“刘老师给我们上了一堂精彩的教育课，我们也应该投桃报李才对，可是我们并没有准备什么幻灯片来彰显自己的格调，你就代表‘始皇’，给刘老师和她的两位助手晒一晒，我们这些低素质、低学历、低智商的‘残次品’那点拿不出手的鸡零狗碎吧。”

萧云杰一脸让人看了就心生好感的微笑，他突然脱掉了自己右脚上的军靴和袜子，一股浓郁的气味随之在会议室这种封闭环境中四处飘荡，萧云杰讪讪地对刘招弟和两个女兵解释道：“只要条件允许，我天天洗脚，还用的是香皂呢，但是天生脚汗太多，实在没有办法，还请刘老师你们多多见谅。”

根本不需要什么慷慨激昂的演说，更不需要什么激励动员，燕破岳和萧云杰就让“始皇特战小队”重新恢复了生机。

燕破岳轻咳了一声，他的表情和语气都恰到好处：“二班长，当着刘老师的面，别耍宝！”

“我没耍宝啊。”

萧云杰一脸的委屈，他抬起了光溜溜、臭烘烘的脚底板子：“刘老师您看，这是我两年前，在原始丛林追杀毒贩时，踩到那帮龟孙子一边逃一边满地乱丢的反步兵倒刺钩留下的伤口。您说说看，这些家伙，怎么就没有一点儿环保意识？”

在萧云杰的脚心部位，有一个十字形的伤疤，那种拥有尖锐钢刺，而且还暗藏倒刺的防御武器，虽然没有地雷那样可怕，但是一旦刺破靴子，想要把它拔出来，就必须做外科手术。萧云杰说得轻松，但是任何人都明白，这个小小的伤口，带来的疼痛绝不会那么轻描淡写，就算萧云杰是特种兵，也不会有任何区别。

可能是觉得自己脚底板有点脏，为了让刘招弟和两个女兵看得更加清楚一点，萧云杰还伸手在脚底板上搓了搓。这个令人恶心的动作，看得刘招弟身边两名女兵直咧嘴角，旋即，她们就一起露出了想要吐的动作，因为……萧云杰这个无耻货色，在用手指搓过脚底板子之后，竟然又一脸坦然地将手指送到鼻端，嗅了那么一嗅。

发现自己的动作不合时宜，更和“始皇特战小队”二班长的身份过于不符，萧云杰讪讪地迅速放下手，还把搓过脚底板子的手指搓了搓，又在衣服上抹了抹，看到这一幕，两个女兵不由自主地一起倒翻白眼，一群老兵却都笑了。

刘招弟的双眼轻轻眯起，在以前无论什么时候，她和燕破岳产生矛盾，萧云杰总是以和事佬的身份，站在一边和稀泥。而这一次，他终于立场鲜明地站到了燕破岳那里。而且别说，他们真不愧是“狼狈为奸”的黄金组合，燕破岳带头鼓掌，针锋相对向她们展现了一支百战强军的“形”；萧云杰这当众脱鞋，弄得十里飘臭的动作，在引得人人侧目的同时，让很多人都忍俊不禁，不动声色间就化解了刘招弟精心准备，可谓是温水煮青蛙的“势”。

这两个她眼里曾经的小屁孩儿，现在一个已经骁勇善战，无论在什么时候，都能登高一呼应者如云，打出最灿烂的攻击；另一个诡计多端，更对人的心理掌握得炉火纯青；而他们之间那种已经融入骨子里的熟悉与亲密，让他们根本不需要语言，甚至连眼神交流都不需要，就能打出最经典的组合攻击。

“二班长，当着刘老师她们的面，注意点形象！”

燕破岳果然在这个时候，开始扮红脸了：“刘老师可是高智商、高学历、高素质的国宝级人物，拿点干货出来，否则的话，小心被人当成跳梁小丑！”

萧云杰撇起了嘴角，一脸受委屈小媳妇般的幽怨，却又因为军队中等级森严，燕破岳官大一级，只能不情不愿地伸手去解开了军装，露出了他如猎豹般线条分明、充满爆炸性力量的胸膛。

看到这一幕，就连刘招弟脸上都露出一丝惊异，而站在旁边，刚才脸上露出不忿神色的女兵，更是伸手猛地捂住了嘴巴，就算是这样，一声压抑的惊呼仍然从她们当中一个人的嘴里传了出来：“我的天哪！”

在萧云杰赤裸的上身，她们首先看到了一条一尺多长，横切他的胸膛，看上去就如一条蜈蚣般狰狞的刀痕。那是毒贩垂死挣扎，用开山刀猛劈而下，差一点儿把萧云杰当木桩劈开留下的纪念。在萧云杰的肩膀上，有一块巴掌大小的死皮。那是萧云杰在原始丛林中被毒性惊人的毒蛇咬了后，为了救他，燕破岳连麻药都没有来得及打，拔出格斗军刀，直接在他肩膀上硬生生剜下一块巴掌大小，足有半寸厚的肉。用萧云杰自己的话来说，这块肉拿到西餐店，都够做一人量的牛排了。而在萧云杰的腹部，有着密密麻麻十几道伤疤。那是一年半之前“始皇”遭遇敌军伏击，为了迷惑潜在敌人，萧云杰主动扑到地面一个啤酒瓶上，任由碎玻璃片刺入他的身体留下的杰作。除此之外，在萧云杰赤裸的上半身，还有弹片留下的划伤、火焰留下的烧伤、手枪子弹留下的枪伤……

萧云杰的身体，几乎就是一部关于受伤与治疗的百科全书。

除了这些伤疤，在他的右肩肩胛部位，还有一块三角形的厚厚老茧。那是他在训练场和战场上，打出几万发子弹，终于因为枪托后坐力不断施加在肩胛同一部位，留下的光荣印记。在他的右肩上，那条清晰可见的青色瘀痕，则是他总是习惯在右肩背枪，日复一日，年复一年，终于一点点一点点铭刻上去，直至这一辈子也无法再消除的烙印。

看着站在自己面前的萧云杰，看着他赤裸的上半身那一道道触目惊心的伤疤，再看看这些坐在自己面前一声不吭、脸色平静，似乎对这一切已经习以为常的"始皇特战小队"士兵，刘招弟真的怔住了。

她在来夜鹰突击队之前，已经对这支特战侦察大队，尤其是"始皇教导小队"，进行了最细致的研究，她能清楚地说出在场任何一个人的姓名、年龄、身高、体重、血型，以及他们的军事技能优、缺点和他们的性格。

可是直到面对这样的萧云杰，刘招弟才发现自己错了。她看到并记住的，只是一堆堆冰冷的数字，而特种兵他们是一群活生生、有血有肉，受伤了会流血，伤心了也会哭泣，开心了会放声大笑的人！

就算是刘招弟，都无法想象，这些老兵究竟付出了多少鲜血与汗水，身上有多少伤痕，多少次从泥泞中挣扎着爬起，多少次和死亡擦肩而过，多少次和被淘汰出局的兄弟挥手道别，才能强强联手，组成一个如此精彩、如此强大的"始皇"！

他们是骄兵悍将，他们目空一切、眼高于顶，他们没有海纳百川的胸怀，他们自成体系，抱成一团，排斥任何不是他们同类的成员，也就是因为这样，秦锋大队长才会将他们中间最优秀、最出类拔萃的燕破岳提拔起来，成为他们的副队长，否则的话，“始皇教导小队”的实际指挥官，怎么可能是一个刚刚年满二十三岁的燕破岳？

刘招弟一直认为，这批老兵身上有着太多的缺点，“始皇特战小队”更成为包容他们缺点，甚至是纵容他们缺点的大本营。也就是因为这样，她才下定决心，要将“始皇”全员淘汰，哪怕燕破岳会恨她、怨她，也在所不惜。

但是在这一刻，看着萧云杰身上那一道道战士最光荣的勋章，刘招弟终于真正懂了这批人。他们是一群狼，一群身经百战，纵然伤痕累累，依然可以游荡在苍茫大地，依然可以对月长啸，百兽都要为之震惶的狼！

而狼的同伴，当然必须是能够陪它们转战千里，一起受伤，一起舔着伤口，一起积蓄力量，等待时机再对强敌发起攻击的狼！

“‘始皇特战小队’于四年零两个月前组建，在十八个月训练中，二人重伤不治死亡，九人致残，三十七人骨折受伤，轻伤无数，淘汰和主动退队九十六人次，等于将整支小队重新组建了两次；迄今为止，打击毒贩、恐怖分子、外籍雇佣兵，战斗大小五十四场，共计二十二人阵亡，受伤四百二十八人次。”

这些数据，刘招弟也曾经看过，当时她有过片刻的惊叹，但也仅仅是片刻的惊叹罢了。直到这一刻，面对萧云杰那满是伤疤的胸膛，听着燕破岳慢慢说出这一个个数字，一种异样的压迫与凝重，就像夜幕中的巍巍群山一样扑面而来。“尊敬的刘老师，您觉得我们已经无法担任‘教导’之职，这个我不予辩论。只是，您挑选了一批高学历、高素质、高智商，而且是学智体美劳兼优的五好学生，您真的认为他们只需要接受十八个月训练，就能成为合格的特种兵了？”

萧云杰一边重新穿起军装，一边对自家兄弟进行递补式火力支援：“别看那些高素质、高学历、高智商的新兵蛋子，一个个表决心、露勇气，以为都是黄继光、董存瑞似的，一旦真把他们拉到战场上，子弹在空中嗖嗖乱飞，炮弹打过来，炸得肉块满地乱飞，一个圆球滴溜溜滚过来，低头定睛一看，好家伙，这不就是一颗战友的脑袋吗？而战友脑袋上那张嘴巴，还在一上一下、一张一合地嚅动，似乎想要说出什么遗言；那双充满绝望的眼睛，更是带着对这个世界浓浓的遗憾嘛！到时候是千里马，还是百里骡子、十里犬，那还真得拉出来遛遛才知道。刘老师您可得小心挑选，别训练来训练去，浪费了大量纳税人的金钱，最后却训练出一批外表光鲜，扛着一大堆什么声呐反狙击系统，什么单兵作战系统，什么GPS定位系统，还能精通英、意、德、日、法、中、俄诸国语言，可惜就是不堪一击，一打就㞞的驴粪蛋儿。”

燕破岳和萧云杰已经联手，将刘招弟营造出来的氛围，以及成功植入每一名老兵心中的理念清扫得干干净净。

这些家伙原本就是天不怕、地不怕的刺儿头，既然自家副队长都已经开始冲锋陷阵了，没道理其他人只会坐享其成。有老兵开口了，这个老兵有着一口浓重的南方腔，声音有些抑扬顿挫：“刘老师啊，您用十八个月的时间，外加天文数字的人力物力，训练出这么一批高素质、高学历、高智商的娃娃兵，他们就是您的产品，从理论上来说，要比我们更强、更优秀的新款产品，他们也必须比我们更优秀、更强大，才能证明您的决策是英明的，投资是正确而且能得到巨大回报的。可是您想想看，就算他们接受了十八个月训练，敢自称特种兵了，拉出去和‘始皇’打上一场，我们二十个，甚至只需要十个，就能把他们打得满地找牙，哭着喊着回家找妈妈。这样的‘特种部队’，抗风险能力太低，中间断仓的可能性太高，这个长达十八个月的投资项目，要慎重啊。”

刘招弟斜眼轻瞄，她认识这个老兵。他的真名叫吕小天，绰号“吕不韦”，家里条件不错，开了一个拥有两千多人的塑料用品厂，专门生产外贸型餐具，曾经主动投奔燕破岳和萧云杰，在炊事班放了六个月的羊。在燕破岳和萧云杰被夜鹰突击队挑走之后，孤掌难鸣的吕小天，则靠着他过人的精明，硬是混进了师直属侦察连，成为一名侦察兵。

事实证明，吕小天不愧“吕不韦”这么一个代号，他的感情投资获得了巨大成功，燕破岳成为“始皇特战小队”副队长后，亲自将这位曾经一起放过羊、宰过羊、熬过羊汤、烤过羊肉串，还种过人参的“狐朋狗友”给挖了过来，成为“始皇特战小队”中的一员。

这家伙，从战斗力上来说，放眼整支“始皇”，也只能说是垫底的，但是他的眼光毒辣独到，擅长锦上添花，一些牛黄狗宝花花肠子，和燕破岳如出一辙臭味相投。

简单地说吧，以前燕破岳喜欢说，擅长做，现在却限于“副队长”身份，不方便做，不能说的鸡零狗碎牛黄狗宝的，他家伙全部包圆了。这么一个八面玲珑、万花丛中过片叶不沾身、精明到骨子里的家伙都敢站出来，主动向刘招弟叫板了，这本身就已经说明，在这场对峙中，刘招弟就算没有落入下风，双方的对峙也进入了平局。

而且刘招弟必须承认，她还是小看了“始皇”，小看了这群能支撑起“始皇”名号的老兵！

就像燕破岳说的那样，美国特种部队之所以能在阿富汗战场上取得如此惊人的成绩，他们除了装备了最先进的武器，拥有最先进的战术，有最强大的空军进行协同支援外，还有一点儿同样重要，他们是一支在单兵作战和团队配合上，都不会比现在的“始皇”弱的超级劲旅！

先进的武器、强大的团队，这两者缺一不可。而美国特种部队能两者兼备，绝不是一日之功，是几十年日积月累，慢慢人员更迭形成的结果。

“始皇特战小队”现在都保留着每隔三个月，进行一次内部考核淘汰，刷下成绩最差的三个人，再从夜鹰突击队补充三名新成员的淘汰激励机制，如果可以用潜移默化的方法，每隔三个月向“始皇”输入三名特招兵，他们的反应绝不会这么激烈。

只可惜，发现自身不足，已经落后于时代的中国特种部队，必须奋起直追，哪怕是有揠苗助长的嫌疑，也得努力向上冲，他们真的没有那么多时间去进行这种过于缓慢的换血。

刘招弟心头一转，就在她迅速构思新的战术，准备再次发起进攻时，会议室的门被推开了。

燕破岳猛地站起，放声喝道：“起立！”

“哗！”

会议室中，五十多名特种兵的动作，整齐划一得犹如接受过千百次彩排演练。

是大队长秦锋和参谋长两个人一起走进了会议室，秦锋的心情绝对称不上好，就连一向喜欢以笑容对人的参谋长，在这一刻，也是脸色沉穆。

“始皇特战小队”是夜鹰突击队自组建开始，就从中挑选最精锐成员组建的王牌部队。如果在战场上，他们就是夜鹰突击队的尖刀，是秦锋这位大队长手上轻易不会动用的撒手锏！

如果没有“九·一一事件”，没有美国特种部队太过出类拔萃的表现，没有刘招弟和他长达十个小时的谈话，秦锋绝不会同意，对他视若珍宝的“始皇特战小队”进行大换血式的淘汰与改良。在和刘招弟一夕长谈后，秦锋想的第一件事情，不是如何用最快的方法让“始皇教导小队”率先能够适应新时代战术，而是如何抚慰那些被淘汰出来的兵王，如何继续重用他们，不要让这些已经为国家流了太多血与汗的老兵再流泪。

燕破岳和刘招弟明明是姐弟两个，是一家人，在秦锋想来，就算是有矛盾冲突，也可以私下消化解决了。他如果没有老眼昏花的话，他可是清楚地看到并记得，在七年前，燕破岳把刘招弟从着火的洞房里硬抢出来，并口对口喂刘招弟喝酒时，在年轻的大男孩儿和年轻的女孩儿之间，那股突然涌现的暧昧与旖旎。

哪怕那种感觉，只出现了短短的一瞬间，也必然在这两个年轻的男孩儿和女孩儿心中，留下了鲜明到终身不可能褪色的印象，这份回忆会陪伴着他们一起长大，一起变强，一起慢慢变老。

也就是因为这样，秦锋才会放心地让刘招弟和燕破岳直接爆发了对峙甚至是对抗。

秦锋和他那位出色的参谋长都没有想到，这两个已经拥有足够力量与坚强的姐弟，竟然因为各自的理由与信念成为真正的敌人，他们之间已经势如水火，再也没有了合作并存的可能。

刘招弟是推动夜鹰突击队向新战术、新时代发展的重要领航人，她不可或缺；至于和刘招弟势如水火，已经成为挡在刘招弟面前最大障碍的燕破岳，把他淘汰掉……别开玩笑了！！！

通过会议室内安装的麦克风，听到双方已经对峙到极点的话，秦锋只低声说了一句“坏了”，从椅子上跳起来就走，而参谋长也紧跟其后，用最快的速度赶了过来。

参谋长对着会议室中的老兵们，再次露出一个笑脸：“先散会，许队长，李指导员，燕队长，你们留下。”

会议中止，“始皇特战小队”老兵们无声地站起来，迅速离开。整个会议室只剩下秦锋、大队参谋长、刘招弟、燕破岳和许阳，以及已经连续换了好几茬儿，反正不管怎么做，也不可能超越首任，说了也白说，做了也白做，所以都会选择沉默是金的李指导员。

“你们干得真不错啊。”

秦锋的声音很平静，可是熟悉他的人都能知道，这句话的分量。

燕破岳和刘招弟都没有吭声。

“你们两个，一个拥有放眼全国，都是顶级的战斗力和指挥力；另一个拥有站在世界最前沿的知识眼光和推动中国特种部队进行改革的魄力。在我看来，你们都是中国军队最珍贵的瑰宝，如果你们能强强联合，会形成‘1+1＞2’的质变，可是你们在一起都干了些什么？你们让我看了一出水火不容的闹剧，看到了你们为了战胜彼此，而用尽心机和手段的尔虞我诈！”

说到这里，身为燕破岳和刘招弟长辈和上司的秦锋，再也无法抑制内心的愤怒和失望，他猛地一拍主席台，放声喝道：“不要告诉我，战斗力和学历学识，它们本身就是矛盾体，根本无法共存！”

参谋长轻轻拍了一下秦锋，示意这位已经怒火攻心的大队长不要太过暴躁，参谋长抓起水笔，在白板上写了几个大字，它们分别是“战斗力”“学历知识”两个词。

“现在的‘始皇教导小队’，拥有远超普通部队的战斗力和实战经验，但是却欠缺成为新时代特种部队教导小队的学历知识；而招弟你亲自挑选组建的新型教导小队，全部都是从大学毕业生中特招的新兵，我已经看过他们的资料，他们都学识丰富，有不少人还是电子信息专业领域内的精英，让他们接触新式装备和新战术理念，肯定是事半功倍，但他们只是一群普通人，身体素质再好，想成为合格的特种兵，需要相当长的时间磨砺。就像大队长说的那样，最好的办法是让两支队伍组合起来，优势互补，形成‘1+1＞2’的质变，但是从实际操作角度来看，似乎并不可行，在我看来，如果把你们强行扭在一起，结果只会适得其反。”

作为夜鹰突击队的智囊领袖，参谋长寥寥数语，就点出了整个事件的核心。燕破岳和刘招弟彼此对视，都点了点头。

“那么，现在我们就有了两支队伍，一支擅长战斗，另一支擅长高精端武器，大家都有欠缺，都无法在中国特种部队向高精端领域转变时胜任‘教导’之职，我这么说，燕破岳、刘招弟，你们认为对不对？”

燕破岳和刘招弟再次点头，这的确是不争的事实。

“那夜鹰突击队就直接取消‘教导小队’这个编制，它本来就是我和秦队长一起谋划出来的产物！”

听到这个决定，刘招弟和燕破岳都面色不改，他们只是在静静地聆听。看到这一幕，参谋长和秦锋交换了一个满意的眼神。任他内心波涛汹涌，表面却我自岿然不动，这对姐弟虽然从不同的领域进入中国特种部队，但他们真的好棒！

只可惜，他们就是太精彩、太优秀、太强势了，才会形成这种强强对峙、没人妥协的局面。

“刚才，刘招弟不是说过，要用十八个月时间，来训练那批特招兵吗？”

参谋长慢慢说出了他为两支特战小队谋划出的方向：“在这十八个月时间里，刘招弟你负责监督特招兵，接受特种训练，争取尽快形成战斗力；而燕破岳，你有十八个月时间，带领‘始皇特战小队’一边继续接受训练和执行任务，一边学习文化课，努力提高全员基础知识，弥补自身短板，学会使用、保养和维护那些高精端武器设备。”

说到这里，参谋长这位真正的高级指挥官，脸上露出了一丝稳坐钓鱼台的笑意。可以预见，在未来十八个月时间里，有着强大竞争对手的燕破岳和刘招弟，一定会带着身边的部下，发了疯似的拼命提高、拼命成长，而且一刻也不敢松懈。

对了，对了，还有一点儿很重要。

刘招弟，可是大队长秦锋，还有他这位参谋长，看了都要眼馋的高科技、高素质、高学历优秀人才，放眼全国都没有几个。按照原本的行程计划，她最多只会在夜鹰突击队停留六到八个月，等到她亲自挑选的特招兵，适应了夜鹰突击队的环境氛围，她就会离开。但是有了这场和自家弟弟燕破岳的信念之争，她就被绑到了夜鹰突击队这辆战车上，最起码未来十八个月，她都不可能离开，要是大队长加他这位参谋长想办法彼此促进一下感情，再向上级提交二三十份建议书、邀请函什么的，说不定这位女博士就要留在他们夜鹰突击队了！

至于燕破岳，这小子天生就是当特种兵的命！

什么叫作扭亏为盈？什么叫作姜还是老的辣？

嘿嘿……

秦锋眉角一挑，斜睨了一眼自己的老伙计，脸上也露出一丝不易察觉的微笑，他们两个一个唱白脸，一个唱红脸，配合得恰到好处，妙到毫巅。燕破岳和萧云杰这对“狼狈为奸”，还太嫩了一点点。

秦锋接过参谋长手中的水笔，在“战斗力”和“学历知识”两个词上面画了一个大大的圆圈：“十八个月后，我会亲自担任演习指挥室总指挥，对两支特战小队进行一次以‘高精端打击时代’为背景的演习考核，谁能在十八个月时间里，最大化弥补自身缺陷，成为最终胜利者，谁就是新的教导队！”

燕破岳和刘招弟对视了一眼，他们在对方的眼中，看到了火一样的澎湃战意。

两个人同时一点头，放声应道：“好！”

第三十一章 - **裴踏燕（上）**

在夜鹰突击队，第二支教导小队成立。在大队长秦锋的强烈要求和反复向上级提交申请之后，刘招弟从裁判位置走下来，担任第二教导小队队长，正式成为燕破岳的竞争对手。

刘招弟组建的教导小队，有一半是特招入伍的大学生，剩下一半是从夜鹰突击队挑选出来的精锐骨干，每一名老兵带一名新兵，他们的班长都是由老兵担任，副班长却是从新兵中选取的。这样做最大的好处，就是可以让老兵一对一地带领新兵，让这些刚刚从学校象牙塔中走出来的孩子，以最快的速度适应军营，成为一名合格的共和国守卫者。而班长和副班长职务，分别由老兵和新兵担任，也让新兵在队伍中拥有了足够的话语权，最大限度地保护他们的个性与生命力，不被军队中“先去其骄气傲气，再塑其呆气”的传统所影响。

第二支教导小队和“始皇特战小队”一样，进驻一个独立的院落。刘招弟和燕破岳这对姐弟，似乎都取得了不相往来的默契，双方各练各的兵，彼此互不干涉，就算是狭路相逢，顶多也只是彼此敬一个军礼，不再多说一句话。

双方处于竞争立场，和军队中普通的竞争不同。他们的竞争，直接决定了未来的生死存亡，这注定两支教导小队绝不可能成为惺惺相惜的朋友，也不会有并肩作战的可能。在两名队长有意无意的默许之下，双方队员彼此之间都流露出明显的敌意。

“始皇特战小队”老兵，称他们的对手为“奶娃”，意思就是一群还没有断奶，每天还得叼着奶瓶上训练场的新兵蛋子。第二教导小队的士兵，也不甘示弱，反讽“始皇特战小队”的老兵为“老冒”。

双方士兵从彼此的军事技术、知识学历，一直对比到了他们的组织结构。“始皇特战小队”副队长燕破岳，他堪称传奇的战斗经历，他获得的勋章，还有他在战场上击毙敌方目标的数量，甚至是他受伤的次数，都成为“始皇特战小队”老兵们向竞争对手吹嘘炫耀的资本。有好事者，甚至模仿武侠小说的口吻，编出了“欲破始皇，先压燕队，欲压燕队，先胜萧班”的口号。

意思就是说，只要无法压制燕破岳，不管是谁想要赢“始皇特战小队”，那就纯属痴人说梦，而想要赢燕破岳这名队长，就得先赢了“始皇特战小队”班长萧云杰，打破这两个人“狼狈为奸”的组合。

第二教导小队的新兵，虽然一个个眼高于顶，面对这种口号表现出不屑一顾的姿态，但是他们自己内心深处却早已经承认，燕破岳这尊身上披着传奇战斗英雄外衣的大神，给了他们太重的压迫感。

未来战争，打的是综合科技以及士兵的综合素质，他们这些拥有高智商、高学历的新生代特种兵，有自信不输给那群撑死就是高中毕业不说，拿初中一年级英语试卷考试，都没有几个及格的老兵；可是，在十八个月后的对抗中，又有谁能带领他们，从正面对抗“始皇特战小队”的队长燕破岳，而且能丝毫不落下风？！

所有人的目光，都不由自主地落到了第二教导小队那一直空缺的副队长位置上。坐到这个位置上的人，必然会直接面对“始皇特战小队”副队长燕破岳，也只有能正面对抗燕破岳。和燕破岳斗得旗鼓相当的人，才能、才敢、才有资格坐在这个位置！

也就是因为这样，第二教导小队副队长的位置，一空就是两个月！这种现状也让“始皇特战小队”的老兵们更加得意扬扬。他们当众放出狂言，别说是夜鹰突击队，就算是放眼整个中国海、陆、空三军，能和他们燕队正面抗衡的人，又能有几个？

看着这群已经站到了时代淘汰边缘，却因为有着一个太过强势优秀的队长而缺乏危机感，每天吊儿郎当，有心情了就抓起书本读上几行的老兵；再看看在自己带领下，每天在训练场上挥汗如雨拼命训练，却因为无法跨越燕破岳这座高山，一直没有凝聚出信心与士气的新兵，刘招弟沉默了。

就连大队长秦锋都专门提醒刘招弟，如果她再不想办法改变现状，或者说如果她再不能找到一个能够和燕破岳正面抗衡的副队长，她亲手组建的第二教导小队，纵然再优秀，训练再刻苦，也无法撼动“始皇教导小队”。这样的话，夜鹰突击队学习美国特种部队，向高精端打击时代转变的历程，也会受到阻碍。

在这种排一级的特种部队对抗中，一名太过出类拔萃，登高一呼必将应者如云的战斗英雄，已经拥有了左右战局的能力。这样的战斗英雄，是部队中最珍贵的财富，但是，在时代变迁中，因为不愿意割舍对战友的感情，当他站立到改革的对立面时，他的强大和出类拔萃，也成为军队走向强大的绊脚石。

面对此情此景，刘招弟除了感叹造化弄人之外，她又有什么可说的？

终于，刘招弟将一份压在她手中两个月的档案，交到了大队长秦锋手里。这个档案袋中的人，是她早已经选中，却因为内心挣扎，而一直雪藏至今的副队长。

和燕实祥是老战友，对燕家状况了如指掌的秦锋，打开档案袋，只看了一眼上面的名字，他的脸色就变得怪异起来。慢慢看完了整个档案，秦锋沉思了良久才霍然抬头，在这一刻，秦锋的目光当真是锋锐如剑，直刺到刘招弟的脸庞上：“你确定他可以？”

刘招弟点头。

“不后悔？”

刘招弟再次点头。

秦锋合上了档案，他取出一支香烟放进了嘴里，随着打火机发出“嗒”的一声轻响，蓝色的火苗轻舔着香烟，白色的烟雾随之在办公室的空气中袅袅升起。

秦锋没有再说话，刘招弟也没有开口，两个人就这样保持着沉默，直到秦锋将手中整支香烟抽得只剩下一个烟蒂。将过滤嘴按进烟灰缸，看着依然静静站在自己面前，身躯挺拔，嘴唇紧紧抿起的刘招弟，回想着七八年前，他和燕实祥亲眼看到的那一幕幕画面，秦锋在心里发出了一声喟然长叹。

她性烈如火，为了偿还恩情，自愿嫁给了一个傻子，在成为别人家的新娘后，又放火烧房；就是在那一刻，他疯了，他冲进到处是火的房间，将她抱了出来，亲口喂她烈酒……这秦锋作为一个过来人，又旁观者清，他早就看出在这两个孩子针尖对麦芒的表面背后，隐藏着一丝深藏在内心不愿意宣之于口的喜欢。

刘招弟推动中国特种部队改革，在夜鹰突击队成立了第二教导小队，虽然站到了燕破岳敌对立场，他们之间至少还有握手言和的余地。一旦她将档案中这个人带入夜鹰突击队，成为第二教导小队的副队长，她和燕破岳之间，那就真成为也许一生都无法缓解的死敌了。

但是，看着档案中的内容，秦锋又必须承认，刘招弟的眼光够毒。她准备的这个副队长，无论是从综合能力上，还是从意志上，甚至从私人感情上，就算不能全面压制住燕破岳，最起码也可以和燕破岳从正面抗衡！

一旦有他加入，“始皇特战小队”和第二教导小队之间的力量就会处于平衡，强者之间的竞争就会真正产生，随着两名副队长针锋相对的对峙，逐渐加温，直至进入沸腾状态，逼得两支队伍里所有人都彻底动起来。

再次看了一眼刘招弟，就算是行事果决、从不拖泥带水的秦锋，也破天荒地再次询问了一回：“你，确定？”

“是！”

一周之后，刘招弟脸色平静地走进了“始皇特战小队”会议室，在她身后跟着一名年轻的上尉军官。当刘招弟站在燕破岳面前时，那名年轻中尉军官自然而然和她并肩而立。

燕破岳轻轻眯起了双眼，他不用问也能猜到，第二教导小队空悬了两个多月的副队长人选，终于尘埃落定，刘招弟带着他过来，既是礼貌的拜访，也是来向他下达战书。

这个上尉军官，看起来比燕破岳要大两三岁，他的身高最起码有一百八十五厘米，四肢修长，有着模特般的黄金比例，轮廓分明的脸庞上，象征性格坚毅的鼻梁挺拔如剑，在深深的眼眶中，一双眼睛明亮得足以让任何一个怀春少女心跳加快，而他微微扬起的唇角，在不经意间带出的一缕阳光，更让他可以轻而易举获得异性的青睐。

当他的目光在会议室中扫过，几乎所有人都觉得，这个年轻的军官在凝视着自己微笑。而他的目光，更是跳过周围同伴，专注而认真地投到了自己的身上。虽然大家并没有隶属关系，但是这种在茫茫人海中被人关注的感觉，却让在场所有人心中都自然而然对他产生了不错的第一感观。

只有萧云杰微微皱起了眉头，能在第一时间就获得在场绝大多数人好感的人，要么是天生拥有领袖魅力，无论走到哪里身处何方，都会自然而然成为众人关注的焦点；要么就是后天接受过常人无法想象的严苛礼仪训练，终于学会了面面俱到、滴水不漏。不管这个年轻军官究竟属于哪一种类型，对燕破岳来说，他都是一个不容忽视的强敌！

燕破岳也微微皱起了眉头，和萧云杰相比，他更加关注的，是眼前这名军官的双手。

对方的十指修长而有力，指甲剪得整整齐齐，在他的手掌掌锋边沿，却有着一层厚厚的硬茧，这说明他专门练习过空手道手刀之类的格斗技，无数次在沙包、木桩上进行反复劈砍，才会留下这种印记。而在他的手掌内侧接近手腕位置，同样也有一层像棋子般大小的硬茧。看到这块硬茧，燕破岳立刻在心中，对眼前这名上尉军官的危险程度判断连提了两级。

无论是擂台格斗还是街头打架，大家一般都会把双手握成拳状，这样打在对方身上，才不会弄伤了自己的手指。只有在已经将对方的平衡击破，再无法形成有效防御时，猛然正面突入，用手掌以斜四十五度角狠狠撑到对方下巴上，才会用到这个部位。

在格斗术中，这种五指勾起，形状看起来酷似熊爪的掌击技术，被称为“熊掌”，一旦全力击中对方的下巴，会形成比勾拳更强大的贯穿性和杀性力。如果全力攻击丝毫不留后手，将对手一击毙命，也并不困难。

这个年轻上尉军官和燕破岳一样，都在进入军营前就拜过名师，接受了最严格的格杀训练。对，没错，他们练的不是格斗术，而是为了在最短时间内，将对手所有进攻与防御力全部击溃，甚至是直接击毙，而反复磨砺的格杀术！

不等刘招弟给他们双方进行介绍，那名年轻上尉军官就大踏步走上来，对着燕破岳先是露出一个灿烂的笑脸，又伸出了右手：“燕破岳是吧，我对您可是久仰大名了。”

两个人的右手握在了一起，犹如被老虎钳夹住的压迫感，从对方的手上汹涌传至。燕破岳毫不犹豫地全力反击，两个人拼尽全力握着对方的手掌不断施加力量，同时感受到对方手掌上传来的坚硬和反击力，难分上下的以硬碰硬，让他们一起发出一声低低的闷哼。

两个人右手不断用力，握得手掌上青筋暴起，在这种情况下，燕破岳还能笑得云淡风轻、宠辱不惊：“好说，好说，您是？”

“哈，你看我这人，一看到久仰大名的战斗英雄，竟然都激动得忘了自我介绍了。”

年轻上尉军官手掌继续用力，他肯定学过国术中类似于分筋错骨的内围技术，对着燕破岳的手掌骨节和手筋连续实施辛辣到极点的碾轧式压迫，试图碾碎燕破岳手掌上那层坚硬外壳，而他脸上的笑容和说话方式甚至包括他的神情气度，看起来竟然都和燕破岳有着五分相似：“我姓裴，叫裴踏燕，是夜鹰突击队刚刚成立的第二教导小队副队长。我这个人不太会起名，又有点懒，所以索性把第二教导小队直接叫作‘踏燕特战小队’。”

“始皇特战小队”的成员们纵然都是纪律严格的老兵，听到这里都是一阵哗然。

军队里都是一群血气方刚的年轻人，他们互相看对方不顺眼，彼此竞争可谓是司空见惯，军队的上级对这种彼此间有利于提高战斗力的竞争也并不过多干涉，可是像眼前这位第二教导小队队长一样，甫一露面就毫无保留地露出挑衅姿态，直接把他们“始皇特战小队”全员得罪到死，却绝对是罕见得要命。

“请相信，我真不是故意的，我的确叫裴踏燕，要不，您可以看我的军官证。”

裴踏燕说到这里，竟然真的用左手从军装口袋里摸出了红色塑料封皮的军官证，把它展开亮在了燕破岳面前，他盯着燕破岳的眼睛，一字一顿地道：“您瞧仔细了，裴嫣嫣的裴，践踏的踏，燕实祥的燕！”

“啪！啪！啪……”

燕破岳的右手手掌上，突然传来了一阵骨节之间剧烈摩擦形成的微鸣，趁着燕破岳精神略一恍惚，裴踏燕和燕破岳紧握在一起的右手猛然发力，将双方的对峙状态击破，更在同时狠狠一搓，一股如抽筋般的疼痛在瞬间就直刺进燕破岳的大脑。

裴嫣嫣！

那个在他小时带着一脸温柔的微笑走进他生活的女人，让他这个从来不知道母爱为何物的野孩子，终于知道了家的温柔和妈妈的吻，纵然只是无心之失，纵然已经过了这么多年，纵然他学了那么多东西，仿佛已经彻底坚强起来，那道身影依然会时不时地出现在他的睡梦中，让他一次次猛然惊醒，然后瞪大眼睛望着天花板怅然若失，慢慢品尝着后悔与歉疚的苦涩直到天亮。

有一个深藏在燕破岳内心深处的念头，他一直没有向人提起过，纵然过了这么多年，他还在期望甚至是渴望着，有一天小妈能够原谅他们父子，重新回到他们的身边。

可是当裴踏燕站在燕破岳面前，燕破岳在第一时间就明白过来，这个如此优秀的男人是小妈收养的孩子，他的小妈，不，他的妈妈，再也不会回来了。

歉疚、绝望、悲伤、无奈，外加自己最珍贵事物被人夺走的妒忌，各种复杂而负面的情绪一起涌上心头，让燕破岳在瞬间就品尝到了人生的酸甜苦辣。

小妈收养的孩子当然是优秀的，而他以上尉军官的身份突然出现在燕破岳面前，成为燕破岳和“始皇特战小队”最大的竞争对手甚至是敌人，除非是芝麻掉进针眼里——巧到了极点，否则的话，唯一的解释，就是她……刘招弟！

她曾经走进燕破岳的家庭，以姐姐的身份和燕破岳相处了几年时间，她清楚地知道燕破岳身上最致命的缺点，为了让他们这批已经被打上“淘汰”标签的老兵认清现实，尽快让出位置，她对“始皇特战小队”的精神与实际双重领袖燕破岳，打出了这么一记绝对重创。

舌尖尝到了淡淡的腥甜，那是燕破岳牙齿咬破嘴唇后渗出的血丝。

“没错，是刘队长亲自去把我征召进入部队的，她向我保证，只要我加入部队，就可以进入夜鹰突击队，给我创造出符合名字的环境。”

裴踏燕微笑着，他的声音温和：“对了，忘了告诉你，队长还向我承诺，只要在十六个月后，我能取得胜利，她就可以考虑做我的女朋友。”

听到这里，就算是心里知道，这有可能是对方的心理攻势，可是刘招弟在燕破岳的心里拥有实在太过沉重的分量，逼得他不由自主地掉转视线，望向了刘招弟。

就是在燕破岳转头的同时，裴踏燕猛然双膝一曲向地面跪倒，在下跪的同时，他的身体重心也随之全速下坠，他和燕破岳紧握在一起的右臂回转倒拉，燕破岳的身体竟然被他拉得横翻而起，就像一个麻袋般重重抡落到地面。就在燕破岳背部着地的同时，双膝跪在地上的裴踏燕左掌扬起，对着燕破岳的面部狠狠一掌击落。

整套动作行云流水一般一气呵成，裴踏燕使用的赫然是提倡以柔克刚、以静制动，专门利用反关节技术，来破坏对手防御的合气道！而他砸向燕破岳面部的那一掌，就是刚才引起燕破岳警觉的“熊掌”，一旦让他这一掌打到燕破岳的额头部位，用几万甚至是十几万次反复磨炼捶打，一点点磨炼出来的贯穿力，就会对燕破岳的大脑造成震荡，让燕破岳在瞬间失去意识。

燕破岳可是一名身经百战的老兵，就算是整个人被横摔在地上，他依然迅速反应过来，在肩膀甫一着地的瞬间，他充满爆炸性力量的腰肢猛地一挺，借着这个力量他的双腿猛地弹起，一左一右交叉锁住裴踏燕的脖子，就在燕破岳准备全力扭动身体，将裴踏燕斜甩出去时，一股如触电般的麻痹感，猛地从右手为起点，在瞬间就涌遍全身，让他大半个身体直接失去知觉，已经使出一半的剪刀脚也失去力量，再无法对裴踏燕造成威胁，眼睁睁看着对方那一记杀伤力绝对惊人的“熊掌”再无障碍地对着自己额头直劈下来。

就在这一刻，燕破岳的眼前，浮现出格斗高手一掌劈断十块红砖的画面，他的脑袋似乎并不比十块叠在一起的红砖结实多少。而他心里随之的情绪，却是难受，说不出来的难受。

裴踏燕的分筋错骨，固然能够让普通人疼痛得失去反抗力量，成为案板上的鱼肉，但燕破岳可是受过最严格训练的特种兵，忍耐痛苦，在任何情况下保持最基本战斗力，原本就是特种兵在走上战场前必修的功课。

能让他失去反抗力量的最根本原因，还是在于，他跟着师父练习格斗术时，右手手筋曾经受过暗伤，虽然已经愈合，却留下了终身的隐疾。他的全身也只有这个位置，对疼痛的承受能力远逊于综合数值。

裴踏燕甫一出手，就针对他的右手暗伤展开连续攻击，唯一的解释就是，他从刘招弟那里获得了燕破岳的第一手资料，其中也包括这种只有最亲近的人，才会知道的暗伤隐疾。

被人打倒在地没有什么了不起的，只要没有被人一掌拍死，他就能挣扎着站起来重新来过，但是这种被自己最亲近、最信任的人出卖的感觉，却让燕破岳再一次品尝到了当年小妈离开时那种心底涌起的悲凉。

猛劈而下的手掌，在距离燕破岳额头不到一寸位置时突然停顿了。

裴踏燕收回左掌，慢慢站立而起，微笑道："我刚才故意用语言刺激挑衅，让你心神恍惚，否则的话，我也不会轻易得手，这一次我们就算是平手了，怎么样？"

说到这里，裴踏燕对着依然坐在地上的燕破岳，看起来绅士风度无懈可击。

这算什么，打一棍子给一个甜枣？

燕破岳看着对方再一次伸到自己面前的右手，抬头看看裴踏燕那笑得犹如春风拂面的脸庞，他的双眼微微眯起，也再一次伸出了右手，任由裴踏燕将自己从地上拉了起来。

两个人的右手亲密地握在了一起，这一次燕破岳做好了心理准备，就算是裴踏燕再对他的右手受伤部位展开进攻，燕破岳也是面不改色。

"厉害。"裴踏燕啧啧轻叹着，"难怪干妈会对你念念不忘！对了，你知道吗，七年前，把你姐刘招弟弄到小山村，嫁给那个傻子，逼得她放火自杀的幕后推手，就是咱俩的娘。要不然的话，刘招弟的舅舅怎么知道你害怕花生，用花生使劲往你身上砸？"

无论燕破岳有多么坚强，无论他接受什么样的训练，无论他面对眼前的强敌做了多少准备，当这些话灌入耳中，燕破岳仍然蒙了。他只觉得自己如遭砸击，眼前猛地炸起一片金星，他的心脏更像被子弹射穿一般，猛地抽搐起来。

“始皇特战小队”成员没有听到裴踏燕在燕破岳耳边说了什么，他们只看到自家队长的脸色突然间苍白如纸，他们又看到裴踏燕再次双膝一曲跪坐在地，第二次对着燕破岳使出了合气道中的跪姿摔投，将燕破岳像一个麻袋似的重重抡到坚硬的水泥地面，而凝聚着他们所有人骄傲与自信的副队长燕破岳，面对这轮进攻，竟然没有做出任何反击和防御。

裴踏燕的左掌，再次停到了燕破岳额前不足一寸的位置。

到了这个时候，裴踏燕竟然还在微笑：“上一次，是我突然偷袭，燕队长您猝不及防，被我打了记冷枪，客气点说，当成平手也没有什么不可以，但是身为一名特种部队指挥官，您竟然会在短时间内连续两次犯相同错误，就有些不应该了。”

看着裴踏燕笑容可掬的模样，听着他不带一丝烟火色说出来的言语，全场一片哗然，萧云杰却猛地握紧了拳头，他的目光更直接投向了刘招弟。

难怪裴踏燕的言行给了他一种似曾相识的感觉。明明恨不得将对方一拳打倒，再往对方小腹部位狠踏一脚，让对方再也爬不起来，却偏偏喜欢露出一脸阳光无害的笑容，语气亲切温柔得仿佛朋友之间的交流，这不就是“笑面虎”的招牌伎俩吗！

用燕破岳最讨厌的言行，不断挑衅刺激；用燕破岳最在乎的人和事，不断进行心理攻击；针对燕破岳身体留下的隐疾或者弱点，展开突袭……这个叫裴踏燕的家伙，已经知道燕破岳曾经的一切，清楚知道燕破岳看似坚强得无懈可击的背后鲜为人知的弱点，更和燕破岳这一辈子最在乎也是最愧疚的人有着亲密关系，就连名字都被赋予某种期望，也就是因为集结了这所有的一切，他才创造奇迹般地一次次将燕破岳击倒在地，又用看似大方的姿态，在最后关头放了燕破岳一马。

不，他并没有放过燕破岳，他是在用猫戏老鼠的方法，不断打击燕破岳的坚强与自信，他试图在燕破岳已经愈合的心灵上再留下一条伤口。

萧云杰大脑还在高速转动，分析裴踏燕这个人，就看到裴踏燕微微弯腰，对着燕破岳第三次伸出了右手：“要不，咱们再试一次？”

第三十二章 - **裴踏燕（中）**

空气，仿佛都凝滞了。

在这个时候，只剩下裴踏燕那依然温和却锋利如刀的声音，继续在会议室的空气中回荡：“你踏着别人的肩膀一步步向前走，已经习惯了当主角，突然反过来成为别人的踏脚石，心里很不是滋味是吧？但是，没有办法啊，自古以来都是长江后浪推前浪，以前你是后浪，代表了新生与希望，所以你可以勇往直前无往不利，而现在，不好意思，你已经是沙滩上的前浪，而我才是后浪。”

萧云杰的双眼瞳孔在不断收缩，和“笑面虎”相比，眼前这个叫裴踏燕的特招军官，明显手段更加高明，也更加狠辣。

如果用兵法来说，裴踏燕现在的行为，就是在百万军中取上将首级，看起来他击倒的只有燕破岳一个人，但是他却真实而有效地不断打击着整支“始皇特战小队”。

在这个时候，只要有人站出来喊上一声，一群早就红了眼睛的老兵一拥而上，把裴踏燕揍进医院都不成问题，但是他们把裴踏燕揍进医院又能怎么样？

不管对方使了多少明的暗的阴谋诡计，不管对方是如何有备而来，他们的队长燕破岳都不能输，这就是他们身为特种部队中的特种部队所必须具备的骄傲，这更代表了他们对燕破岳毫无保留的信任，如果连眼前的家伙都对付不了，被人家一路吃死到底，这样的队长又凭什么带领他们，在强者如林的世界特种兵舞台上，打出自己的旗号，闯出一片天空?

这个叫裴踏燕的家伙，真的已经把他们算死了，他明明孤军深入，却硬是营造出一个只能由燕破岳独力应战的特殊环境。

只可惜……他还不懂，什么叫作军队!

萧云杰猛然站起，他并没有冲上去对裴踏燕展开进攻，只是握紧右拳，对着胸膛狠狠擂了下去。

“嘭！嘭！”

萧云杰就是以拳为锤，以胸为鼓，敲出了两声沉闷的战鼓低鸣，在所有人的注视下，萧云杰又将双手交叉举过头顶，在这个时候，他的手势看起来就像一只鹰在飞。

这是燕破岳和萧云杰七年前，还是两个新兵时，驻守在中国边防线足足有四千多米海拔的高原上，面对冰雪封天，万物银装素裹，却依然有雄鹰在展翅翱翔于九天之间，周旋于直耸云端的雪山山腰之上，将生命的执着与辉煌展现得淋漓尽致，让人只想对着头顶的苍天、脚下的大地放声高歌，因为此时此地、此情此景而创造出来的手语。

这个融入了太多感动和共鸣的手语，很快就在部队流行起来。

当年，燕破岳和萧云杰，还有其他一起参加夜鹰突击队选拔的老兵，一起走上汽车，走向茫茫未知的旅程时，师里送行的老兵们就是用这个手语在向他们道别；燕破岳和萧云杰进入了夜鹰突击队最精锐的“始皇特战小队”，而和他们来自同一支部队的四班长，却只能进入夜鹰突击队普通连队，他们在军营中各有各的方向，即将分别时，燕破岳和萧云杰还有四班长一行人，也是彼此用这种手势，向对方发出了最美好的祝愿。

现在燕破岳和萧云杰已经在“始皇特战小队”站稳脚跟，绽放出属于自己的光芒，成为“始皇特战小队”不可或缺的重要成员。而来自同一支部队，和他们同时走进夜鹰突击队，却和“始皇特战小队”失之交臂的三班长，却已经脱掉军装，永远地离开了军营。

在三班长走的时候，燕破岳和萧云杰就是用这样的手势向三班长道别；在那场最惨烈，让整支“始皇特战小队”几乎受到灭顶之灾的战斗后，二十多名烈士静静躺在了烈士陵园，燕破岳和萧云杰他们依然用这个手势，在向战死沙场马革裹尸的兄弟们道别。

到了今时今日，这个手语中，已经凝聚了燕破岳和萧云杰，还有整支“始皇特战小队”所有成员太多太多的喜怒哀乐，凝聚了太多太多的追忆与往事。他们哭也好，笑也罢，当他们将双手高举过头顶，摆出雄鹰飞翔的动作后，就已经足够足够了。

在萧云杰的表率下，在场所有的老兵都站了起来。几十只有力的右拳，一起重重擂到了他们的胸膛上，这些声音汇集在一起，发出了犹如重鼓狂鸣的声响，几十双交叉在一起的手掌，一起举过头顶，猛地看上去，就像几十只雄鹰正在一起飞翔！

而这群雄鹰还缺少一个领袖，一个可以带领它们战胜所有困难，哪怕前方乌云密布电闪雷鸣，也可以带领它们无畏前进，刺破苍穹，冲破风雷，让它们终于可以联袂翱翔于九天之上的领袖！

望着那一双双高举过头顶的手，看着那一张张熟悉的面孔，一股酸涩的滋味混合着无悔此生的开怀与骄傲，猛然将燕破岳的灵魂给灌满了。

他是他们的领袖，是他们的骄傲，更是带领他们的头鹰！

他燕破岳又怎么能在这个时候输给他们最不想输、最不能输的敌人？他们有那么多兄弟埋骨于此，他们身上承载着那些兄弟未了的心愿，他们又怎么能在这里，因为什么时代的变迁而折戟沉沙？

裴踏燕一开始对于“始皇特战小队”成员集体站立的动作感到不以为然，在他看来这样的鼓励无异于跳梁小丑式的表演，根本没有任何实质意义，否则的话，在球场上中国球迷加油声喊得震天响，中国球队早就踢出亚洲走向世界，成为世界杯上的超级劲旅了。

可是，很快，裴踏燕就再也无法笑出来了。

裴踏燕可以清楚地感受到，自己全身的汗毛都倒竖而起。裴踏燕有些疑惑，有些不解，当他下意识地低头，和依然坐在地上的燕破岳视线相对时，就算裴踏燕从小就见惯人间冷暖，自以为再无可畏惧，他的心脏仍然无可自控地狠狠一颤，那是一双什么样的眼睛啊……冷静，充盈着一击必杀的自信和残忍！身为“始皇特战小队”副队长，实质意义上的最高战地指挥官，燕破岳当然是冷静的，但是在这双眼眸的背后，却又隐藏着近乎沸腾的热情与疯狂，而这份热情的疯狂，在几十名老兵一起做出雄鹰展翅飞翔状后，在看似绝不可能的情况下，竟然还在不断升温！

裴踏燕环视四周，在这一刻他千夫所视，在这一刻他四周皆敌，他面前的燕破岳气势更在不断积蓄，原来这就是所谓的“兵是将的胆，将是兵的魂”，原来这就是职业军人之间的牵绊，原来这就是最精锐特种部队的底蕴与骄傲！

但是，就凭这些，就想击败他裴踏燕？

第三十三章 - **裴踏燕（下）**

裴踏燕的眉角轻轻一挑，脸上再次露出了笑容。

他不是笑面虎，对他来说，笑不是什么谋略武器，而是一种经历过漫长的时间磨砺，已经融入他生命当中的本能。

裴踏燕在被裴嫣嫣收养以前，并不姓裴。有一点，他和燕破岳还有些相像，他的父亲也是一名退伍军人，而且也曾经兄弟遍天下。

那个被他曾经喊为“父亲”的男人，也曾经为人处事磊落大方，从部队退伍后返回家乡，做起了生意，也混得风生水起，是十里八乡公认的能人，无论谁家有什么红白喜事，甚至是婆媳之间产生矛盾冲突，都会请他去帮着照料。

多年未见的战友来了，裴踏燕的父亲总是好酒好肉好好招待，无论对方待多少天，他都毫不在意。可就是这么一个对战友能贴着心窝子说话，只要谁需要帮忙，就会毫不犹豫慷慨解囊的男人，却被多年未见的战友用一个高回报零风险的投资项目诱骗得投入所有身家，甚至为此四处借债，最终被骗得倾家荡产。而那名在部队时和父亲同班，睡在同一个屋檐下，在同一口锅里搅食吃的战友，也从此消失得无影无踪。

父亲从此一蹶不振，他天天借酒浇愁，一喝酒就会喝醉，一醉了就会发酒疯闹事，成为人人躲避不迭的“祸害”。父亲原来对参军的经历那么自豪，可是当他被骗后，哪怕是在电视上看到穿着国防绿的身影，都会暴跳如雷，把家里砸得满地狼藉。

巨额欠债，隔三岔五就会有人催债上门，家徒四壁，还有一个天天借酒浇愁，再也没有了上进心的丈夫。面对这样的一切，那个生了裴踏燕，双方之间有直系血缘关系的女人，忍受了两年，终于选择了一个四五十岁、头顶都秃了一半，据说还有两个孩子的男人离开了。裴踏燕那个曾经的父亲，面对这一切根本没有去尝试挽留，而是瞪着充血的眼睛，追在那个秃顶男人身后，索要什么“赔偿金”。那个男人一脸鄙夷地拉开随身带的皮包，将厚厚一沓钞票随意丢出去，裴踏燕曾经的父亲就像狗一样扑到地上飞快地捡拾。

半年后，在大年三十的晚上，裴踏燕曾经的父亲没有回来。第二天早晨，当村子里的人踏着满地的鞭炮纸屑，穿着新衣裳出来四下拜年时，他们在村边的小水渠中，看到了脸上已经结了冰碴儿，心脏早已经停止跳动，怀里却依然抱着一个空酒瓶，用“卖”老婆的钱把自己活活喝死、冻死的男人尸体。

在埋葬那个他称为父亲的男人的葬礼上，裴踏燕没有哭。在那个男人头七过后，裴踏燕背着一个小小的包，捏着那个和他有直系血缘关系的女人悄悄给他的字条，走出村子，走进了城市。

裴踏燕从来没有向任何人讲过后面的故事，他也拒绝去回忆。总之，两个月后，在那个城市的街头，多了一个流浪的孩子。没有多久，这个没亲没故的孩子就被贼头看中，用一张芝麻饼诱骗到贼窝，贼头把半块肥皂丢进倒了半盆开水的水盆里，要他用食指和中指把肥皂从水盆中夹出来，而且动作一定要快，否则手指就会被开水烫伤。

就是在贼头的教导下，他学会了察言观色，他根本不需要懂什么心理学，挣扎在社会最底层，为了生存，他自然而然拥有了透析人心的本领。

也就是在这个时候，他学会了用笑容面对一切。

在偷窃失手被抓，被失主痛殴时，他会扬着一张笑脸，笑得比任何时候更灿烂；被贼头丢进小黑屋三天三夜，除了水什么也得不到，在被人拖出来时，他对着贼头扬起的第一个表情，依然是笑；他饿了会笑，他疼了会笑，他被人打会笑，他不停地笑，他用笑容面对任何人和任何事。因为他清楚地知道，对有些人来说，孩子的眼泪与哀求，非但无法换来同情与怜悯，反而会让他们更加兴致高昂对着一个伤痕累累的孩子的身体，倾倒更多的暴力与伤害。只要他不停地笑，对外界的刺激没有任何反应，时间长了，那些人自然会觉得无趣，不再理会他这个傻瓜。试问，又有谁喜欢对着一块石头拳打脚踢，又有谁会无聊地对着一块石头不停吐口水，自说自话没完没了？

那一年，他和干娘的初次相逢，他才十岁，在偷钱包时被人当场抓住，失主是一个脾气很坏的中年男人，当场就连抽了他十几记耳光，把他打得鼻血飞溅，当胸一脚更把身体瘦弱的他踹得倒飞出四五米远，重重摔在坚硬的水泥路面上，在皮肤上磨出一条条血痕。

周围的人都围了上来，却没有人说话，贼头派出来监视他们这些小偷的监工，更是冷眼旁观一声不吭。等到那个中年男人打完了，自然就会离开，在众目睽睽之下，总不可能把他打死打残，他的年龄太小，小到就算当少年犯都不够资格的程度，他又没爹没娘、没亲没友，孤家寡人一个，就算把他送进派出所，在批评教育一通之后，也会把他再放出来。然后他在贼头的安排下，换一个“地盘”，自然可以继续“重操旧业”。

这大概也算是年龄小的“好处”了吧。

中年男人终于发完了火，微微气喘着离开了，围观的人群也慢慢散开，就是在这个时候，裴嫣嫣走到了裴踏燕的面前，将一个装满小笼包的塑料袋连同一双一次性筷子，外加一杯豆浆，一起递到了裴踏燕的面前。

裴踏燕这一辈子都不会忘记那一天，不会忘记在那个晚霞灿烂，天与地之间都蒙上了一层金黄色质感的傍晚，那个叫裴嫣嫣的女人，对着他盈盈一笑，就让周围的天地万物都失去了光彩，只剩下她依然美丽的致命温柔。

他接过了食物，吃得很慢，不是他不饿，而是这样，他才能在这个女人身边多待一会儿。他慢慢嚼着食物，深深吸着气，嗅着她身上那股淡淡的清香，感受着她的目光中，那纯粹的温柔与怜惜，他只觉得心神皆醉。

流浪在外这么多年，不是没有女人给他食物，但是从来没有一个人能像她这样笑得这样纯粹而干净。她没有趁机说教，用来彰显自己的正义和道德，她就是觉得他饿了，才会去偷别人的钱包，所以她买了小笼包和豆浆，她的初衷就是这么简单，简单得就连一个十岁的孩子都能看得清清楚楚。

这个满脸温柔笑容的女人，明明在看着他，可是看着看着她的眼神却渐渐飘忽起来，她明明仍然望着他，可是她的心却透过他的脸，不知道落到了谁的身上，而她的目光，也随之更加柔和起来。

她静静地陪在裴踏燕身边，陪着他吃完了袋子里的小笼包，喝完了杯子里的豆浆，当她站起来准备离开时，她的衣角被裴踏燕拽住了。

当年，就算是妈妈离开，裴踏燕都没有这样伸手去拽过。迎着裴嫣嫣略微惊诧回望过来的脸，裴踏燕嘴角一咧，对着这个身上散发着好闻气味，目光更如村边的小溪一样清澈得一尘不染的女人，露出了一个灿烂的笑容。

也许就是因为他的笑容太灿烂、太无邪，和他满身伤痕形成了太过鲜明的对比；也许是一种冥冥中早已注定的缘，看着面前这个明明疼得全身都在轻颤，却依然对着自己扬起笑脸，拼命将自己最阳光帅气一面展现出来的男孩儿，失去了孩子，失去了丈夫，失去了家庭，几乎失去了一切的裴嫣嫣，突然被打动了，在她的大脑做出思考前，她已经再次蹲到了裴踏燕的面前。

“你的爸爸呢？”

“死了。”

“那你的妈妈呢？”

“不要我了。”

这样的回答并没有超出裴嫣嫣的预料，这些在街头流浪，被人利用当了小偷的孩子，有哪个会有幸福的家庭？又有哪个还会有关心他们的亲人？

裴踏燕不喜欢向别人说自己的家庭，可是他却鬼使神差地对着裴嫣嫣，说出了自己身边发生的一切，就连父亲因为太过信任战友，而盲目投资弄得家徒四壁，最终只能借酒浇愁都没有遗漏。

当时，裴嫣嫣听到这些，脸上的表情很怪很怪，她在喃喃低语着：“男人、战友、家庭……呵呵……”

过了很多很多年，裴踏燕才终于明白，裴嫣嫣嘴里说出的这三个词，对她而言有多么深沉而刻骨铭心的意义，而她在那一刻，“呵呵”一笑的背后隐藏着一个何等悲伤且正在哭泣的灵魂！

从那一天开始，他姓了裴，成为她的干儿子。

裴踏燕永远也不会告诉燕破岳，他一开始的名字，是叫裴思燕。

他同样永远不会告诉燕破岳，干妈裴嫣嫣有时候会拿着燕破岳的相片怔怔出神，一坐就是一两个小时，在那个时候，就算笑已经成为裴踏燕的本能，他也无法再笑出来。

他想让干妈不要再时不时望着那张相片发呆，他想干娘在望向自己时，也流露出那样的温柔似水，怔怔而坐仿佛可以那样直至地老天荒。他想要从那张相片上，把干娘的目光抢夺回来，他发了疯似的努力学习，他努力让自己做什么都做得比任何人好，而他脸上的笑容随着年龄的增加也越发温和感性，就连他自己都不知道从什么时候开始，他会经常从书桌里摸出女同学悄悄塞进来的情书。

而他无一例外，看都不看就将这些情书丢掉了，他不稀罕这些女同学的情书。他更渴望获得的，是干妈的目光，是干妈看向相片时的怔怔出神与发自内心的温柔，哪怕只有一次，那么他就算是死了也不枉了。

可是他无论如何努力，也没有做到。

干娘自己开了一个公司，随着生意越来越好，她也越来越忙，但是她总会抽出时间和精力，关注那个实际上彼此之间没有任何血缘关系，甚至害得她失去了腹中骨肉的孩子。她恨那个叫燕实祥的前夫，却对燕破岳念念不忘，她一直担心患了“花生恐惧症”，这么多年都无法走出心里阴影的燕破岳，将来无法像正常人一样生活，她不止一次在冲动之下买了回去的火车票，冷静后又将车票默默地撕掉，她真的担心这样突然回到燕破岳面前，只会让那个心里有了沉重阴影的孩子病情加重。

一群身经百战更身怀绝技的老兵，轮流教导燕破岳，想用“艺高人胆大”

来提升燕破岳的勇气，让他再也不用畏惧花生，裴嫣嫣也曾经对此寄予重望，可是几年下来，燕破岳在一群师父的轮流教导下，拥有了远超常人的体魄，在面对花生时，依然会瞬间变回那个刚刚犯了大错而惶恐不安的孩子。

裴嫣嫣为了帮助燕破岳，找到了一名刚刚回国的心理医生，请她设计治疗方法。但是不能将燕破岳请到心理医生的办公室，让心理医生运用种种心理暗示帮助燕破岳放开心中的负担，所以可选用的治疗方法就非常有限。

收买刘招弟的舅舅，让他利用曾经的亲情和恩情，强迫心中怀有一份古人忠义之情的刘招弟，嫁入那个远离外界的偏远小山村。为了刺激燕破岳，让他被压制了十年的不屈、不服、不甘彻底爆发，刘招弟的舅舅在金钱的刺激与诱惑下，忠实地执行了心理医生制定的剧本，不但把刘招弟嫁给了一个根本无法保护她的傻子，这个傻子还有一个早年寡居，在沉重的生活负担压迫下，早就已经心理不正常，所以显得分外尖酸刻薄，一看就绝不好相处的老娘！

燕破岳受亲情所困，变得畏首畏尾，无论是谁，手中只要有一颗花生，就能让他彻底失去反抗的勇气；那么，反过来说，他为了保护自己最关心的人，能不能战胜心中的阴影，重新振作起来？

为了防止真的制造悲剧，将刘招弟这样一个无辜的女孩儿推进绝望深渊，裴嫣嫣亲自赶到当地，推动事件发展。如果燕破岳在最后关头依然无法战胜内心的阴影，眼睁睁地看着刘招弟进入洞房，成为一个傻子的老婆，裴嫣嫣会站出来，哪怕拿出十倍、二十倍的彩金将刘招弟“赎回来”，她也在所不惜。至于事情败露后，她如何面对燕破岳和燕实祥，她没有想过，她也不想去想。

这是一剂因为种种环境限制，不得不使用的猛药，这更是一场以人性为筹码发起的豪赌！

敢开这么一个赌局，要么是西方童话中恶毒王后那样的角色，既然自己得不到，就一定要毁掉，让对方也跟着自己一起失去；要么是裴嫣嫣这样，就算是离开了，依然魂牵梦萦，依然关心着孩子的后妈，否则的话，没有人会为一个没有血缘关系，现在就连法律关系都已经失去的儿子，做到这一步。

眼看着燕破岳为了刘招弟跪在了村民面前，眼看着新房内火焰腾起，眼看着燕破岳踏着满地的花生冲进火焰升腾的洞房，眼看着彻底发了狂，再也无法压制攻击与破坏欲望，对着院子里那棵大树打出狂风骤雨般攻击，吓得所有村民都不敢靠近，当真是顶天立地的燕破岳。在那一刻，在裴嫣嫣的脸上，开怀而释然的笑容在汹涌而流的眼泪洗刷下灿烂绽放。

可就在她功成身退，想要静静离开时，燕实祥却再次出现在她的面前。他的警告和敌意，让裴嫣嫣再一次被眼前这个她曾经爱得深沉的男人伤得体无完肤，让她一路哭着回到了上海。回到家之后，她整整昏睡了三天三夜，她就算在睡梦中，都时不时流着眼泪，在这三天三夜时间里，裴踏燕一直守在她的身边没有离开。望着这么短时间里，就像失去了水分和阳光的花儿般迅速枯萎下去的干娘，裴思燕慢慢握紧了拳头，也就是在那一天开始，他给自己改名，成为裴踏燕！

他不管对方是谁，也不管对方和干娘有什么恩怨情仇，他只知道，他喜欢干娘，干娘是他在这个世界上唯一的亲人。无论谁敢让干娘落泪，就是他的敌人，他一定会无所不用其极，让对方付出最惨痛的代价！

所以，就是在那一天开始，他把自己的名字从裴思燕改成了裴踏燕！裴嫣嫣的裴，践踏的踏，燕实祥、燕破岳的燕！

第三十四章 - **逆袭**

刘招弟突然横切一步，拦在了燕破岳和裴踏燕之间，直接切断了两名副队长之间的距离，再一交手，必然是生死相搏的气势对撞。

“夜鹰突击队只会保留一支教导小队，但是谁强谁弱，谁去谁留，并不是取决于两个副队长打上一架的结果。想要成为笑到最后的强者，就需要所有人一起努力，在十六个月后的竞争中，用团队力量去取得胜利！”

刘招弟站在燕破岳和萧云杰中间，她却看着会议室里的其他老兵，她的声音带着让人不敢忽视的果决锋利，直刺进每个人的耳膜：“我带裴踏燕过来，就是要让你们不再坐井观天，没错，想找燕破岳这样的人，是有些困难，但绝非不可能做到。龟兔赛跑，乌龟都能跑赢兔子，更何况你们不是兔子，而裴踏燕的‘踏燕小队’也不是乌龟！”

留下这些话，刘招弟带着裴踏燕一前一后走出了会议室，两个人又用相同的距离和步伐，一前一后走出了“始皇特战小队”的军营。当他们走到附近无人的区域时，裴踏燕突然放声大笑起来，他笑得开怀而放肆，笑得就连眼泪都呛了出来。

刘招弟停下了脚步，回头望着突然间抽了风、发了狂的裴踏燕。

笑够了，裴踏燕用手背抹掉眼角呛出的泪痕，对着刘招弟伸出一根大拇指，诚心诚意地道：“厉害！”

刘招弟沉默着，没有对裴踏燕抽风式的行为和夸奖做出回应。

“你给我提供了足够多的情报，让我从一开始就对燕破岳了如指掌，针对性地制订了攻击计划，成功将燕破岳连续击倒，你把我当成了鲇鱼，逼得整个‘始皇特战小队’都警觉起来，再不敢稍有大意。可是你从一开始，就不认为我能一路赢到底，你知道的，当燕破岳认真起来的时候，就算我的格斗技术比他高，都会被他一击必杀！”

裴踏燕不愿意承认，在生死相搏时，他不是燕破岳的对手。从他改名的那一天开始，他就努力搜集关于燕破岳的一切，并有针对性地展开训练。

燕破岳有一群老兵做师父，学习各种格斗技术，他就请专业团队给自己量身制订训练计划，每天跑多少步，做多少个俯卧撑，吃多少食物，喝多少水，要将身体肌肉和脂肪比例控制到什么程度，都列得清清楚楚，而且被裴踏燕几年如一日地彻底贯彻实施。

他不喝酒，不碰烟、酒、糖茶之类会对身体产生刺激的东西。他十点半就上床睡觉，早晨五点半起床，生活习惯比古代的苦行僧更规律。他的自律，让人觉得他根本不像一个有血有肉的人，反倒更像是一台只要编好程序，就会完美执行的机器。

他用七年时间，给自己打造出一个最强健，已经达到世界顶级运动员水准的身体！从数据上来看，他无论是从爆发力、持久力、身体柔韧度、协调能力，甚至是神经反射速度，都比燕破岳更优秀！

可是当燕破岳在战友和部下的鼓励下，终于摆脱心理阴影，彻底认真起来，他还没有出手，一股如大漠风起般粗犷、直接而纯粹的杀气就扑面而来，压迫得裴踏燕瞬间就失去了最自豪的淡定从容，甚至失去了“笑”的能力。

现在冷静下来仔细思考，那就是燕破岳身经百战，一次次在生死边缘打滚，又一次次和身边那些同伴杀出生天，终于磨砺出来的一击必杀之“势”！面对彻底认真起来、再无保留的燕破岳，裴踏燕的自信和精心布局，甚至包括他的心理防线，都在瞬间被燕破岳摧枯拉朽地攻破。如果他们两个真是生死相搏的死敌，在第三次交手的瞬间，他就会死在燕破岳的手下，绝无第二种可能。

他们两个副队长在刘招弟的牵引下，彼此给对方上了一堂震撼教育课。

在当天夜里，燕破岳一个人走到了军营外的山坡上，他需要静下来，好好想一想在自己身边发生的一切，他还需要整理一下乱成一团的思绪。燕破岳不知道的是，同时在“始皇特战小队”会议室，一场由萧云杰主持的会议正在进行，除了他这个副队长，以及从来不管“俗事”的队长和指导员，“始皇特战小队”全员无一缺漏。

几十个老兵都沉着脸，没有人开口说话。会议室的空气在这个时候，几乎都在低气压下凝滞了。

“我们是中国最优秀的特种部队，这是我们足以骄傲的地方，但是，如果我们再躲在燕破岳身后，自以为可以高枕无忧，不管有没有刘招弟、裴踏燕，用不了多久，我们都会被淘汰！”

萧云杰猛地提高了声音：“我也听说了那段话，‘欲破始皇，先压燕队，欲压燕队，先胜萧班’，我得先说一声谢谢，谢谢大家这么看得起我萧云杰，但是我想问问大家，中国有十几亿人，有几百万军人，一个民族复兴，必将人才辈出，你们凭什么认为，在我们身边就没有第二个、第二十个、第二百个燕破岳和萧云杰？你们有没有问过自己，为什么会天天把‘欲破始皇，先压燕队，欲压燕队，先胜萧班’这样的话挂在嘴边，重复了一遍又一遍？”

在场的老兵们脸上露出若有所思的表情，他们都在思索，以前他们真的不会这个样子，面对什么样的挑战者，他们都只会一笑置之，然后到训练场上或者演习场上，把对方打得灰头土脸，用他们自己的话来说，这就叫事实胜于雄辩！

“因为我们𡚶了！”

萧云杰的话，让所有陷入沉思的老兵身体都不由自主地狠狠一震。“我们心里都清楚地明白，刘招弟讲得并没有错，中国特种部队落后了美国特种部队整整一个时代，中国特种部队想要奋起直追，除了要保持中国陆军不怕苦、不怕累、不怕牺牲的光荣传统，更需要学会用知识武装头脑，接受更先进的武器和战斗系统。我们这些传统军人，身上最欠缺的，就是掌握这些最先进武器和战术系统的知识。面对那些刚刚毕业，嘴角的奶毛还没有褪光的新兵蛋子，我们嘴上在嘲笑他们的青涩，把他们视为一打即溃的童子军，但是在心里，我们已经尿了！”

把一个身体素质过硬的新兵训练成合格的特种兵，只要方法正确，需要十八个月时间，“踏燕特战小队”在刘招弟和裴踏燕的带领下，正在目标明确地每天在训练场上挥汗如雨，坚定地向前挺进。

可是再反过来看看“始皇特战小队”的老兵，他们都是身经百战的老兵，从战斗力上来说，绝对不容小觑。但是说到学习，他们中间除了三个后期调来的队长，都是从军校毕业，剩下的有一半人是农村兵，只是初中毕业，从来没有摸过高中课本。其中学习成绩最差的一个，在刘招弟的英语摸底测试中，竟然连二十六个英文字母都没有写全！至于城市兵，他们需要高中毕业才能入伍，但是他们中间有一半人，在参加高中毕业考试时找过同学代考。反正不是冲刺独木桥的高考，只是为了一个高中毕业证，只要不是太过分，监考老师也是睁一只眼闭一只眼。这样的高中毕业证，又有多少含金量？

和“踏燕特战小队”那些本科毕业后特招的新兵相比，他们在知识学历上，最起码是三年高中加四年大学本科的差距！更不要说，在“踏燕特战小队”还有一部分人，包括他们的副队长裴踏燕，拿到了硕士研究生文凭！

美国特种部队在阿富汗战场上的表现，已经让“始皇特战小队”的老兵们开始明白，要想成为世界级最优秀的特种兵，尤其是要引导中国特种部队发展方向，不愧于“教导队”之责，需要知识与特种作战技能并存；否则的话，他们这些已经无法胜任职责，无法走在中国特种部队最前沿，继续对特种部队进行示范教育的老兵，最终的结局当然就是被时代淘汰！

其实他们都明白，也就是因为这样，身为副队长的燕破岳才没有额外对他们提出要求，而是把每天的训练量减半，剩下的时间自由活动。其实燕破岳就是希望大家可以在自由活动时间去积极学习，来弥补知识上的缺陷。

大家也曾经尝试过，但是，他们在离开学校前，就不是什么尖子生，离开学校短则七八年，长则十来年，一个个早已经野了，就算勉强坐在那里拿起了书本，一时间又哪里学得进去？

几次尝试，几次失败，后来一看到书本就头疼，一坐在那里翻开书就直打瞌睡，就算勉强瞪大了眼睛，书本上的文字，也顶多只是在眼珠上划过，怎么也没有办法塞进脑袋里。学习方面进步甚微，却眼睁睁地看着对面的竞争对手每天都在进步，一群新兵蛋子在老兵的带领下，一点点有了兵的样子，一点点有了集体的默契，他们这群老兵被焦躁的情绪支配，再加上有燕破岳这样一个太过强大，足够保护他们的队长存在，才会演变成前面的样子。

是他们，在长达两个月的时间里碌碌无为，偏偏又要去打击第二教导小队那群学生兵的自信，逼得刘招弟下了狠手搬出裴踏燕。

没错，裴踏燕的确很强，他的格斗技术华丽而有效，但是就凭这点儿本事，向自家队长燕破岳挑战，无异于班门弄斧，原本应该占据绝对上风的队长燕破岳却被对方连续击倒了两次，就算不知道裴踏燕和燕破岳之间究竟有什么恩怨情仇，有什么不堪回首的往事，但是再迟钝的人也看得出来，他们的队长受伤了。

那个无论遇到什么敌人、什么绝境，纵然陷入彻底黑暗，都可以化身为希望的灯塔，带领他们打出最灿烂一击的队长燕破岳受伤了。如果没有他们的鼓励，如果不是身为队长，要维护整支小队骄傲与尊严的指挥官使命感，在最后关头重新支撑起了燕破岳，就算对他再有信心的人，也不会认为今天下午他在第三次和对手的交锋中能扳回一局。

“在知识学历方面，我们和第二教导小队的学生兵相比，是差距挺大。但是，如果安排适宜，十六个月时间，也不是没有一点儿办法。”

萧云杰的话，让所有人的眼睛中都猛然腾起了火焰。在“始皇特战小队”这么久，燕破岳这头狼，随着时间的推移和能力的强化，越发骁勇善战、所向披靡。而萧云杰这头狈，在一开始努力跟在燕破岳身后一起前进，拼尽全力却依然一次次掉队后，他开始正视自身的优劣，把发展方向转移到了谋定而后动方面。

现在几年过去了，萧云杰在更加气定神闲的同时，最早进入“始皇特战小队”的老兵，已经隐隐在萧云杰的身上看到了第一任指导员赵志刚的影子。他的谋划也像赵志刚那样，天马行空、不拘一格而且行之有效，和指导员赵志刚不同的是，萧云杰天天和燕破岳混在一起，燕破岳可没有首任队长郭嵩然的一身正气，正所谓近墨者黑，萧云杰的行事风格要比赵志刚更无耻，也更猥琐！

萧云杰将会议室中那块白板推到正中央，顺手摘掉了蒙在上面的绿色幕布。

在这块白板上，写着一片密密麻麻的文字，而且怎么看怎么眼熟。

高一：语文、数学、英语、政治、地理、历史、物理、化学、体育、音乐

高二（文）：数学、语文、英语、政治、地理、历史、物理、化学、生物、体育

高二（理）：数学、语文、英语、物理、化学、生物、政治、体育

高三（文）：语文、数学、英语、历史、地理、政治

高三（理）：语文、数学、英语、物理、化学、生物

一群老兵看着白板这片密密麻麻的文字，一阵头皮发麻，他们再傻也看得出来，这是一份高中生在学校三年时间里学习的课程表。看起来，副队长燕破岳那套“清静无为”的放羊学习模式已经结束，取而代之的，就是萧云杰班长的密集填鸭式轰炸了。

萧云杰抓起水笔，大笔一挥，将课程表中第二排和第四排全部划掉：“我们是特种兵，不需要在面对青山绿水时，去摇头晃脑吟诗作对。文科选修课，

全部剔除！”

眼看着白板上的文字，一下就划掉了一半，如果不是气氛太过沉重，一群老兵差一点儿就要放声欢呼。

萧云杰再次大笔一挥，将“体育”课程划掉：“我们中间拎出任何一个，都比高中体育老师更擅长体育，所以，这门课就算了吧。”

老兵们都会心一笑，如果他们的体能连高中体育老师都比不上，那还是趁早复员回家，省得在战场上送了命。在大家眼巴巴的注视下，萧云杰也不负众望，又连续划掉了语文、政治、地理、历史、音乐几个课目。

他们是特种兵，不需要去写什么锦绣文章，就算犯了错误，一篇检讨书写得磕磕巴巴，只要情真意切，上级也会举手过关；至于政治，他们这些老兵，哪一个不是坚定的共产主义接班人；地理，随便把他们中间一个拎出来，都能用铅笔画出一幅全国地图，不用工具，都能画得误差率不超过百分之一，不必惊讶，也不必感到不可思议，这可是身为特种兵的基本功；历史，刘招弟刚刚给他们上过一堂人类上下几千年的战争史，至于哪家皇朝的子孙不争气，哪家后宫喜欢玩狸猫换太子，哪家的太监权势滔天，号称九千岁……这和他们这群特种兵，有半毛钱关系不？

还有音乐，那就更不要提了，谁要敢拿把手提琴上战场，百分之百第一个死的就是他！因为敌人肯定会以为，你背在琴盒中的手提琴，是什么重型武器！

一路划下去，课程表中还剩下的，就是数学、英语、物理、化学四门课程。

萧云杰手里拎着水笔，在白板前方踱着步子，似乎在思索沉吟着什么，来来回回走了七八圈，萧云杰的身影，尤其是他手中捏的那支水笔，在这一刻当真是牵动了所有人的心。

在二十世纪八十年代，国家刚刚恢复高考制度，有一句话在民间广为流传：“学好数理化，走遍天下都不怕。”意思是说学会这三门课，就会成为国家最需要的人才。这不但说明了这三门课在发展现代化时的重要性，也可以看出，学好这三门课的困难程度。

除了数理化，现在又多了一门英语。更何况，这还只是高中三年级的学习内容，再加上大学课程，哪怕只是专科三年，他们又需要再学多少学科，记多少内容？

萧云杰仿佛是痛下决心，他猛然停下脚步，一挥笔，又将“化学”科目给勾掉。这样在白板上就剩下了英语、物理和数学三门必修课。

萧云杰伸手轻点着白板，发出一连串“噗噗噗”的轻响，他目视全场：“我会向队长建议，申请上级调派专业代课老师，对我们全员进行课程辅导教学，包括我在内，所有人一起重新学习这三门课程。我不管你们在进部队前学习成绩基础如何，全员要在六个月内，通过这三门课程考核，再用十个月时间，进修大学课程！”

全场一片死一样的寂静。有些人伸手重重拍着自己的脑门儿，显然是在后悔，为什么现在才被萧云杰赶鸭子上架，浪费了前面如此重要的两个月时间。

但却没有人站起来反对。

今天下午在这间会议室里发生的一切，犹如在眼前反复回演，为了他们自己，为了“始皇”，也为了他们的队长燕破岳，他们也没有了退缩的理由。

“我也知道，大家都离开学校这么久，想要重新拿起书本，把它们啃进去，困难不小。在召集大家开会之前，我为大家找到了一份神秘的礼物，会让大家学习起来起到事半功倍的效果。”

萧云杰的话，可谓是峰回路转，轻而易举就勾起大家的好奇，他当场点名：“徐福。”

一名坐在会议室角落的老兵慢慢站起，由内而外的气定神闲，他就算穿着制式军装，身上都透出一股出尘脱世的飘逸洒脱。如果让他去扮演电视剧里道士甚至是神仙之类的角色，他根本不需要什么演技，只需要本色演出，就可以把这些角色演绎得淋漓尽致。

在大秦帝国中，徐福是一师从鬼谷子的方士，也就是大家津津乐道的大秦练气士。就是在这位先秦练气士的怂恿下，用铁骑打出一个大秦帝国，成为千古一帝的秦始皇，动用整个国家财力、物力、人力，打造出巨型海船“蜃楼”，让徐福带领数千童男童女，外加几年的粮食衣物，扬帆进入茫茫大海，去求仙、去寻找长生不老仙药，从此一去不复返。有好事者引经据典，认为就是徐福带领几千童男童女，漂洋过海到了现在日本的九州岛，并在那里生根发芽，促生了日本这个国家。

没点仙风道骨，还真无法获得“徐福”这样的绰号。

至于“始皇特战小队”的“徐福”，他的真名叫黄鹏。据说其祖辈在“民国”时期，是精通周易八卦的风水大师。黄鹏在八岁时，就抱着《新华字典》，用五年时间读通了祖辈留下来的《周易参同契》，十三岁又读完《黄庭经》，十四岁时读葛洪的《抱朴子》，十五岁时通读北宋时期张伯瑞的《悟真篇》。

只可惜，这些东西在现代社会根本没用，整个就一屠龙技的翻版！

一个道士给你一张符纸，告诉你带着它可以诸邪不侵，你很可能会珍而重之地接过来贴身放好，从此把它当成护身符；可是道士突然递给你一粒黑漆漆，看起来仿佛泥丸的东西，告诉你吃了它可以百毒不侵、身强体健，你是吃还是不吃呢？

也就是因为这样，在中国道派中，画符写纸收妖捉鬼的符篆派，现在还能活得有滋有味，专门炼制丹药，追求长生不老的丹鼎派已经是青黄不接，勉强吊着没有绝种。在这样的大环境下，把太多时间与精力投入到对中国道家丹鼎派研究当中的黄鹏，在八岁之前是公认的天才，五岁上学，三年就读完了小学五年课程，八岁进入初中，上半学期成绩还全年级第一，下半学期开始，就因为“心有旁骛”而直线下降，最终竟然没有升级，最终光一个初中就留了三次级，整整读了六年！

在勉强进了高中后，黄鹏的成绩更到了惨不忍睹的地步，成为不务正业、好高骛远的代名词，几乎所有的家长和老师都用黄鹏的经历来教导自己的学生和孩子，要他们集中精力好好学习，在高考这道独木桥上勇往直前。

但是对“始皇特战小队”来说，有这样一位队友，却是他们的幸运。

以现代人的知识和眼光来看，都明白炼制长生不老药，纯属痴人说梦。但是必须承认，中国的“丹鼎派”的道士们，在上千年孜孜不倦研究长生不老药的过程中，通过无数次实践，无数必然和偶然，获得了大量现在依然使用或者已经失传的药品配方。

敢用水银、铅粉做药，而且一做就是上千年，还得到统治者大力支持的特殊群体，说他们是世界最早的一批利用高温、化学等手段，炼制合成药的始祖级专家，也绝不为过。

特种兵受过的训练再严格，他们终究还是有血有肉的人。他们轮流长期潜伏在原始丛林中，每天处于大自然中，风是他们的敌人，雨是他们的敌人，炙热是他们的敌人，晚上太阳下山穿着湿透的军装那种直入骨髓的阴寒是他们的敌人，吃了不洁净食物可能产生的痢疾是他们的敌人，毒蛇是他们的敌人，各种可能受到的创伤是他们的敌人，在这种特殊环境下，很可能会出现的关节炎更是他们必须认真面对的敌人！

在这样的环境中能够生存多久，看的并不是特种兵身上携带的食物有多少，也不是他们是否精通在野外寻找补给，而是他们身处于最恶劣自然环境中，战胜种种疾病痛苦，让全员始终处于健康状态，体力与意志并存的生存手段！

黄鹏能用动物的骨头，不知道从哪里挖回来的浆汁，让人看了就起鸡皮疙瘩的蜥蜴，外加采摘到的草药混合在一起，又是捣又是碾的，弄出一堆黏黏腻腻，颜色诡异得五花八门，气味更让人不敢恭维，却真的能针对性治疗各种疾病的药剂。

现在“始皇特战小队”内部只要有人生病或者受伤，又无法及时送进医院接受治疗，黄鹏从瓶子里倒出几粒颜色诡异、气味诡异，味道也诡异的药丸，要伤员或者病号服用，那些人问都不问，就会把药丸直接抛进嘴里。

黄鹏从口袋里取出了一个白色的塑料药瓶，这位丹鼎派自修者就连说话都透着华夏古风：“瓶中之物名曰状元丹，服用一粒，十二时辰内，纵然称不上过目不忘，也可心智洞开，悟性过人。”

从军校毕业，后期调入“始皇特战小队”的三名队长，彼此对视了一眼，都无言地撇了撇嘴。

身边这些战友，都是最优秀的士兵，但他们就是吃了没有文化的亏！

中国最早的科举制度，起源于隋朝大业元年，这和大秦帝国以及秦始皇时代，前前后后整整差了八百年，当时秦朝连科举都没有，上哪儿去偷状元，又上哪儿去整个“状元丹”出来？

“徐福，你给大家讲讲，这‘状元丹’为啥效果这么好？”

看看萧云杰这个时候脸上的表情，还有他的声调语气，与其说他是陆军特种部队最精锐成员，倒不如说是和徐福两个，一唱一和地在那里推销假药！

“道家使人精神专一，动合无形，赡足万物，其为术也。因阴阳之大顺，采儒墨之善……”

徐福刚说了几句，就被萧云杰不客气地给打断了：“说中文。”

平时徐福喜欢之乎者也的，大家也就当听个乐子，现在这“状元丹”可是用来当补脑加强记忆力的保健品了，单凭徐福的品牌效应，也可以推广出去，但是如果徐福能再拿出一份让大家认可的产品说明书，不是更好？

黄鹏解释得轻描淡写：“其实，这个‘状元丹’也没有什么了不起的，大家平时就算多吃一些特定食物，也能有限度地提高记忆力。”

看着黄鹏宠辱不惊、云淡风轻的样子，萧云杰暗中点头。专家就得有专家的范儿，你越是谦虚，别人就越当你身怀绝技。像产品推销员一样，每天跑得湿透衣背，喊得声嘶力竭，谁也不会把你当回事。

“比如说食物中的卵磷脂，它能延缓脑功能衰退，抑制血小板凝集，不但能够防止脑血栓，还能改善脑部血液循环，这自然就能增加记忆力了；又比如说多吃含有维生素A、C、B_1、B_2和氨康源氨基酸的食物，它们是大脑细胞新陈代谢最佳的能量供给，而氨康源氨基酸中还拥有苯丙氨酸，更能增加大脑细胞活跃度，改善记忆力……”

除了几个队长是军校毕业，接受过高等教育，只得不动声色之外，其他人都已经听得目瞪口呆。

“当然了，光凭食补来增加记忆力，效果非常有限。就比如大家都知道，多吃苦瓜可以有效治疗糖尿病，但是想要通过食用苦瓜获取足够的元素，每天至少要吃十几斤苦瓜，这谁受得了？所以，想要大幅度增加记忆力，还需要用到一些手段方法，把食物或者矿物质中能够增加记忆力的成分提取出来。”

说到了自己最擅长却不被社会所认同的领域，黄鹏的声音猛然激昂起来：“道家的炼丹术属于‘火法炼丹’，运用包括煅（长时间高温加热）、炼（干燥物质加热）、灸（局部加热）、熔（高温熔化）、抽（蒸馏）、升（升华）、优（通过加热，使得两种或两种以上物质产生变化）等手段，将药物反复提取淬炼，直至精华结晶，从本质上来说，这就是人类最早的化学制药应用！”

不要说周围那些原本就已经深信不疑的老兵，就连旁观者清的三位班长，都被黄鹏说得将信将疑起来。黄鹏讲的这套理论，是把必须一连吃几十斤食物才能从中吸收的营养物质，经过化学淬炼提纯，变成了一天服用一粒的药丸，这个理论，似乎是真的……可行？！

时间紧迫，黄鹏还没有来得及大量炼制“状元丹”，满打满算只有手中这一瓶，萧云杰索性走上前接过药瓶，一人分了一粒。

这种“状元丹”比黄豆还要略小一圈，颜色绿中带黄，萧云杰毫不犹豫率先把药丸直接抛进嘴里，直接和着口水吞进了胃里。一群老兵纷纷效仿。药丸丢进嘴里，只嚼了几下，一股清爽的感觉就从舌尖扬起直透心底，让他们的精神都为之一振，一时间似乎就连心眼都多了一个。

真的有效？

一群老兵彼此对视，脸上扬起了浓浓的惊喜。萧云杰却在心中低叹，他丢进嘴里的“状元丹”，不过就是加了冰片和薄荷，类似于清凉油，可以起到提神醒脑的作用罢了。

两个人联手给大家说了一个善意的谎言，利用黄鹏的权威，再加上一通似是而非的科普，让大家认为自己的记忆力在这种“状元丹”的帮助下，可以得到提高。这本质上就是望梅止渴，让大家捧着书本学习时，能够对自己增加哪怕是一点点信心。

也许用不了多久，大家就会发现，所谓的“状元丹”根本没有什么作用。

但哪怕它的心理暗示作用只能持续一天，哪怕这一天时间，只能让老兵们多记住一个英语单词，萧云杰都会全力去做。

不为别的，就为了他的兄弟燕破岳。面对刘招弟加裴踏燕的组合，燕破岳需要他，比任何时候都需要他这头狈的支持！

第三十五章 - 时代

早晨，五点三十分，正是黎明前最黑暗的时刻，起床号的声响，已经在军营的上空反复回荡。

燕破岳睁开了眼睛，当他走进宿舍，却发现所有人都不见了。

在夜鹰突击队军营的另一侧，一群离开学校，进入军营两个多月，身上的青涩气息已经渐渐被坚毅所替代，举手投足间也有了军人特质的学生兵，和身边的老兵搭档一起，排着整齐的四行队列，走出了他们的独立军营。当他们看到在军营的大门外，“始皇特战小队”同样排成四列，在萧云杰的带领下，静静地站在那里，在黑暗中沉默得犹如和远方的群山融为一体，所有学生兵不由得齐齐一愕。

但是在响亮的口号中，这些学生兵也没有时间去多想，为什么两个月时间里，和他们一直井水不犯河水的“始皇特战小队”老兵，会突然一大早堵到他们军营门口，他们开始了每天早晨十公里的负重越野。

“始皇特战小队”的老兵们静静地站在那里，就算学生兵已经跑得不见了踪影，依然一动不动。这样奇异的画面，吸引了一些从附近经过的人频频转头关注。

足足过了十分钟，萧云杰才终于开口了：“追上他们！”

“始皇特战小队”士兵终于行动了，他们在黑暗中沉默不语地奔跑，他们不但比对方晚出发了十分钟，他们的负重更比“踏燕特战小队”的士兵整整多了十公斤。

大约半个小时之后，“始皇特战小队”追上了比他们提前十分钟开始奔跑的“踏燕特战小队”。听到背后传来的脚步声，“踏燕特战小队”内部明显产生了一阵骚动，如果不是队伍中达到一半数量的老兵压住了阵脚，整支队伍的奔跑节奏和速度，甚至都会被后来者居上的“始皇特战小队”给打乱。

超过“踏燕特战小队”之后，“始皇特战小队”的老兵们突然又放慢了脚步，任由“踏燕特战小队”从自己身边跑过，然后他们又加快脚步追了上去，几次之后，“踏燕特战小队”内就到处传来了喘息声。

这些在两个月时间里，已经习惯了每天早晨进行十公里负重越野跑的学生兵，这一次距离终点还有三四公里，有相当一部分人就因为奔跑节奏被打乱，再也无法保持体力恢复与支出平衡，开始疲态毕露。

“踏燕特战小队”中间的那些老兵，脸上都腾起一股怒意，“始皇特战小队”的这些家伙，虽然一声不吭，就算是前前后后地和他们擦肩而过，也没有半点肢体接触，但是这种行为，怎么看都无异于集体挑衅。

看到这一幕，裴踏燕脸上的笑容也微微发冷。“始皇特战小队”那些有资格在衣领上佩戴铜制飞鹰勋章的家伙，原本都是从夜鹰突击队中选拔出来的最优秀的特种兵，又反复经历战火洗礼，才被称为特种部队中的特种部队。而他带领的“踏燕特战小队”中那些老兵，虽然也是从夜鹰突击队中精挑细选，但是不管怎么看，和“始皇特战小队”成员相比，至少要低一两个等级，更不要说是那些刚刚入伍两个月的新兵蛋子。

这种等级上的过度差异，使得“始皇特战小队”根本不需要语言挑衅或者肢体接触，就已经把“踏燕特战小队”给影响得溃不成军。

在彼此敌对，又彼此井水不犯河水的两个月时间后，“始皇特战小队”这支同时糅合了狐狸与猛虎特质的老牌特战劲旅，终于对着“踏燕特战小队”这只初生牛犊，展现出了他们隐藏在沉静背后的狰狞。

“始皇特战小队”从来就不是什么“忍一时风平浪静，退一步海阔天空”的主儿，他们是在报复裴踏燕登门挑衅，而且一出手就是全员尽出，用集体力量将对方彻底碾轧。

他们故意等对方跑了十分钟后，才从背后追赶，就是要让这些人知道，长江后浪推前浪是不假，但谁是前浪谁是后浪还两说呢。他们背着比对方要多出十公斤的负重，不但是在展现一支老牌特战劲旅的骄傲与自信，更是在用这种负重上的差异，再加上整个团队几十双皮靴一起抬起又一起落下形成的韵律，营造出比对方何止沉重狂野了十倍的冲锋节奏。

双方根本不需要交手，“始皇特战小队”就将对方碾轧得体无完肤，就算是裴踏燕也必须承认，让他们两支部队以敌对立场交锋，就算“踏燕特战小队”有一半老兵组成，也没有半点胜算，就算被人打了个全体伤亡，也没有什么好惊诧，更没有什么好抱怨的。

夜鹰突击队大队长秦锋、参谋长，还有刘招弟，就站在军营外一座海拔较高的山峰上，他们通过军用大功率望远镜，看到了“始皇特战小队”对“踏燕特战小队”碾轧式的影响。他们甚至可以清楚地看到，那些刚刚从象牙塔里走出来，堪称天之骄子的学生兵，脸上涌起的不甘与委屈。他们中间大部分人，甚至都不知道为什么“始皇特战小队”的老兵，突然给他们来了这么一手。

秦锋望了一眼刘招弟，她的计划，第一步已经成功了。她用裴踏燕对燕破岳造成重创，将整支“始皇”都彻底激怒，就算是为了维护燕破岳这位副队长，“始皇”全员都会一边保持身为特种兵的最基本训练强度，一边发疯似的和那些书本死磕到底。

而“始皇”的反击，又是绝对凌厉的，他们的行为，也反过来刺激着裴踏燕和他的“踏燕特战小队”。

无论是认真起来的燕破岳，还是认真起来的“始皇”，都让裴踏燕为首的这些眼高于顶，天天将“长江后浪推前浪”这句话挂在嘴边，不把前辈放在眼里的学生兵，亲身体会到了“始皇”的可怕。这对他们来说是一堂震撼课，让他们终于明白了职业军人组成的军队和平民组成的队伍两者之间的本质区别。

这一刻“始皇”带给他们碾轧式的压迫感，这种失败的不甘不屈与愤怒，会陪伴他们在未来的职业军人生涯中走出很远很远，无时无刻不提醒着他们，绝不要坐井观天，更不能故步自封！

用两名绝不可能和解，更绝不可能并肩作战的指挥官，再加上为他们量身定做强存劣汰的丛林法则，终于刺激得两个团队都再也没有退缩的理由，只能拼命前进，不断强大、强大再强大！

十六个月后，无论哪支特战小队能够取胜，一手主导出这种对抗局势的刘招弟，都会是最后的赢家。但是，同样地，无论结果如何，在感情和亲情方面，刘招弟都注定是输家。

看到自家队长想要说什么，老成持重，已经练出一对火眼金睛的参谋长，对秦锋微不可察地略一摇头。

受过高等教育，拥有不俗的头脑，更对人性有着相当了解，在这些领域，刘招弟和赵志刚有着七成相像，但是童年曾经的经历，以及那场差点成真的婚姻，让她缺乏足够的安全感，偏激地对力量开始疯狂追求与崇拜。

她一进部队，就展现出非凡才华，将一个个竞争对手踏于脚下，她非但没有因此受到惩罚，反而一次次得到肯定和奖励，这样她更加认定了自己的道路正确。经过无数胜利的滋润，用无数知识打磨，她终于把自己变成了一把剑，一把果决狠辣，甫一出鞘就勇往直前不断进攻、进攻再进攻，将所有敌人和一切障碍都彻底刺穿，对敌人狠，对自己更狠的进攻之剑！

没有经历过童年时，眼睁睁地看着母亲一点点衰弱，一点点走向死亡，却凑不够钱去做手术而承受的煎熬；没有被亲舅舅嫁到一个傻子家里，整个人生都变得一片灰暗，对亲情、对人性都彻底失望的悲哀，他们这些旁观者，就没有资格站在“道德帝”和“亲情帝”的角度，去点评指摘刘招弟的选择。

观察结束，秦锋和参谋长返回自己的办公室后，他终于轻叹起来：“老伙计，你说，我是不是做错了？”

“作为一个长辈，你做错了。”

参谋长沉声道：“作为夜鹰突击队的掌门人，你没有错！”

同样的道理，刘招弟作为一个姐姐，她做错了，但是作为中国专门研究世界特种部队作战技术和发展的专家，一个走在时代最前沿，拥有足够眼光与魄力的先驱者，刘招弟并没有错！

秦锋微微抿起了嘴唇，这些道理他并不是不懂，但是眼睁睁地看着两个在几年前，他就已经认识并且看好的孩子之间的关系变成现在这个样子，人非草木，他怎么可能真的无动于衷？

沉默了良久，秦锋才在嘴里，轻轻念出了一个词：“时代！”

第三十六章 - **回响着的钟声**

在医务室的病床上，一名头上缠着绷带的老兵，就躺在那里。这名老兵左手握着一个写满英文单词的卡片式小笔记本，右手捏着一个塑料瓶，他读着背着，突然用手中的塑料瓶对着自己的头部猛敲。

走进医务室的燕破岳看到这近乎自残的一幕，他一个箭步冲上前，一把抓住老兵的左手，瞪大了眼睛放声喝道：“二壮，你在干什么？！”

这个头部受伤的老兵叫王二壮，来自山东，就算是在山东，他超过两米的身高，都显得太过于出类拔萃。他也是“始皇特战小队”当中极少数能扛起和燕破岳一样的负重，紧跟在队伍中还不掉队的人，所以他在“始皇”的代号是孟贲——一个在秦武王时代，依靠个人勇武而获得秦王重用的超级大力士。

王二壮虽然长得牛高马大，脾气却很温和，而且乐于助人。在长途行军时，他除了背自己的班用轻机枪和弹药，往往还要帮其他人携带一部分弹药。在进入原始丛林时，他总是手握一把开山刀一马当先，也就是因为这样，王二壮在队里的人缘极好。

同时，王二壮也是“始皇特战小队”中学习成绩最差的一个，不是他不够努力，而是他的底子实在太差……他初中毕业了，可是连二十六个英文字母都写不全啊！

知道自己的底子差，王二壮抱着“笨鸟先飞”的心态努力学习，在别人已经陷入沉睡时，他拿着手电筒，缩在被窝里默背英语单词；吃饭的时候，他一边往嘴里塞食物，一边拿着藏在手心里的小卡片学习知识，从旁观者角度来看，军容军姿一丝不苟；他走路的时候在学习，上个大号那短短一两分钟在学习，甚至就连参加体能训练时，他都会提前在手臂上用圆珠笔写上一堆文字和公式，一边参加训练一边学习。

但是三个月时间过去了，他的学习成绩，依然稳居全队倒数第一。

英语他得彻底从头补习，这个自然不需要多说，数学和物理对王二壮来说，依然困难重重，别人学过一遍就能弄懂的数学题或者物理公式，他找人讲了五遍都没有听懂，帮他解题的人说得口干舌燥，他依然一脸迷茫，发现给自己补习的战友已经失去了耐心，他总是摸着后脑勺憨憨一笑，让人愣是发不出半点儿脾气，只能哀叹一声，收拾好心情，再次给这位身高体重和智商能成反比的兄弟重新讲解。

由于每天睡眠时间不到四个小时，王二壮的身体状态不断下降，终于在军事训练时，犯了就连新兵都很少犯的错误，失手从网绳上掉下来，直接摔伤了脑袋。

刚刚用塑料瓶在自己受伤的脑袋上用力狠砸的王二壮，他的嘴角抽了好几下，从枕头下面摸出几张揉得皱皱巴巴的纸团，这个足足两米多高的山东汉子低下了头，不敢和燕破岳对视，就连声音中都透出一丝哭腔：“我，我，我又没及格。”

不用看那些揉成一团的试卷，燕破岳已经接到了报告，王二壮在昨天的考试中，英语16分，数学24分，物理稍好一点儿35分，这个分数是有些低，是有些拿不上台面。但是，对于一个出生在山东沂蒙山区，每天上学要来来回回走三十多里路，午餐就是两个玉米面饼，外加老师到了中午煮好后分给每人一勺的菜汤，在回家的时候，还要“顺路”摘上一篮猪草的孩子来说，对一个当兵之前，甚至连真正的火车都没有见过的农村娃子来说，考高中的数学、英语和物理，你想要王二壮的成绩是多少？

燕破岳还知道，王二壮之所以当兵，不是因为他的觉悟够高，想要肩负起保家卫国的责任，而是因为他实在太能吃了。别人吃饭都是用碗，他自十二岁起，吃饭就得用盆，一尺宽的那种盆，而且一盆满得冒尖还塞不饱肚子。如果不让他吃饱，他就会眼睛发绿地在村子里像失了魂似的来回晃荡，让人看了就心里直发怵。

家里人之所以咬着牙，把他供到了初中毕业，而没有让他中途退学，就是因为家里人发现这小子实在太能吃了，就算他力气够大，一个人能干三个人的活儿，也是半大小子吃穷老子，还不如让他拿个初中毕业证，进部队每个月还能有几十块津贴可以拿。对他们这些祖祖辈辈生活在沂蒙山区的人来说，几十块钱，那可真是一笔巨款了。

王二壮突然支撑起身体，扭开瓶盖不顾一切地把里面的药丸往嘴里倒，在燕破岳发现情况不对，劈手将药瓶抢过来的时候，王二壮至少已经吞掉了二三十粒“状元丹”。

“徐福告诉我们，一天只需要吃一粒，就能像古代骑大马戴红花的状元公一样，心开九窍，我天天都掐着点儿吃，连一分钟都不敢迟。队长你说，我连‘状元丹’都吃上了，怎么还这么笨？这英语单词我已经读了四十五遍，好不容易记住了，怎么睡上一觉两眼一睁，就又脑袋里空空，什么都不记得了呢？”

说到这里，王二壮再次抬起手，对着自己的脑袋用力狠拍。他一边拍，一边叫道：“我怎么就这么笨，我怎么就这么笨，我为什么怎么学都学不会，怎么记都记不住呢？”

燕破岳抓住了王二壮的双手：“二壮，你抽什么风，你这样打自己，除了让伤势更重之外，有什么用，难道这样就能让你更聪明了？”

“反正我已经笨得不能再笨，就算吃了‘状元丹’都聪明不起来，说不定我这样拍着拍着，还真会开窍了呢？”

王二壮霍然抬头，这个无论被人打被人骂，都始终是摸着后脑勺，露出一个憨憨厚厚笑容的山里汉子，这个一步一个脚印，用他最纯粹而质朴的坚持和努力，外加上天赋予他的出众身体素质，一路过关斩将，从来都是流血流汗不流泪，终于走进“始皇特战小队”的老兵，不知道什么时候，已经泪流满面，他望着燕破岳，嘶声哭叫道：“队长，俺没用，俺给你、给‘始皇’丢脸了，我也不想这样啊，是俺没用……”

燕破岳一伸手，将王二壮抱进了怀里，他胸前的衣襟瞬间就被王二壮的眼泪浸透，那股炽炽热热的感觉，烫得燕破岳全身甚至他的灵魂都在轻颤。朝夕相处了这么多年，燕破岳还是第一次见到王二壮哭，他的眼泪并不是因为疼痛，而是给他们“始皇”丢了脸，在燕破岳有了必须战胜的敌人时，给燕破岳扯了后腿！

燕破岳伸手轻抚了一下王二壮头上那包裹着的厚厚绷带，在绷带某一处，有一抹并不醒目的淡淡粉红，那是鲜血渗出绷带形成的颜色，可见王二壮在训练时，从训练器材上一头栽下来，摔得有多重。他当时大概已经累得连一名特种兵在面对危险时，已经融入生命本能的自我防护动作都无力使出来了吧？

抱着这个长得五大三粗，却像走失了很久，终于重新找到妈妈的孩子一样泪如雨下的兄弟，燕破岳轻拍着他的肩膀。在这个时候，心中纵然有千言万语，能说出口的，也只剩下一句低语："别哭。"

王二壮在燕破岳的怀里点头，可是泪水却依然忍不住不停地流淌出来。他尽力了，他尽力了，他真的尽力了！

燕破岳走出医务室，他突然一拳重重砸在身边的墙壁上，砖混结构的墙壁，竟然被燕破岳这一拳硬生生打得凹进去一块，一层蛛网般的裂纹更以燕破岳这一拳为中心点，向墙体四周扩散。当燕破岳提起拳头的时候，在他一拳砸落的位置，分明留下了几点梅花状的粉红色印记。

"对不起。"

这是燕破岳在医务室里一直想要对王二壮说，却一直没有说出口的话："你做得已经够好，够多了。剩下的事情，就交给我们来做吧。"

三天后，在"始皇特战小队"军营的院子里，挂起了一口一尺多高的铜钟。在铜钟下方，还放着一个钟锤。

五十多名"始皇特战小队"士兵，分成四行整齐排列，沉静不语。

这样一口铜钟大家并不陌生，美国海豹突击队在从各个部队选拔优秀队员并进行特训时，教官就会在他们的训练场上悬挂这样一口铜钟。如果有谁无法再承受训练带来的压力，选择了退出，他们只需要捡起钟锤，敲响铜钟就可以离开。到了今时今日，这种方法已经流行开来，成为世界各国特种部队借鉴采用的方法。

但是在提倡给自己留下最后一发子弹的中国军队，这种自我淘汰方法还并没有被普及，或者说，这种士兵可以自己选择退出的"不坚强"观念还没有被接受。

燕破岳目视全场，没有身临其境，就不会明白他后面这句话短短几个字所包含的意义：“谢谢，对不起。”

他在谢谢这些明明学不进去，却依然抓着书本死读不休，和他不离不弃的兄弟。但是，这些兄弟已经做得够多、做得够好了，他不能眼睁睁地看着这些兄弟在他们并不擅长的领域，不断消磨自信，一个个变成王二壮那个样子，所谓的龟兔赛跑乌龟取得了最后胜利，不过就是一个大人们编造出来哄骗孩子专心学习的美丽童话罢了。如果兔子不睡觉，乌龟就算是比一千次、一万次，它也不会取得胜利的。

只要敲响铜钟就可以离开，他们就不再是“始皇”成员，他们解脱了，但是同时也失去了属于“始皇”的骄傲与尊严，所以燕破岳要向大家道歉，对不起，再也不能带着所有人一起努力，一起继续做他们的世界最强的梦了。

就是在众人的注视下，王二壮走了出来，在拾起那只小小的钟锤时，这个身高超过两米，体重超过一百公斤的山东大汉，全身都在轻颤。当他终于扬起钟锤，重重敲在铜钟上，清脆的钟声随之响遍了整个军营的上空时，王二壮再次泪流满面。

解下了衣领上那枚在他的整个生命中最值得骄傲和自豪的铜制飞鹰勋章，将它珍而重之地交还到燕破岳手中，王二壮对着“始皇特战小队”曾经朝夕相处，不知道多少次一起并肩作战的兄弟们，深深弯下了腰。

目视着王二壮用手背狠狠擦掉脸上的眼泪，孤独地走出他们这个独立军营的背影，包括燕破岳在内，所有人一起举起了右手，对着这位战友和兄弟敬上了一个最认真的军礼。

他在挑战和变化面前已经倾尽了全力，他选择了退出，只是因为他无法完成从旧式特种兵向新式特种兵的转变，这就像不能要求诸葛亮手持大刀上阵杀敌，不能要求西楚霸王项羽成为口吐莲花的纵横家一样，他只是因为自身的条件所限，无法适应罢了，所以，他既不是失败者，也不是逃兵！

人们常说，成功是用一分的天分加九十九分的努力换来的成果。

这样的话听起来仿佛努力才是成功的根本，实际上，天分和努力同样重要，有时候，甚至更加重要。因为当走到一定高度，摆脱了芸芸众生中的平庸层次，最残酷的自然法则淘汰下，已经没有了懒散者的生存土壤。剩下的同路人，都是天分与努力并存的强者，最终比拼的就是谁的天分更高，还有谁的运气更好！

就是在这一天开始，每隔一段时间，在“始皇特战小队”的军营中，就会传出一声响亮的铜声。已经习惯了这种铜声的夜鹰突击队，还有“踏燕特战小队”成员们就会明白，又有“始皇”成员因为无法承受学习与训练形成的双重压力，终于选择了离开。

只要听到钟声，几个中队长不管在干什么，都会不约而同丢下手中的事情，用最快的速度往“始皇特战小队”的军营门前跑。他们谁都知道，敲钟离开的“始皇特战小队”成员，就算是自己把自己淘汰了，依然是兵王中的兵王，每一个都是宝贝。

从各个中队挑选上去的，在离开“始皇”之后，自然是“各回各家，各找各妈”，但是如果遇到那些没有进入中队，就凭自身能力直接进入“始皇”，而且一待就是好几年，直到这个时候才被淘汰出局的老兵，那绝对是“手快有，手慢无”，抢到了就要捂住了，打死也不再吐出去！

由于跨入了一个特殊时代的转折点，“始皇特战小队”有人退出后，没有再从夜鹰突击队挑选人员补充，当临近十八个月那场决定了“始皇特战小队”生死存亡的竞赛时，“始皇特战小队”的宿舍床位已经空了一半还多，还能站在燕破岳面前的成员，只剩下二十四个人，可谓是大浪淘沙。

亲如手足的搭档，随时可能会选择离开。不断离开，不断品尝着离别的滋味，让所有“始皇特战小队”成员都沉默下来。他们彼此帮助，每个人无论以前在队伍中多么不招人待见，多么不得人心，现在只要考试成绩稍稍下降，就会有一堆队友围在身边，轮流帮他补习；最受煎熬的是，谁的英语成绩最差，就会被小队中英语成绩最好的几个包围，平时无论做什么，都必须用英语和周围的人沟通交流，平时一句话就能讲清楚的事情，用磕磕巴巴的英语加战术手语加表情，往往能把人急得满脸通红。

这样一支人数越来越少的部队，他们在集结时，从一开始的四排渐渐减少到了如今的两排，站在对他们来说越来越空旷的操场上，和那些以连为单位，参加训练的夜鹰突击队士兵相比，显得过于势单力薄。但是任何从他们旁边经过的部队，包括他们的指挥官，都不敢对这支只剩下两个班编制的小部队稍有轻视。

不知道从什么时候，“始皇特战小队”身上的骄横和目空一切渐渐消失了，取而代之的是沉默的凝重，只要站在他们面前，一股巍峨群山般的厚重，就会混合着百战老兵特有的冰冷气息扑面而来，让人不由自主地想到了青藏高原上那直耸入云的雪山。

还有一些人，则是眼光复杂地望着燕破岳带领的部队，在他们的脸上，欣慰、缅怀、悲伤、担忧等情绪混合其中，他们当然就是在十八个月时间里，敲响了铜钟，主动离开“始皇”的老兵。他们在进入夜鹰突击队各个中队后，反而获得了破格重用，有不少人成为班长，甚至还有几个被送进军校学习，等他们毕业后，就会成为军官，但是在他们的心里，最看中、最喜欢、最让他们魂牵梦萦的，依然是“始皇”！

至于被“始皇特战小队”视为生死之敌的“踏燕”，他们也并不好受。十八个月大关将至，三十多名学生兵，出于各种原因，也走掉了一半。

一群从象牙塔中走出来的天之骄子，能够承受住特种部队地狱式训练，一直走到了最后，竟然还有一半人能够坚持到最后，成为一名合格的特种兵，哪怕只是缺乏战火洗礼的新兵蛋子，这已经让夜鹰突击队高层们感到惊诧了。

要知道，美国海豹突击队的淘汰率可是高达百分之九十，而“踏燕特战小队”的训练，一开始还算是温和，三个月后等新兵们完成了从平民到军人的转变，立刻就进入递增模式。到了八个月后，训练强度和严苛程度，就几乎和海豹突击队持平。

在这样的地狱式训练下，竟然有百分之五十的通过率，除了这些学生兵都是精挑细选、自身素质过硬之外，刘招弟和裴踏燕这两名队长通力合作，绝对起到了举足重轻的作用。据说刘招弟专门编写了一个软件，把士兵每天的训练量、体能消耗、食物中可以摄取的热量，以及他们的身高、体重等数据全部录入，这套融入了人体生理学、营养学甚至是行为心理学等诸多学科的软件，可以计算出每一名士兵的生理、心理双重承受极限，刘招弟再有针对性地给每一个人设定训练内容。

比如在“踏燕小队”有一名突击手，他以速度见长，爆发力充足，软件给出的建议就是，多吃易吸收的碳水化合物食品，应补充维生素B_1和维生素C，还要补充蛋白质和磷，所以要多吃水果和碱性食物。所以，这名突击手其中一天的食谱，主食是杂粮粥和米饭，蔬菜是黄瓜，主菜是炖牛肉，水果是刚出产的酥梨。

而另一名机枪手，模仿“始皇”中的机枪手王二壮，他除了要扛一挺班用轻机枪，还要携带大量弹药，负重能力极强。一旦战斗爆发，尤其是爆发遭遇战，这名机枪手必须在最短时间内，冲到火力视野良好的位置，架设机枪形成火力压制，那么他还需要较强的爆发力。

这名机枪手必须练出负重和爆发力均优的肌肉，所以在饮食中，对蛋白质与维生素B_2要求较高，这样的人就应该多吃黄瓜、土豆、有机菜花，肉类可以多吃牛肉、猪腰，平时要多喝豆浆，至于水果，最好是香蕉。

刘招弟通过数据运算，将每一名士兵的体能调配到最佳状态，这些士兵每天要吃多少食物，甚至是喝多少水，都被她严格控制。用“踏燕特战小队”成员的话来说，她培养的不是特种兵，而是可以去参加奥运会的运动员。

裴踏燕则是以自身为表率，带动了整个团队，他根据刘招弟提供的数据，用他特有的细腻冷静和残忍，将每一个人的体能与意志都压榨到了极限，这注定是一个唱白脸唱到死的位置，裴踏燕却偏偏能化腐朽为神奇般地让队伍中每一个人，都对他又敬又畏，把他视为兄长。

如果说“始皇特战小队”是越来越沉默，已经透出重剑无锋的沉稳，那么经历了十八个月磨砺的“踏燕特战小队”，就像一把越磨越亮、越磨越快的剑，处处透着新生的锐气，他们在副队长裴踏燕的带领下，和夜鹰突击队三个中队进行了三次内部演习对抗。三战连胜之后，这些连续品尝到胜利美酒的士兵，越发变得士气高昂。他们看向“始皇”的目光中，已经隐隐透出了挑衅意味，只要能再战胜这最后一个敌人，他们就是夜鹰突击队内毫无争议的最强者，他们就会从“始皇”手中抢来“特种部队中的特种部队”这个最骄傲的称谓。

面对这样两支风格不同，但是同样优秀的特战小队，身为夜鹰突击队掌门人的秦锋真的纠结了。

一半拥有高学历，能够适应未来现代化战争的新兵；一半身经百战，用鲜血学会了生存的老兵。如果把这两支小队混编在一起取长补短，他们必然是梦幻组合。

就在这个时候，一名军官突然匆匆赶来。他急促的脚步声，在办公楼的走廊中反复回荡，他带来的并不是什么好消息：“打起来了！”

面对这没头没尾的一句话，秦锋略略一挑眉毛。

军官立刻补充："教导小队和别人打起来了！"

秦锋霍然站起："'踏燕'小队的人现在怎么样？"

不是秦锋这个大队长偏心，而是他心里清楚地明白，别看"始皇特战小队"只剩下二十多个人，"踏燕特战小队"现在还有五十多个人，两支教导小队人数相差了整整一半，但是如果真把两支小队全部拉出来进行集体混战，最终输的肯定是"踏燕特战小队"！

"有三个学生兵被揍得鼻青脸肿，身体上还有些软组织挫伤，看样子最近几天是没办法正常训练了。"

听到这个报告，秦锋的第一反应就是心中一宽。"始皇特战小队"那些身经百战的老兵，他们自己就是武器。他们就算是赤手空拳，也能在瞬间将目标击毙，只打出一个鼻青脸肿、软组织挫伤，那绝对是手下留情了。而且这明显只是两支特战小队的人彼此看不对眼，因为某些意外小事而爆发的私人冲突。

但是旋即秦锋又沉下了脸，正所谓"千里之堤，溃于蚁穴"，如果他对这次打架斗殴事件不加以严惩，这两支随着时间推移敌视意味越来越重的教导小队，说不定都不用等到半个月后，就要提前用拳头决出胜负了。

"燕破岳这小子在干什么，连二十多个兵都看不住、管不好吗？"

"不是燕破岳，是几个已经从'始皇'淘汰下来的老兵动了手。"

看到大队长秦锋的脸色真正沉了下来，就连眼睛里都扬起一缕愤怒，这名匆匆赶来报告的军官立刻明白自己的话出现了歧义，让秦锋误以为燕破岳在煽动已经离开"始皇特战小队"的老兵，对"踏燕小队"的士兵进行打击报复，而这种行为，无异已经踏过了大队长秦锋能够承受的底线。

"'踏燕教导小队'有人画出一幅图，在当众传阅，上面的内容激怒了在场的几个老兵。"

军官从口袋里取出一张纸，双手递到了秦锋面前。

这是一张绘图纸，上面有人用铅笔画了一个菱形图案。从它的形状来看，如果制成实物，应该是一枚可以直接佩戴到衣领上的标志。

放眼整个夜鹰突击队，也只有“始皇特战小队”成员有资格在衣领上佩戴专门为他们设计的铜制夜鹰勋章。

“踏燕教导小队”的学生兵有一部分都是多才多艺，还上过什么爱好特长班，他们中间有人擅长绘画，闲来无事画个标志，也没有什么不可以的。一旦他们真的在竞赛中战胜了“始皇”，他们就有资格佩戴一枚自己设计的队徽。

这个标志的主体是一只展翅腾飞的雄鹰，这当然没有什么不对，在这只雄鹰的双爪部位，还抓着或者说踏着一只燕子！他们管“踏燕特战小队”也叫“踏燕教导小队”，雄鹰踩着一只燕子，原本也无可厚非，但是别忘了，“始皇特战小队”的副队长——他们的实质与精神双重领袖，叫燕破岳！

“踏燕特战小队”一旦在最后的竞争中赢了，这个拥有明显挑衅和敌对意味的名称，很可能会被更改。但是一旦让这幅设计图通过，并成为“踏燕特战小队”每一个成员最骄傲的标志，那些勋章就会被老兵们保留下来，成为“始皇特战小队”副队长燕破岳人生中永远的失败铁证。

那些就算是离开了，依然心系“始皇”的老兵最尊敬的人就是燕破岳，看到在学生兵们手中传阅的这张设计草图，他们又怎么可能忍得住？

秦锋慢慢地坐了下来，挥了挥手，那名匆匆赶来报告的军官向他敬了一个军礼，走出了办公室。当办公室的大门被关闭，四周的一切都安静了下来。

秦锋望着摆在面前的这张设计草图，又从抽屉中取出一份文件，将它们并排摆在一起，秦锋伸出手指，在桌面上轻轻弹动，发出一连串“嗒嗒嗒嗒”的轻响。

那份标注着“绝密”字样的文件，上面的内容赫然是上级命令夜鹰突击队抽调最精锐部队进行突击集训，一个月后，他们将代表中国特种部队，参加由中国、哈萨克斯坦、吉尔吉斯斯坦、俄罗斯等多个国家一起举办的联合反恐军事演习！

这还是中国第一次参加这种多国联合反恐演习，这当然不是说中国缺乏独立压制恐怖组织的军事实力，而是恐怖组织不但是最好的游击专家，更擅长在国境线周围活动，一旦发现有军队调动，他们就会立刻越过国境线。就算是中国特种部队再训练有素、装备精良，面对已经逃到邻国国境的恐怖分子，也没有任何办法。要知道，特种部队一旦追过边境线，就会演变成严重的外交事件，甚至有可能造成局部武装冲突。

类似于此的情况，绝不仅限于中国。边境线，这种在物理上并不存在，却清楚刻画在地图上，每一个国家的军队都必须严格遵守的准则，反而成为恐怖分子百试不爽的护身符。想要有效打击恐怖分子，就需要各个国家打破边境线束缚，亲密合作，再不给恐怖分子可乘之机。

就是因为这样，在这场多国联合反恐演习当中，所有参演国的反恐特战专家和指挥官将会聚集在一起，信息共享，共同指挥作战，对驻守在各个位置的多国部队，下达各种作战指令。

至于在演习中多国联合部队要完成什么演习项目，不知道；他们面对的“敌人”由谁来担任，不知道；甚至就连演习的具体位置，都不知道！

这么多的不知道，将恐怖袭击的隐蔽性和突发性展现得淋漓尽致。更让各个国家要派出的部队，没有了临时抱佛脚，针对性强化训练的可能。

这场多国联合反恐军事演习，对参演部队来说，是一场几近于实战的严苛考验，无论是谁想要在这场信息严重不足，隐藏了无数种可能的演习战场上取得胜利，都必须先让自己强大到没有短板！

这份文件，秦锋已经压在手中超过四十八个小时，他之所以这么做，就是因为他正在思考，能不能利用这个事件，让原本彼此对立的“始皇”和“踏燕”这两支教导小队，在有了相同的目标与对手之后，联起手来，通过优势互补，成为一支梦幻组合式的强队？！

但是看着眼前这幅由某个学生兵画出来的草图，秦锋轻轻叹了一口气，终于放弃了这个太过美好的奢望。

没错，就是奢望。

在十八个月时间里，无论是“始皇”的文化课填鸭式恶补，还是“踏燕”从平民到特种兵的转变，这些孩子都在不断创造奇迹，他们展现出来的勇气以及对力量近乎疯狂的执着，让他们每过去一天，都比曾经的自己更强！

而推动这两支教导小队，就像加足燃料的战车一样，向前疯狂冲击不断碾轧各种障碍困难，成绩直线上升的最重要原因，就是他们把对方当成了敌人，不可调和，无法共存，在十八个月后，必须进行一场胜者生、败者亡的殊死对抗的绝对敌人！

有这样一个和自己风格绝对不同，理念也并不相同，但是必须承认同样优秀，而且正在用同样的疯狂不断学习充实自我的强敌，无论什么时候，都能看到对方在成长，就算晚上做梦时，耳边仿佛都能听到敌人在不断前进的脚步声，他们无论怎么努力、怎么拼命，都无法将这个敌人彻底甩开……就是通过彼此刺激、彼此影响和彼此威胁，这两支教导小队才会在各自领域几乎逼出自己的极限，创造出普通人要为之目瞪口呆的奇迹！

能创造奇迹的人或者团队，他们注定是偏执的。秦锋在刘招弟的建议下，让裴踏燕进入夜鹰突击队，甚至允许“踏燕特战小队”这样一个太具有挑衅性的名称出现，这种敌视与对抗，已经深入每一个成员的骨髓，甚至是形成了一种本能。两名副队长他们的恩怨情仇，在众所周知的情况下，甚至演变成两支教导小队同仇敌忾的原动力。

他秦锋就算是夜鹰突击队的掌门人，也不能让自己最出色的手下，到了战场上是凶狠残忍的狼，出了战场立刻就能变成温驯乖巧的狗。

……

“我知道，你们已经做好互相撕咬的准备了。”

望着接到命令后在第一时间就跑步赶来的两名副队长，秦锋将上级发送过来的文件，连同那张画着“踏燕”标志的草图，一起丢到了桌面上：“在内部无论你们谁打赢了，都没有什么了不起的，有本事就给我出去打！”

两名副队长都目不斜视，摆出了认真倾听的姿态，但是他们在这一刻，眼角的余光却不停地往那份标有“绝密”的文件上扫射。

“俄罗斯、哈萨克斯坦、吉尔吉斯斯坦、塔吉克斯坦，再加上中国，会在两个月后，进行一场五国联合反恐军事演习，我已经决定，让‘始皇’和‘踏燕’两支教导小队，代表中国陆军特种部队一起参赛。”

秦锋站了起来，他凝视着眼前这两名水火不相容，就算是派到演习战场上，也很难捐弃前嫌通力合作的副队长：“你们既然注定要通过对抗，淘汰掉对方，那我就让你们打一场大的！我不管你们用什么办法，在这场中国特种部队首次亮相的多国联合军事演习当中，谁能赢得更多胜利，带回更多荣誉，谁就是最后的胜利者！”

说到这里，秦锋加重了语气：“不要以为这是一场二选一的竞赛，要是谁敢在演习中给对方使阴招、下绊子，丢了中国军人的脸，你们两个就给我一起脱掉军装滚蛋，听明白了没有？”

两名副队长深深吸了一口气，同声喝道：“是，明白！”

燕破岳和裴踏燕并肩走出了指挥部大门，旋即燕破岳就掉转方向，走向了“始皇教导小队”军营所在位置，裴踏燕突然开口了：“喂。”

燕破岳停下了脚步，但是他却并没有回头。

“大队长要我们各自从队伍中挑选出十六个人，去参加联合军事演习。如果我没记错的话，现在‘始皇’连你在内，还有二十四个。扣除天天泡在综合训练中心，当了撒手掌柜的正牌队长，还有那位把自己放到路人甲位置，撒手掌柜当得比队长更加彻底的指导员，你们真正可以挑选的成员，就只剩下二十二个了。”

就算燕破岳没有回头，裴踏燕的脸上依然洋溢着春风拂面的微笑，语气温和得仿佛正在和多年知交好友轻谈。但是在这一刻，他说的内容，却当真是锋利如刀：“你也不必费心挑选了，不管淘汰谁都会伤感情。不是还有两个月才参加演习吗，再等等，说不定到时候，就正好剩下十六个了。”

燕破岳依然没有回头，他淡然回应：“你露怯了。”

裴踏燕眼角轻轻一挑，从嘴里发出一个单调的音节：“哦？”

“中国军队的演习，与其说是模拟实战，不如说是更像演戏，无论是红蓝双方，都必须根据演习指挥部提前预设的剧本去行动。在你的预想中，‘始皇’和‘踏燕’原本一个月后就应该举行的对抗竞赛，一定会以高科技为主旋律，证明中国特种部队已经拥有了实施高精端的能力。这是你的主战场，所以你自以为稳操胜券。”

说到这里，燕破岳微笑起来，他的声音中也透出一丝淡淡嘲讽：“我必须承认，在高科技武器使用方面，你们的确比我们强。但是这场突如其来的跨国联合军事演习，彻底打乱了你的谋划。没有了剧本，也没有了命题，想要在两个月后的演习中赢得胜利，除了拥有高学历，能够看懂英文地图和武器说明书，还必须拥有足够出类拔萃的单兵战术素养、团队配合默契、多兵种合作能力，以及丰富的实战经验，在这些方面，你们还差得远！”

燕破岳慢慢转过了身体，他凝视着裴踏燕的眼睛：“你要是不服气的话，我们现在就可以把队伍拉到山上打一场。”

裴踏燕也笑了：“怎么，被我说到痛处，急眼了？”

两个人彼此狠狠刺了对方一下，再也没有继续口舌交锋的兴趣，背转身走向了各自军营。在走到听不见对方的脚步声，就算是回头，也不可能再看到彼此身影的距离，燕破岳突然飞跑起来。他就这么用奔跑的方式，穿过夜鹰突击队军营，一路冲进了“始皇特战小队”驻地，并且直接吹响了紧急集合哨。

不到两分钟时间，所有“始皇特战小队”成员就在他面前集结完毕，整齐地排成两排。

“两个月后，我们要代表中国特种部队，出去参加多国联合军事演习。”

每一名“始皇特战小队”成员的眼睛都亮了，他们热切地望着燕破岳，期望听到更多的消息。走出国门，代表中国特种部队参加多国联合军事演习，和其他国家的特种部队或联合作战，或同台竞技，对他们来说，这不仅仅是责任，更是巨大的荣誉。

“那边的童子军，也会和我们一起出战。这场跨国军事演习，对我们来说，既是中国军人的荣誉之战，更是决定谁能在夜鹰突击队笑到最后的生死之战。我对你们的要求只有一个，做好一切准备，用最好状态参加演习，打出我们的气势，打出我们的威风，给那些和我们一同参演的老外，还有对面那群童子军上一堂震撼教育课，让他们永远记住，什么是‘始皇’！”

对啊，跑进原始丛林，打打毒贩，算什么本事，在强者如林的多国联合军事演习中脱颖而出，亮出他们的旗号，打出“始皇”的威风，这才是最值得骄傲的事情。如果他们真的做到了，就算是过上二十年、三十年，甚至是五十年，当他们年轻不再白发苍苍，只能坐在躺椅上，望着夕阳追忆往事时，这一段经历都是他们向子孙不厌其烦地讲上千遍万遍的骄傲瑰宝！

燕破岳霍然回首，指着烈士陵园的方向，放声狂喝：“联合军事演习结束后，我们要带回军功章，告诉躺在那里的兄弟，不管是过去、现在，还是将来，‘始皇’都是中国特种部队王牌中的王牌，无论谁想取代‘始皇’，都是就算脑袋被驴踢了一百遍，也不应该去做的白日梦！！！”

狂热到极点的吼叫声，在“始皇特战小队”的军营中猛然响起。

没过多久，平均负重超过四十公斤的“始皇特战小队”，就在副队长燕破岳的带领下跑出了军营。

副队长燕破岳背着比其他队员至少要多出十公斤的负重，他的吼声，在夜鹰突击队的军营上空反复回荡：“二十四个人，十六个能去参加演习，三分之一淘汰率！听起来是不高，但是如果你们当中有谁仗着自己训练成绩好，就敢松懈下来中途掉链子，那就别怪我燕破岳翻脸不认人！送你们几句话都给我听好了：我说行，你就行，不行也行；说不行，就不行，行也不行！听懂了没有？”

从附近经过的人，已经是听得瞠目结舌，虽然军队中都注重等级管理，军官的命令不容置疑，但在和平时代，还真是头一次听到有人用这么横行霸道的方式宣示自己的权力。

“始皇特战小队”二十多号队员却没有任何排斥，更没有不满，他们伸直了脖子，一起放声狂喝：“是，明白，不服不行！！！”

第三十七章 - **这一刻**

八月六日，晴，万里无云，有微风。

中国特种部队进入了哈萨克斯坦东部的乌恰拉尔军用机场。

虽然在这场演习中并没有大家所熟知的海豹突击队、三角洲、英国空勤团之类老牌特种劲旅，但这是中国特种部队第一次参加多国联合军事演习，这代表着中国特种部队终于主动揭开神秘面纱，出现在世界公众面前，也代表着中国特种部队正在试图和国际接轨，让他们通过联合军事演习，从外军身上学习到更多特种作战经验。

在这场规模并不算特别大，但因其特殊意义，注定会万众瞩目的联合反恐军事演习当中，甫一露面就吸引了燕破岳注意的，是一支来自哈萨克斯坦的反恐特种部队。

他们统一穿着黑色城市作战服，黑色防弹背心，戴着黑色的头罩，装备了俄罗斯制造的特种部队专用突击步枪。他们静静站在机场跑道旁，就算是阳光明媚，给人的感觉都像是一群隐藏在黑暗中，随时可能扑上来发起致命攻击的狼!

能带给燕破岳如此强烈感受的群体，绝不会是无名之辈。

“他们是阿雷斯特反恐特种部队。”

听到萧云杰在耳边的低语，燕破岳不由得眼前一亮。

阿雷斯特反恐特种部队虽然在国际舞台上还没有声名显赫，但是他们的前身，却是苏联大名鼎鼎的克格勃组织。在苏联解体后，克格勃失去政府支撑，遭受重创，但是这个组织并没有完全消散，经过重组后，最优秀的成员被保留下来，组建了阿雷斯特，就凭这一点，这支年轻的部队就绝不容小觑!

燕破岳仔细打量着这支曾经在冷战期间，和美国情报组织斗得旗鼓相当的克格勃情报机构继承者，观察着他们每一个成员的武器装备，以及他们的站位队形。就在他全神贯注分析这支部队的作战风格和危险程度时，一股强烈到极点的危机感，突然涌遍了他的全身，让他皮肤上的汗毛都为之奓起。

这是一种身经百战职业军人在足以致命的危险逼近时自我保护的本能。

燕破岳霍然转头，他的目光直接落到了一百多米外，一辆刚刚停在那里的运兵车上。一支十一人编制的特种作战小队，慢慢从运兵车里走了出来。

这支距离一百多米，就让燕破岳感受到致命威胁的特战小队，最大的特色就是队员平均年龄看起来已经超过了三十五岁。年复一年、日复一日接受最严格训练，岁月在他们的脸上留下了比实际年龄更加明显的印记。

他们从运兵车上走出来后，并没有排出整齐的队列，去展现自己的团队默契，而是松松散散地走着，看起来就像一群乌合之众。但就算是最精锐的特种部队，面对这样一个群体，也不敢说稳操胜券。

足够的人生阅历，让他们每一个人都学会了从容不迫。到了他们这个年龄，除非自己不愿意，否则的话，大都已经结婚生子，拥有了稳定的生活和一个幸福的家庭。所以在他们的身上，找不到年轻士兵特有的朝气与热血，也很难指望这些老兵在战场上会热血冲头地擎起刺刀去拼命。但是和二十岁出头的新兵相比，这些实战经验丰富得让人头皮发麻的老兵，更隐忍、更狡猾，更懂得在战场上保护自己。

从运兵车上画的标志来看，这支部队来自吉尔吉斯斯坦——一个只有二十多万平方公里土地，外加五百万人口的小国家。燕破岳真的无法理解，一九九一年苏联解体才终于独立出来的吉尔吉斯斯坦，怎么有能力培养出这么一支精锐部队。

“注意他们。”

作为钻研世界特种部队的专家级人物，刘招弟开口了：“他们是阿尔法部队出来的老兵！”

听到“阿尔法”三个字，在场所有人，包括燕破岳和裴踏燕都耸然动容。

阿尔法特种部队，成立于二十世纪七十年代，它最初的名称是“A小队”，在长达三十年的时间里，这支部队身经百战经历了苏联解体和俄罗斯成立。他们的首次实战就是被投放到阿富汗战场，对当时阿富汗总理府直接实施斩首行动，虽然在首次战斗中，他们付出了九人阵亡的惨痛代价，却依然完成任务，顺利攻占戒备森严的总理府，并生擒阿富汗革命委员会主席兼总理阿明，可谓是一鸣惊人。在其后近三十年的岁月里，这支特种部队一直活跃在世界舞台上，纵然是苏联解体、俄罗斯成立，他们也没有消散。在车臣战争中，这支历史悠久战功显赫的特种部队，更是频频出击深入敌后，成为世人眼中当之无愧的超级特种劲旅。

有好事者，每年都会评选出一个全球十大特种部队排行榜，无论这个排行榜的专业性如何，也不管他们的考评数据来自何方，阿尔法特种部队都必然名列其中，由此可见这支部队的战力之强。

但让燕破岳不解的是，阿尔法特种部队精锐老兵，怎么会成建制跑到吉尔吉斯斯坦这个小国？

萧云杰在旁边低声补充："这支部队，经常抗命不遵。"

在苏联解体之后，俄罗斯经历了相当长一段时间的动荡，中间掺杂着因为政治理念不同而爆发的内部冲突，高层官员曾经不止一次想要运用阿尔法特种部队执行和反恐无关的特殊行动，这些命令遭到了阿尔法特种部队指挥官的抵制，引来了政界要员的非议和责难，使得他们在相当长一段时间内处境困难。退役老兵回到社会后，他们的奉献得不到承认，生活质量不佳。于是大量提前退役的阿尔法特种部队老兵组建私人保安公司，或者接受其他国家的聘请。

这支只有区区十一人，却全部都是阿尔法老兵的特种部队，绝对是吉尔吉斯斯坦手中最强大的撒手锏。和阿尔法老兵组成的特种部队相比，吉尔吉斯斯坦派出的另一支三十六人编制的参演部队，虽然也是从边防总队中精挑细选，但是和阿尔法老兵相比，仍然相形见绌了太多太多。

至于俄罗斯，纵然经历了苏联解体和经济危机，依然是世界顶级军事强国。他们派出的参演部队并不是什么名声显赫，能够进入排名榜的资深特种劲旅，而是派出了一个特种摩步连。特种摩步连整编九十六人全员到齐，就连他们配备的装甲车之类重型武器，也开到了现场。

这个信奉简单就是美的战斗民族，并没有把特种部队视为撒手锏，只在非常规战场上使用，他们更喜欢通过多兵种合作，让特种部队在各个战场发挥出更积极广泛的作用。

在现场还有一块划分出来，却始终没有人占的空地，那是留给另一个参演国塔吉克斯坦的位置。但是塔吉克斯坦根本就没有派出部队，只是派出一个观摩团，对演习进行全程观摩学习。

塔吉克斯坦自一九九一年苏联解体后独立，在短短十几年时间里就经历了政治、经济双重危机，又连年内战不休，这个只有十四万平方公里土地的国家，据说在内战中，经济损失高达七十亿美元，直到进入二十一世纪内战结束，这个国家的经济和民生才慢慢复苏。在这种情况下，先观摩学习，再过几年，经济和国计民生恢复到正常水准，塔吉克斯坦那些身经百战的老兵自然会组成精锐部队参加联合演习。

至于中国参演部队，领头羊当然就是夜鹰突击队派出的参赛队伍。除他们之外，还有一支自成立伊始，就以城市反恐为使命，很可能将会在五年后的奥运会安保工作中贡献力量的“天狼”反恐特种分队，以及一支由武警部队派出的“箭虎”特战分队。

擅长丛林山地战的陆军特种部队；以城市为舞台的反恐特战队；精通攀登爆破徒手格斗而且配备了谈判专家，就算是匪徒手中劫有人质，也能做出正确有效应对的武警特战分队。

他们来自不同的部队，职能不同，风格不同，要面对的敌人当然也不同。一次性派出这么多部队，就是希望他们能够通过这次联合演习，从那些老牌特种劲旅身上学习到最宝贵经验，并把它们带回中国。在同时，上级也有着通过这次演习，协调指挥多兵种合作的想法。

五个参演国，合计七支特种部队，终于全部到齐，集结到了机场跑道上。

时钟的指针，也指向了当天上午十点十分，担任东道主的哈萨克斯坦官员走上主席台，中国特种部队第一次跨出国门参加多国联合军事演习，终于进入了开幕式环节。

在短暂的开幕词之后，就进入了升国旗环节，五根排列在一起的白色旗杆静静屹立。

在开幕仪式十分钟后，按照仪式流程，一名穿着92式仪仗服的中国掌旗兵，在两名护旗兵的陪同下，踏着最标准的军步，昂首挺胸一步步走到旗杆前。

燕破岳相信，他这一生，都不会忘记这一天，不会忘记看到的这一幕。

这一天，天气晴朗，万里无云；这一天，微风徐徐，远方送来了野花沁人心脾的微香；这一天，几百名来自各个国家的职业军人群英荟萃；这一天，哈萨克斯坦军乐队奏响了中华人民共和国国歌！

熟悉到已经牢牢印刻进灵魂最深处的旋律，在耳边回响；鲜艳的五星红旗，在异国他乡的土地上冉冉升起；所有参加演习的中国特种兵都猛然立正，“唰”的一声，几十只同样有力的右手，在空中狠狠划向自己的额角，对着那面红得鲜艳、红得灿烂、红得夺目的五星红旗，敬上了他们这群共和国守卫者最庄严的军礼。

燕破岳深深地吸着气，他的心底突然间被前所未有的火热与冲动给填满了。

无论是克格勃前身的阿雷斯特还是世界强军“阿尔法”，他们都是绝不可忽视的强敌，就算是再自信的人，也不敢保证年轻的中国特种部队能在这场演习中取得胜利。但是当五星红旗一路冉冉升起，和其他参演国家的国旗排列在一起迎风招展，感受着站在附近那些来自其他国家语言不同、肤色不同、习惯不同，但是同样精锐、同样强大的特种兵静静而立，自然而然散发出来的压迫感，狭路相逢勇者胜的斗志，渴望胜利，渴望获得承认，渴望带着光荣与勋章返回军营，并把它们送到在烈士陵园中永远沉睡着的兄弟们墓碑前的冲动，混合在一起，就像火山爆发般，激得燕破岳浑身的血液都沸腾翻滚起来。

他已经走到了这里，看到了一片更广阔的天空，他想要带着自己身边最可信赖的兄弟，参加更多场的联合军事演习，他想要一路赢下去，一路走下去，让自己和身边的兄弟站得更高、看得更远，直至有一天，可以和海豹突击队、三角洲、野小子、空勤团、第九边防大队这些世界顶级老牌特种劲旅同台竞技，他想要成为中国特种部队向新时代发展的弄潮儿，并且陪伴着中国特种部队越来越强。

这个念头是如此清晰，又是如此强烈，他又怎么能允许自己带领的“始皇”输给“踏燕”，他又怎么能让“始皇”刚刚走出国门，就折戟沉沙？

一道炽热中透着挑衅的目光投到了燕破岳的身上，燕破岳霍然扭头，同样的偏执，同样的激情，同样的互不相让，同样的咄咄逼人，两道目光对撞在一起，狠狠溅起几点无形的火花，更刺痛了对方的眼睛。

第三十八章 - 尔虞我诈

“呜呜呜呜……”

就是在两名副队长互不相让的对视中，凄厉的警报声突然响彻云霄，带着直刺人心的尖锐，在整个机场的上空反复回荡。面对这种绝对意外的突发状况，在场的四个国家参演部队却丝毫不乱，他们静静而立，任他狂风兼骤雨，我自岿然不动的大气概，自然而然在这些聚集在一起的最优秀军人当中升腾而起。

都是精锐部队，都是王牌，至于谁更优秀、谁更王牌，那就需要从后面的演习中去验证了。

大队长秦锋带领刘招弟、许阳还有武警部队派出的代表，快步走进一座大型军用帐篷，那里就是他们的联合指挥中心。没有繁文缛节，没有废话，当五面国旗升起，最基本的礼仪礼节尽到，这场没有公布任何细节的联合军事演习，竟然就在这种近乎突发事件的状态，直接推进到实际阶段。

他们的敌人是谁，不知道；他们要做什么，不知道；演习主办方也没有给他们这些特种部队彼此交流熟悉的机会，他们虽然会并肩作战，却根本没有来得及建立最基本的默契与信任，他们必须在这场最接近实战的演习中，彼此小心翼翼地接近，直至熟悉起来。

虽然苛刻得不近人情，但是这样的演习才最大化地接近实战，并把多国联合作战中，可能出现的沟通障碍以及信任危机展现得淋漓尽致。

十分钟后，刘招弟率先赶回，给中国特种部队带来了第一手情报资料。

面对越来越猖獗，已经席卷全世界的恐怖组织袭击平民事件，亚洲各国加强了对恐怖组织的打击力度，活跃在北高加索地区（车臣）、中亚（塔利班）、中国西北部欧亚大陆中心（东突）的激进恐怖组织以互联网为平台，试图和亚洲以外的恐怖组织相勾结，制造连续恐怖袭击，用来彰显他们的意志和活跃，吸引更多年轻人加入他们的恐怖组织。

一批活跃在世界各地，身经百战，训练有素，而且得到中东资金支持的国际恐怖分子已经利用游客身份进入亚洲，并重新集结。这批国际恐怖分子中有从特种部队中退伍，为了金钱重新拿起了枪的雇佣兵；有曾经和苏联打了九年战争，又和美国特种部队打了三年战争，现在依然活跃在世界各地的阿富汗游击队老兵；更有拥有坚定信仰的武装宗教狂热分子！

直至此时，演习要面对的敌人，才终于浮出水面。

“踏燕特战小队”成员初生牛犊不畏虎，大都把刘招弟讲的这些内容当成了演习战场上，如背景墙般的设置，一个个脸上表情依然保持了轻松，燕破岳却已经是听得眼角连跳，多年来一直陪在燕破岳身边，担任“狈”之角色的萧云杰，更是忍不住倒吸了一口凉气。

能给阿尔法、阿雷斯特这些特种部队做对手的角色，当然绝不简单。

那些活跃在世界各地，敢和恐怖分子打交道，火中取栗般赚取钞票的雇佣兵，很可能就是在国际领域被称为“清道夫”的特殊群体，专门为政府处理无法见光的地下行动，和全世界各种明的、暗的、合法的、非法的组织，都建立了千丝万缕的联系。像他们这样的人，随便拎出一个，都是渗透、谍报、破坏、暗杀、宣传、恐怖袭击方面的专家级人物。他们这样的人，与其说是特种部队，倒不如说是一群擅长背后捅刀子、搞破坏的职业特工。

阿富汗游击队老兵是支撑起基地组织的中坚力量，也就是因为有这样一批身经百战，而且意志坚定，就算是面对美国特种部队，都能针锋相对缠斗不休的游击队老兵，本·拉登才能在阿富汗北部山区顺利逃脱。这些老兵没有接受过特种训练，但是他们不断和世界顶级军事强国交锋，他们在无数血与火的磨砺中学会了保护自己，具备了比特种部队更坚韧的生命力。如果说一般的部队，损伤超过三成就会产生混乱；损伤超过七成就会彻底失去战斗力，但这些阿富汗游击队的老兵，却真的可能战到最后一兵一卒。

至于那些拥有坚定信仰的武装宗教狂热分子，他们对信仰的狂热，让他们在战场上随时会处于一种疯狂亢奋状态。谁也不知这些狂热分子什么时候就会猛扑过来，在连中几弹的情况下，依然可以向前猛扑，直至引爆身上背的高爆炸药。

这三种不同风格，但是都绝对不容小觑的群体糅合在一起，组成了国际恐怖分子，这样他们的战术更加诡异多变、难以捉摸，更可怕的是，你根本不知道自己正在交手的敌人，究竟是绰号“清道夫”，最擅长暗杀破坏的职业特工，是实战经验能用天文数字来形容，战斗意志坚韧到无懈可击的游击队老兵，还是只要让他们找到机会，一边哇哇狂叫，一边直接拉燃了身上背的高爆炸药，不顾一切猛扑过来，把自己当成了最有效攻击手段的宗教狂热分子！

也许有人会说，这只是演习，演习主办方根本不可能把雇佣兵、游击队、宗教狂热分子一起请来，担任他们演习中的对手，这只是一种假设罢了，但是从演习开始到现在的种种迹象上来看，如果他们敢忽视主办方公布的资料，一定会付出难以承受的代价！

又过了十分钟，许阳给中国特种部队带回了更加细致的情报资料。

“在十二分钟前，恐怖分子兵分两路同时行动，武装劫持了两架载有乘客的客机，经情报部门证实，他们就是以游客身份，化整为零进入亚洲地区，又重新集结，并得到车臣反政府武装力量支持的国际恐怖分子。现在谈判专家正在和劫机恐怖分子进行对话，但是对方态度强硬，谈判进展并不顺利。同时情报部门发现，车臣、塔利班游击队正在边境线一带集结，很有可能会在地面实施恐怖袭击，用来支援已经成功劫持两架客机的国际恐怖分子，转移多国联合指挥中心注意力。”

“恐怖分子”方面的攻击，如潮水般扑来，纵然心里清楚地知道这只是一场反恐演习，燕破岳依然隐隐嗅到了一股压抑的杀气。制定这场军事演习的人，不是一个疯子，就是一个天才。

在后面的半个小时待命时间里，各种情报不断送来。

和劫机恐怖分子的谈判已经陷入僵局，对方根本没有和平解决劫机事件的打算。如果燕破岳没有猜错的话，这批劫机犯以宗教狂热分子居多，他们最擅长的就是对目标发动自杀式攻击，就算他们准备重现“九·一一事件”中恐怖分子劫机撞击世贸大楼的“壮举”，也绝不稀奇。

和这种人谈判，根本没有任何意义。

两架俄罗斯苏-27战斗机已经紧急起飞，他们的任务是想办法将客机逼降，如果实在不行，在客机进入人口稠密区造成更大伤害之前，直接开火将客机击落。

俄罗斯特种摩步连已经得到指挥部命令，全速赶往恐怖分子集结区域，如果要和数以百计的恐怖分子打地面歼灭战，这批装备了装甲车在内的重型武器，以连为单位执行作战任务的特种摩步连，无疑是最佳选择。

在三十五分钟后，阿雷斯特反恐特种部队也紧急出动，他们的任务是在当地边防军和警察的协助下，卡住恐怖分子在地面集结后的必经之路，并对恐怖分子实施攻击。指挥部给他们下达的命令是，全力攻击，格杀勿论！

阿尔法特种部队老兵接受的任务，则是重中之重。一旦战斗机成功将客机迫降，他们就将肩负起对客机发起突袭，营救人质的军事行动。当然了，这既然是演习，又专门选择了军用机场为集结点，苏-27战斗机无论如何也会至少迫降其中一架客机，让阿尔法特种部队有用武之地。

国际恐怖分子劫持的飞机正在天空和俄罗斯空军对峙，车臣在活动，塔利班在活动，就连中国境内，都有恐怖分子在集结……

感受着大战将至的压抑，属于最精锐职业军人的热血已经在血管中沸腾翻滚，眼看着一支支参演部队都行动起来，中国特种部队却迟迟没有接到作战命令，当许阳再次赶来向他们传达情报时，燕破岳询问：“队长，我们干什么？”

“待命，等待下一步指令！”

留下这句话，许阳匆匆离开了，燕破岳看看三支整装待命的中国特种部队，再看看站在他们左侧，显得有些孤零零的吉尔吉斯斯坦毒蝎特战小队，他慢慢握紧了拳头。就连一向和燕破岳不对付，燕破岳高兴他就不高兴，燕破岳失落他就开怀的裴踏燕，也发出了一声不满的轻哼。

那些由各个国家军队高层组成的指挥小组成员，并不是有心想要冷落中国特种部队，让他们感到难堪。在演习开始后，面对如潮水般涌上来的各种情报，以及到处开花随时会在各个位置爆发的战斗，参演指挥部队的指挥官和他们的参谋们必须让大脑全速转动，一边处理各种情报，一边在这种忙碌中彼此磨合，更要在最短的时间内完成参演各国的协调统一。在这种每一个人大脑中都像开了一台火神炮般不断扫射的情况下，他们根本没有时间，也没有精力，再去考虑哪一支特种部队被冷落，哪一支特种部队受到难堪之类的细节。

他们必须在第一时间做出各种反应和指令，在这种最激烈、最要命的时候，他们会直觉地选择自己熟悉的最强大、最值得信任的部队，并把这些部队派到最危险、最需要强者镇守的位置！

至于中国特种部队，他们也许真的很强，但是对不起，中国特种部队从来没有成建制出现在国际舞台上。他们的训练强度，他们的实战经验，他们的人员结构，他们的撒手锏，诸如此类，对参演其他国家的指挥官来说，都是一个谜团。在这种情况下，中国特种部队，连带那支由吉尔吉斯斯坦精心打造，但是无论怎么看，等级差距都过于悬殊的毒蝎特战小队，就自然而然被指挥官们忽略了。

……

这些，燕破岳能够想得明白，燕破岳也必须承认，用俄罗斯特种摩步连去打歼灭战，用阿雷斯特去打伏击战，用阿尔法去登机营救人质，都是因材施用，将这些部队最擅长的领域应用起来，但是明明站在这里，热血已经被点燃，却成了路人甲的感觉，真不好受！

或者，这也是设计这场演习的人隐藏的另外一层深意，让坐冷板凳的特种部队可以知耻而后勇？

不管燕破岳他们这批中国特种兵心中有什么想法，多国联合指挥部经过近一个小时磨合，终于在高强度压力下以相应的高速运转起来。

一个个命令，从指挥部不断传达出去。五个国家联合反恐，当然不是用区区几百号特种部队那么简单。在演习开始的同时，更加庞大的部队在参演各国境内整装待发，这些部队有数量更加庞大的特种部队，有普通陆军，有空军，有警察部队。指挥部一旦发现恐怖分子活动迹象，各个国家的指挥官就会立刻遥控指挥，让驻守待命的部队活动起来，对恐怖分子形成包夹态势，让恐怖分子再也不能像原来那样，总是靠越过边境线来逃避军队围剿。

至于集结到参演现场的特种部队，就是指挥部手中可以直接动用的机动力量，也是他们精心布置立体式网络之后，用来化解突发事件，以及对恐怖分子发起致命攻击的利刃。

许阳再次匆匆跑过来，他手中拿着一份图纸："恐怖分子劫持的是经过改装的安-26客机，这是客机的内部构造图。你们立刻熟悉，准备配合阿尔法部队，对可能迫降的客机展开人质营救行动。"

虽然只是一个打酱油的小弟角色，但总好过站在一边发愣，燕破岳大踏步走过去，在裴踏燕做出反应之前，就用抢的方法，从许阳手中接过了那份图纸。

看到这一幕，裴踏燕嘴角一挑，脸上露出一个不以为意的表情。

展开图纸，看着飞机内部构造图上标注的细细密密的数据和文字，燕破岳不由得愣住了，这竟然是一张用俄文标注的构造图，他一个字也不认识。

许阳解释道："演习前期，所有项目都处于保密状态，就连俄罗斯也不知道，他们制造的安-26客机会被劫持。他们现在手中只有俄文标注的图纸，如果等英文图纸，至少需要再等四十五分钟。"

现代战场上，形势瞬息万变，一分钟都可能出现足以扭转整个战局的突发事件，更何况是四十五分钟？

如果再等四十五分钟，也许被劫持的安-26客机已经被迫降，他们还没有拿到英文翻译的图纸。到了那个时候，他们又接到了配合阿尔法，对客机内被劫持人质实施营救行动的命令，他们必然会贻误战机。

慢慢吐出肺叶中一口长气，燕破岳低声道："请转告指挥部，这个任务我们无法胜任，对不起。"

燕破岳从来都不是一个轻易认输的人，但是面对随时可能会展开的人质营救战，捏着手中这样一张他们根本看不懂文字的飞机内部结构图纸，他不敢用猜测的方式去解读上面的内容。一旦在营救行动中，因为他们的不负责任，让人质出现伤亡，他们就是间接凶手！

第一次参加联合军事演习，接到第一个作战任务，就以无法胜任为结局，这必然会让中国特种部队在后面的演习中受到更多冷遇。只有身临其境，才会明白燕破岳说的"对不起"三个字分量有多重，重得就连他的声音都微微轻颤起来。

手中的图纸被裴踏燕接了过去，裴踏燕扫了一眼上面的文字，淡然道："什么时候，你燕破岳能够代表所有人了？请记住，下次再当众认屃时，要告诉别人，是你不行，而不是我们不行。"

无论和裴踏燕之间有多少矛盾，无论被裴踏燕借机踩了一下，原本应该有多郁闷，在这个时候燕破岳的眼睛就像是刚刚通电的两百瓦大灯泡，贼亮贼亮的，他盯着裴踏燕："你行？"

裴踏燕没有理会燕破岳的询问，他一挥手，"踏燕特战小队"成员就围上去，把燕破岳挤到了外面。看到燕破岳赖在一边，似乎想要偷听，裴踏燕什么也没有说，只是站起来一挥手，带着"踏燕特战小队"向左侧挪动了三十米，把燕破岳彻底晾在了原地。

确定燕破岳就算是长着一双顺风耳，也不可能再听到自己的声音，裴踏燕开始给小队成员讲解图纸上标写的数据资料：“这是一架苏联安东诺夫设计的安-26B改进型中短客机。它的机长二十三点八米，翼展二十九点二米，机高八点五米，有一个空勤人员舱门，舱门高一点四米，宽零点六米；还有一个货舱专用地板门……”

读到这里，裴踏燕的声音中透出一丝迟疑，一架客用飞机竟然还有装货用的地板门，这似乎有些多余，他可能在人群中又仔细看了一遍图纸上的标注文字，才继续读道：“货舱地板长十一点五米，货舱宽度为二点四米，货舱最大高度为一点九一米……”

燕破岳突然向“踏燕特战小队”聚拢的方向挪动了几步，得到队员报告的裴踏燕立刻停止解读，十六名“踏燕特战小队”成员一起警惕地瞪着燕破岳，让燕破岳品尝了一下万夫所视、无疾而终的滋味，燕破岳一脸坦然，似乎在观览风景，四下打量了一番，又悻悻然地退了回去。

“这架客机的机组人员为五人，满载状态可以乘坐五十名乘客。”

裴踏燕刚说了两句，警报声再起，赫然是燕破岳又厚着脸皮向他们走近了几步。裴踏燕霍然站起，直视着燕破岳，燕破岳这个连份俄文图纸都读不了，只能当场认屄的指挥官，讪讪一笑，又退了回去。

如此翻来覆去，前前退退，裴踏燕将整个图纸解说完毕，燕破岳硬是用这种方法来回骚扰了十一次！看到所有“踏燕特战小队”的人对自己怒目而视，燕破岳却满不在乎地一耸肩膀走了回去，走进“始皇特战小队”当中，燕破岳低声问道：“怎么样？”

萧云杰对着燕破岳比画出一个“V”字形手势，将一个微型录音机——悄悄塞进燕破岳的手中。燕破岳按下播放键，里面传出来的，赫然就是裴踏燕对

“踏燕特战小队”解说图纸时的声音。

燕破岳背对“踏燕特战小队”，对着自己的狗头军师竖起了一根大拇指。既然裴踏燕那小子想吃独食，萧云杰立刻行动起来，在“踏燕特战小队”中选择了一个看起来长得最傻，笑起来最二，九成九是读书读成了书呆子，带着两名队员走上去，扯了几句“今天天气不错”什么的，趁机就把一个微型窃听器塞进了对方的携行具里，然后打着哈哈微笑着离开，弄得那名新兵莫名其妙。

回头看了一眼“踏燕特战小队”，燕破岳一挥手，带着他的“始皇特战小队”又向右翼挪了几十步，让双方之间的距离已经接近一百米大关。

“我对安-26不太熟悉，但是安-26是安-24的替代型，而我们国家的运七，就是以安-24为蓝本设计制造。”

燕破岳在地面上摊开一张白色图纸，他拿着铅笔随手勾勒，一幅安-26运输机的草图在他笔下迅速成型，这是身为一名特种部队指挥官必备的职业特质。

“安-26设计之初，是标准的军用货运机，但是大家都了解老苏的禀性，他们一向提倡军工产品‘简单就是美’，就像日本人为了节省钢铁，恨不得把坦克发动机都做成塑料的一样，老苏恨不得他们生产的任何一个重要零件，都可以在坦克、装甲车、汽车、摩托车、航空母舰上彻底通用。那么在设计货运机的内部环境时，创造足够的开放性，这架货运机就可以轻易改装成客机、救护机，或者伞兵运输机。”

燕破岳的话，听得一群老兵连连点头。

“大家应该也感觉出来了，这次联合军事演习，肯定有高人在背后支招儿，这一出手就是遍地开花，逼得每一个人都喘不过气来。像这样的人，无论做什么都会暗藏陷阱，否则的话又怎么能展现出其智若妖？”

说到这里，燕破岳伸手轻点着安-26客机尾部那个能够放置三个集装箱的仓储区，断然道：“我们要面对的飞机，可能是客机，可能是运输机，也可能是伞兵部队专用空投机，就算它三者兼备，也没有什么好奇怪的。设计演习规则的人，必然会在这里设计陷阱，让我们这些心高气傲的特种部队吃上当头一棒！”

在近百米外，裴踏燕脸色淡漠，在他身边，有两台用三脚架支撑的照相机，还有一台笔记本和其中一部照相机连接在一起。裴踏燕当然不会告诉躲在一百米外的“始皇特战小队”，他们正在使用的是一台“激光监听器”。那个外形和照相机有几分相像的仪器，可以发射780纳米的激光，这种光束凭人的肉眼无法看到，要把它直接投放到玻璃上。如果玻璃附近有人说话，声波使得玻璃产生极轻微震荡，反射回来的激光就会产生波段变化，由第二台仪器负责接收，再用笔记本里编写的相应软件把声音还原。

燕破岳这种土鳖，学英语都得从初中开始补，当然不懂如此先进的窃听设备，在机场里又到处都是军用卡车之类的车辆，有车当然就有玻璃，让“踏燕特战小队”携带的激光监听器有了用武之地。

一方是够卑鄙无耻、手段下流，另一方是掌握了先进科技，两支教导小队在参加异国他乡的军事演习当中，还没有群策群力，就先彼此暗算了一把。燕破岳从裴踏燕那里获得了第一手情报资料，解决了他无法读懂俄语的困境；裴踏燕又反手从燕破岳那里获得了第二手资料，解决了他们入伍时间太短，还欠缺足够的实战经验，尤其是欠缺一名指挥官经验的短板。

两名指挥官斗得旗鼓相当，他们全力提防对方，却没有防旁边的眼睛和他们一起来参加演习的“天狼”城市反恐特种部队，以及“箭虎”武警特勤分队，两名指挥官几乎看傻了眼睛。

“箭虎”武警特勤分队指挥官，主动走到“天狼”反恐特种部队指挥官面前，低声道：“他们不是来自同一支部队吗，怎么我觉得这恐怖分子还没有出现，他们自己就先要打起来了？”

“一山不能容二虎，除非一公和一母。”

“天狼”反恐特种部队指挥官幽默细胞竟然还不错，他轻耸着肩膀，哂然道：“这两位队长，尔虞我诈斗得精彩，如果不是和他们同一队，我都要鼓掌喝彩了。除非他们能迅速决出雌雄，否则的话，这场演习当中，咱们中国参演部队可真有乐子瞧了。”

“箭虎”武警特勤分队指挥官脸上的焦虑更加浓重起来。

第三十九章 - **虚幻与真实的融合**

“两架被恐怖分子劫持的客机，其中一架被俄罗斯空军战斗机进行战术压制，十五分钟后将会在机场降落；另一架客机，在逃进中国领空过程中，因为发动机受损而在原始丛林中强行迫降，伤亡数量未明，但根据侦测，客机迫降位置并没有出现爆炸或者火灾。”

听到这个最新的情报，燕破岳和萧云杰对视了一眼，现在他们用脚指头想也能知道，原来这场联合反恐军事演习，哈萨克斯坦只是其中一站，还有一场规模可能更浩大的反恐作战，会直接在中国的领土上打响。

但是他们已经没有时间再去思考联合反恐军事演习的第二步骤，就是在所有人翘首以盼中，一架安-26B改进型民航客机在两架俄罗斯苏-27战斗机的压迫下，在军用机场跑道上降落了。

安-26民航客机还没有在机场跑道上停稳，从远方就传来了惊天动地的火炮射击声。这是俄罗斯特种摩步连在哈萨克斯坦整整一个摩步营的协同下，和快速赶来的地面恐怖分子部队展开交火，三台“冰雹”式四十管火箭发射车对着恐怖分子组成的部队，一口气就狂轰过去一百二十发122毫米口径火箭弹。火箭弹带着“嗖嗖”的呼啸声，在空中拉出一百二十条美丽而危险的尾线，对着恐怖分子劈头盖脸地砸下去，整片大山与丛林在瞬间就被铁与火形成的最纯粹杀戮所覆盖。

这种不管你有多少人，先用火箭弹劈头盖脸一阵狂轰滥炸，炸不死你，也要炸残你，炸不残你，光爆炸形成的冲击波也要震蒙你，让你在短时间内无法恢复战斗力的火力至上覆盖战术，正是俄罗斯在经历了车臣战争后，总结出来的最优秀战术之一。

面对这样密集的火炮轰击，不管你是特种兵、宗教狂热分子，还是身经百战的游击队，或者是最擅长隐伏和暗杀的狙击手，最终的结果都不会有任何分别。

在一百二十发火箭炮轰击结束后，硝烟还在空中翻滚，地面被炸出的弹坑还带着被烧灼的高温。一个俄罗斯特种摩步连，外加一个哈萨克斯坦摩步营，就以装甲车和坦克相配合，对着恐怖分子阵地展开了正面突击。

还没有和联合军交手，就被炸得溃不成军的恐怖分子，面对装甲车和坦克组成的钢铁洪流，他们根本没有办法做出任何有效抵抗，只能不顾一切地往身后的丛林逃窜。但是他们身后丛林中，却传来了自动步枪混合着班用轻机枪一起点射形成的枪声，这是哈萨克斯坦空降突击旅派出的精锐特种部队，用机降的方式提前封锁了恐怖分子的退路。

俄罗斯特种摩步连和哈萨克斯坦军队联手，以零伤亡的代价，将一支超过二百人的恐怖分子军队彻底全歼。

整个军用机场已经进行了无电线屏蔽，劫持客机的恐怖分子无法再和外界取得联络，但是只要听到那一百二十发火箭弹惊天动地的轰鸣声，劫持客机的恐怖分子如果再不知道自己的地面援军已经被彻底击溃，他们就是天字第一号笨蛋蠢材猪小弟！

地面援军已经没有指望，劫持客机的恐怖分子保持了沉默。就在客机终于在跑道上停稳的同时，已经接到作战指令的吉尔吉斯斯坦毒蝎特种部队行动迅速敏捷，他们两人为一组抬着铁丝网之类障碍物，将跑道封锁，让这架客机再也没有了强行起飞的可能。

没有了援军也失去了退路，只能困守孤城，眼前的一切让劫机的恐怖分子明显慌乱起来，在每一扇舷窗上，都多了一张被人按到上面的脸。如果仔细看的话就能发现，在那些乘客因为过度恐怖而扭曲起来的面容斜上方，还有一支冷冰冰的黑色枪管。

用手中的望远镜，仔细观察着这架已经被困在跑道中再也无法挪动的客机，燕破岳可以清楚地看到，那一张张紧贴舷窗被挤压得变形，却依然表情鲜活的脸。他真的很好奇，这场演习找的乘客，难道都接受过演艺培训？

萧云杰在燕破岳身边开口了："情报上说，国际恐怖分子成员由雇佣兵、阿富汗游击队，还有宗教狂热分子组成。你觉得这架客机里的恐怖分子是哪一个群体？"

燕破岳不假思索地做出了回答："狂热分子！"

劫持飞机，无论是驾驶着飞机撞击建筑物，带着百倍于己的平民走向死亡，还是向政府施加压力，换取自己需要的东西，都需要直面死亡的决心。世界上任何国家，无论是民主的还是专制的，都不会向恐怖分子妥协。他们派出的任何一个谈判专家，都是在试图麻痹对方，给特种部队突袭创造机会。原因很简单，如果你今天为了一个人质向恐怖分子妥协，让他们得到了想要的东西，那么明天会有更多的平民被恐怖分子劫持，成为他们手中向政府施压的人质，迟早有一天，政府会因为无法承受恐怖分子越来越索求无度的勒索，而让大失所望的恐怖分子对着平民扣动武器扳机。到了那个时候，死在恐怖分子手中的平民，就不会再是一个，而是一百个、一千个、一万个！

只要走进飞机劫持人质，就等于在死神记录簿上写下了自己的名字。那些为钱而卖命的雇佣兵不会做这样的傻事，那些身经百战的游击队队员也不会让自己进入这种必死的战场，只有那些把死亡视为进入天堂之路的宗教狂热分子，才会这么疯狂。

那么请问，根本无惧于死亡的宗教狂热分子，他们为什么会被苏-27战斗机在空中逼落，他们被特种部队包围，为什么表现得如此惊惶不安？

萧云杰眯起了双眼："事出反常必有妖，小心！"

作为营救人质主攻力量的阿尔法特种部队，已经开始向停泊在跑道上的客机接近。作为策应力量，中国特种部队应该从另外三个方向包抄，对整架客机形成合围姿态，对客机里的恐怖分子形成心理震慑效应。

从常规战术上来说，这样做并没有错，但是，如果他们面对的是一批就喜欢在身上背满炸弹拉着别人一起自爆的狂热分子，这样的心理震慑作用除了让对方更加疯狂兴奋之外，没有任何意义。

但是在这个时候，没有任何退缩的理由，燕破岳强压下心中的不安，一挥手带着"始皇特战小队"成员摆出作战队形，向客机包抄上去。就在这个时候，许阳匆匆跑过来，再次给他们带来了最新情报。

"我国境内恐怖组织开始大规模调动武装叛军，他们在半小时前，同时攻击了我国边境二十多个小型城镇，我军某装甲团赶赴支援时，遭遇武装叛军优势兵力伏击，现装甲团损失过半，已经失去突围能力，正在固守待援！"

燕破岳在这一刻当真是如听天书，好不容易听完这段最新"情报"，他脱口就是一句："扯淡！"

说句实在话，燕破岳还真没把中国境内的恐怖组织放在眼里，这帮孙子的领袖一开始屁颠颠地跑到阿富汗，向世界头号恐怖分子本·拉登效忠，并宣誓一切行动以基地组织马首是瞻。就是因为他们的效忠，得到了基地组织人力、物力方面的大力支援，可是“九·一一事件”一发生，美国对塔利班和基地组织展开了最猛烈反击，发现大事不好房子要倒，中国恐怖组织立刻和基地组织撇清关系，摆出了一个“我和他不熟”的姿态，摇身一变，又成为西方反华媒体口中的“民族自由斗士”。

这样的墙头草，哪边风大往哪边倒，能成什么气候?

可是在这场演习中，墙头草式的中国恐怖组织能组织军事力量，同时攻击中国边境二十多个小型城市也就算了，他们竟然还敢伏击中国军队，而且还是伏击一个装甲团！最扯淡的是，情报上还说了，他们是集结了优势兵力，已经把中国陆军某装甲团打得损失过半，甚至失去了独力突围的能力，只能固守待援!

他燕破岳是在听科幻小说还是在看科幻小说呢?

许阳一脸无奈：“情报上就是这么说的。”

萧云杰狠狠一拍巴掌：“我明白了！”

燕破岳和许阳一起扭头，盯着萧云杰，想听听这位狗头军师怎么解释这荒谬到了极点的情报。

“一九九九年，来自全世界四十多个国家的激进组织代表，在土耳其不是召开了一个什么激进组织联盟大会嘛。就是在大会上，所有代表确定了中国恐怖组织在中国要提什么‘武装夺取政权’，他们的计划是在十年时间内，组建一支人数在万人以上的正规军，在中国边境地区实施恐怖战、游击战，直至最后打阵地战，妄图做大！”

萧云杰越说越快，越说眼睛越亮：“这场军事演习，并不是以现有国际形势为背景，而是将恐怖组织所期望的最理想状态在演习中现实化，所以现在中国境内的恐怖分子，已经拥有了上万甚至几万正规军队，并在边境地区通过阵地战站稳了脚跟；而车臣方面，他们也和俄罗斯政府进入对峙阶段，甚至拥有了核武器；还有阿富汗游击队，他们也通过游击战逼迫美军从阿富汗撤退，重新在阿富汗建立了类似于塔利班的政权……”

这场演习猛地听起来就是一场闹剧，但是略一思索，燕破岳和萧云杰这样眼高于顶的人，都忍不住耸然动容。

敢这么设计、能这么设计的人，是一个对人性理解到极点的超级天才！

无论是平凡人、社会的精英，还是恐怖分子，他们在设计自己的人生道路时，大都会选择一步一个脚印，比如，目前一个月只能赚五百块钱，那就要努力想办法，让自己在下个月赚六百块，明年赚到一千块。不断给自己提高期望，让自己前方永远有一个目标，哪怕再卑微，也要不断前进。可是当有一天突然知道，自己竟然一下欠了一亿美元的外债，那么请问，一个月是赚五百还是六百，抑或是一千，又有什么区别？

失去了希望，就会让人失去动力。

同样的道理，中国的恐怖组织的期望已经摆得很清楚，先打恐怖袭击战，再打游击战，最后是正规军的阵地战，用武装力量强迫中国政府同意他们独立。

设计这场演习的人，索性就跳过前面的恐怖袭击和游击战，让中国的恐怖组织拥有了数万大军，甚至有实力去伏击中国陆军精锐装甲团，并把这个精锐装甲团直接打残。

这场演习，不但是在磨炼中国和周边国家联手反恐作战的能力，更在向恐怖分子示范他们在最理想状态下，和各国军队交锋的状态。如果在这种自身实力处于最理想也是最完美的状态下，又得到世界恐怖分子支援，依然被多国部队联手击败，这将对亚洲地区的恐怖组织，造成致命重创。而这种重创程度，比起上面举的例子，有过之而无不及！

不打击现在的恐怖分子信念，而是对他们所憧憬的未来进行重击，让他们发现无论怎么努力，到头来他们在军事领域的努力，都只是镜花水月，这种绝望和迷茫，将会对这个太注重信仰和希望的群体产生无可预估的影响。

最起码，也能让中国恐怖组织放弃继续采购军火组建“正规军”，和中国军队在战场上一较长短的白日梦。

“车臣反击，阿富汗游击队重新建国，中国境内恐怖组织打阵地战……”

燕破岳在嘴里念着这些情报，他突然面色一变，狂喝了一声：“不好，‘始皇’跟我来！！！”

在许阳反应过来以前，燕破岳已经向着演习联合指挥部猛扑过去，和燕破岳早已经配合默契到骨子里的“始皇特战小队”全员，包括萧云杰，几乎是本能地立刻紧跟在燕破岳身后，守在指挥部帐篷前的几名士兵，看着带着十六人编制特战小队，杀气腾腾猛扑过来的燕破岳，再看看燕破岳军装上，那代表他们是“自己人”的标志，还在犹豫着要不要抬枪制止，燕破岳就已经突破他们的封锁，直闯进指挥中心帐篷内。

临时指挥中心内五个国家的高级指挥官聚集在一起，在他们的身边还跟着一名翻译，几十名作战参谋，不断在指挥中心内快速移动，十几台军用计算机摆成一排，屏幕上显示的内容，有军事卫星拍摄到的监控图，有侦察机在高空拍摄的高清相片，也有地面部队拍摄到的录像画面，再加上各地传送回的数字情报，形成了一个每分钟都有上百条信息的巨大信息网。

虽然这只是一场已经超出现实国际背景的联合反恐军事演习，但是对于这些不会亲自上战场，只需要在指挥室里下达一个个作战指令的指挥官来说，这就是一场真正的战争！最重要的是，设计这场演习的人，已经利用潮水般的攻势，还有最恶劣的反恐战争“现状”，成功激发出每一个指挥官的斗志，让他们彻底认真起来。

在这一片忙碌中，甚至没有多少人注意到燕破岳闯进临时指挥部，临近帐篷大门位置的一名军官转过头，对着燕破岳说了些什么，但是对不起，燕破岳的英语是勉强考了六十分，真让他用英语进行口语交流，那还差得远，更何况这个很可能是作战参谋的军官，他说的也不是英语。

燕破岳也不废话，举起手中的自动步枪猛地扣动扳机，清脆的枪声在帐篷中反复回荡，燕破岳在瞬间就让自己成为这个临时指挥中心最耀眼、最不容忽视的存在。

“燕破岳，你小子要干什么？”

临时指挥中心传来大队长秦锋愤怒的吼声，燕破岳根本没有时间解释，他用力一挥手，张开嘴巴想要说什么，却猛地卡了壳，“你们被我俘虏了，缴枪不杀”这句话用英语咋说来着？瞪了好几下眼睛，燕破岳还是放弃了扯上两句英语装文化高的想法，猛地一挥手，放声喝道：“全部带走！”

临时指挥室里乱成一团，来参加这场联合军事演习，又有资格进入这座帐篷的军官，哪一个不是秦锋这种级别甚至是更高的指挥官？如果不是燕破岳先拿着自动步枪扫了一梭子，又有谁有心情在这种时候多看他一眼？

“始皇特战小队”把这些指挥官往外请的时候，遭遇到了预料中的反抗。有一名军官瞪圆了眼睛，指手画脚，脸色涨红，不知道对“始皇特战小队”士兵说些什么，虽然语言不通，但是这名军官的肩章清楚地说明，他是一名和秦锋同级别的正师级大校，这种能够指挥上万部队的军官，就算是另一个国家的军官，对士兵来说都有一种近乎本能的震慑气场，再加上这名军官态度激动，已经开始放声怒吼，那名“始皇特战小队”队员竟然束手无策起来。

燕破岳手一伸将老兵拨开，他倒转手中的自动步枪，一枪托就狠狠砸下。

“啪！”

整个临时指挥中心，都陷入了死一样的沉静。所有人都盯着被燕破岳一枪托砸到头部的那名军官，燕破岳这一枪托绝对不是摆摆样子，鲜血从那名军官的额头上渗了下来，而且是越淌越快，转眼间就染红了军官那张因为过度惊愕，已经呆滞起来的脸庞。

看到这一幕，就连刘招弟都有些发慌了。燕破岳充其量就是一个上尉，一个上尉在演习时冲进指挥中心，用枪托砸伤了一名大校，他会受到什么惩罚？更何况这还是多国联合演习，燕破岳砸伤的是其他国家的军官！

你要想验证一下这两者的区别也很简单，先和同胞打一架，就算一起扭着进入派出所，顶多也是批评教育一下，就让你们自己滚蛋，但是如果跑出去揍了一个外宾，嘿嘿……你懂的。

燕破岳却丝毫没有闯下弥天大祸的自觉，他再次用力一挥手臂，放声喝道："还愣着干什么，立刻全部带走！"

临时指挥中心外传来了响成一片的急剧刹车声，几辆军用卡车停到了帐篷外，坐在第一辆车驾驶席上的人，赫然就是裴踏燕。

一阵激烈的枪声从不远处传来，燕破岳掉转目光，就看到了他这一辈子最荒诞的一幕：大名鼎鼎，建立无数功勋，就算是面对美国海豹突击队都能正面一战，而且鹿死谁手犹未可知的阿尔法特种部队退伍老兵，他们抱头鼠窜，一直以阿尔法马首是瞻的吉尔吉斯斯坦特种部队毒蝎紧跟其后，在他们的后面，二十多名充其量就是杂牌军水准的恐怖分子，竟然从安-26客机上冲了下来，手里拎着AK自动步枪紧追不舍。看他们的架势，颇有一种不把阿尔法部队退役老兵彻底全歼，就绝不罢休的嚣张放肆。

一个逃一个打，这场足以让任何一名军事爱好者跌碎眼镜的追逐战，最终以阿尔法部队老兵带着毒蝎登上几辆军用卡车和吉普车逃之夭夭结束。在这场追逐战过程中，一边抱头鼠窜，一边时不时回头开上几枪的阿尔法无一伤亡，杀气腾腾追得气盖云天的恐怖分子，被阿尔法情急拼命打死将近一半。但是不管怎么说，赢的是恐怖分子，跑的是阿尔法部队退役又拿起枪的老兵！

上尉拿着枪托敢砸大校的脑袋，阿尔法特种部队老兵带着另一支特种部队，被区区二十几号杂牌恐怖分子追杀得一路逃出机场，眼前的一切已经彻底颠覆了“始皇”特种兵们的价值观，旋即他们就看到了更加颠覆的一幕……

裴踏燕一探身子，打开副驾驶席旁边的车门，对着燕破岳放声狂吼：“都上车！”

而他们的副队长燕破岳，一个箭步就直冲上汽车，恬不知耻地坐到了裴踏燕旁边。有了自家副队长的表率，一群已经隐隐明白事情不对的“始皇特战小队”士兵，带着指挥部所有军官迅速登上汽车。

“嗒嗒嗒……”

枪声响起，两名“箭虎”特勤分队的武警身上的发烟包冒出了红色烟雾。赫然是恐怖分子在打跑阿尔法之后，又掉转枪口对着中国特种部队打了过来，“始皇特战小队”“踏燕特战小队”“箭虎”特勤分队、“天狼”特种部队，加起来有近一百号人，面对十几名恐怖分子的追杀，几名司机狠狠一踩油门，以比阿尔法更加狼狈、更加急促的速度逃出了机场。

在军用卡车的车厢里，秦锋摇着头，将一块白手帕递给了额头上还流着血的那名大校，不管怎么生气，他也是燕破岳的直属上级，他要想办法缓解燕破岳冒失行为造成的恶劣影响，哪怕只能挽回一点点，至少也能让那小子将来受到的处罚轻一点。

大校没有接秦锋递到面前的手帕，他从勤务兵手中拿过水壶，直接用里面的水浇到了额头的伤口上。一股浓郁的酒香随之在车厢中回荡，那只水壶里盛的，赫然是一壶正宗的伏特加烈酒。用烈酒清洗额头上绽开的伤口，这其中的滋味绝不好受，大校却面不改色，把伤口清洗完毕后，他一仰脖子，往嘴里狠狠灌了两大口，将战斗民族的剽悍本性展现得淋漓尽致。

把水壶抛还给勤务兵，大校对着秦锋竖起了一根大拇指，用生硬的中文道："你，的兵，棒狠！他不止，意志，军人，有，还……"

说得词不达意，大校有些恼怒起来，他站起来在车厢里四下巡视了一番，还真让他找到了双方的翻译，大校和秦锋的交流终于变得顺畅起来。

"我以前常听人说，你们中国人，讲究没有过错，就是功劳，所以你们中国人，遇到危险时，明明人人都知道应该怎么做，却谁也不肯先站出来，都想着别人带头，自己再跟着应和。你们还把这种缺乏进取精神和担当意识的行为，叫作忍一段时间，就风没了，浪也小了，往后退一退，就大海啊、蓝天啊，都开阔了。"

这名大校对中文的理解，只能说是皮毛，经过翻译之口，词汇更是诡异得近乎滑稽，但是他的脸色却严肃而认真："真正接触了，我才知道，我太小看中国人，也太小看中国军人了。你的那个部下，不但有优秀的头脑和敏锐直觉，更拥有一个优秀战地指挥官必须具备的决断和担当，他真的很棒！"

秦锋微笑起来，面前这位来自俄罗斯的军官，极度严寒的环境、高度数的烈酒，他也许永远也学不会中国人的弯弯绕绕式的灵巧心思，但就是他们这种粗犷的坦率和对强者的尊重，支撑起了他们号称"北极熊"的强大身躯。

"你觉得有多少可能性？"

秦锋问得没头没尾，但是大校却能听懂他的问题，大校沉默了一下："五成，不，至少六成！"

能让阿尔法特种部队被二十几个恐怖分子打得抱头鼠窜，中国特种部队端了临时指挥部后掉头就跑的原因，就是他们认为在那架安-26客运机上，可能搭载了一枚处于倒计时状态，一旦爆炸，就会把整个机场彻底端掉的核弹头！

乌克兰在一九九二年至一九九七年期间，向俄罗斯移交核弹头，最终确定有二百五十枚核弹头神秘失踪，现在都不知去向。有关专家认为，这批核弹头很可能被国际军火商倒卖出去，甚至可能卖给了国际恐怖分子。

既然在中国境内的恐怖组织都已经积攒了一些“正规军”，通过阵地战和中国部队打得旗鼓相当，甚至正在伏击一个中国精锐装甲团，已经有了将这个装甲团全歼的可能，那么车臣恐怖分子通过乌克兰军火商弄上一颗核弹头，并把它交到了宗教狂热分子手中，再故意让飞机被俄罗斯战斗迫降到演习联合指挥部所在机场，用超级自爆的方式对联合指挥部进行一次覆盖性打击，自然也就没有什么不可能的。

“难怪演习设定，要恐怖分子劫持老式安-26客机。”

大校双手比画出一个水缸般的宽度：“散落到外面的核弹头，都是一千到一万吨当量的战术级，这样的武器大概有两百公斤，这些核弹头年久失修，倒计时启爆装置早已经失效，就算那些恐怖组织网罗到优秀科学家，重新制造了激活装置，尺寸也会变得相当惊人。”

说到这里，大校双臂夸张地张开到最大幅度：“想要将核辐射彻底屏蔽，避开核辐射侦测，他们唯一的选择，就是提前对核弹头进行倒计时启爆，将核弹连带启爆装置一起装进特制的铅筒里，再用水泥浇铸密封。据我估计，这样一根水泥柱，最起码也得一米多粗，将近两米长，再加上必要的外部伪装，它的重量更是绝对惊人。”

秦锋思索着点头，这样一件超大超重型货物，一般来说只能用货运机来输送，但是劫持运输机，会有诸多麻烦，第一个麻烦，就是除非恐怖分子混进机组，否则无法登机，更无法保证作战人员数量；第二个麻烦，如果飞机上没有足够的人质，让空军战斗机投鼠忌器，很可能还没有飞抵目的地，就会被空军战机直接击落。

也只有同时具备客运和货运双重功能的安-26，才能胜任这份工作。

从诸多情报上分析，那架“被迫”降落到机场的安-26客机，至少有六成可能，携带了战术核弹头，试图用超级自爆，将多国联合指挥中心连带军用机场一起摧毁。发现特种部队开始撤退，二十多名恐怖分子主动离开客机展开追杀，这种绝对反常的行径，让飞机中携带了核弹头的概率，又增加了二十个百分点！

用水泥将核弹头密封，不但阻止了核辐射泄漏，更让核弹头外面披上了一层厚厚的物理防护装甲，用常规武器很难直接摧毁，也没有了通过手动输入，让战术核弹头爆炸倒计时终止的可能。

在这种情况下，唯一的选择就是逃跑，用最快的速度不顾一切地向外逃跑。

不要以为恐怖分子就一定会窝在建筑物或者交通工具里，等着你去打，不要以为恐怖分子自爆，只会在身上穿一件填满土炸药的马甲。这些可以毫不犹豫对着平民扣动自动步枪扳机，可以背着炸药包，唱着心中无悔战歌发起自杀式冲锋的狂热分子，《日内瓦公约》在他们眼里纯属扯淡，什么人类的同情与正义，什么怜悯与温柔，更是可以用一句“征服异教徒”直接践踏到脚下，国与国的战争中，不敢使用，不能使用，不屑使用的战术，只要好使，他们都能直接拿来就用，而且不会有任何心理负担，因为他们无论做什么，都是在为建造他们的天朝王国而努力，他们杀得越多，杀得越狠，他们在另一个世界中重生后，得到的神的恩赐与宠爱就会越多！

这是一群被宗教彻底洗脑，已经忘记了自己还是一个“人”的疯子，而且还理直气壮地认为，自己在做着足够伟大的事情。面对这样一群偏执狂，唯一的选择，就是不断打击他们，重创他们，让他们永远没有变得强大起来的那一天！如果真的不幸，让他们变得强大起来，甚至有了和军队正面抗衡的实力，那就必须把他们当成这个世界上最危险的敌人！

在车队第一辆军用卡车的驾驶室里，坐在副驾驶席上的燕破岳，突然将一把格斗军刀搭到了裴踏燕的脖子上，锋利的刀刃上那股冰冷触感，刺激得裴踏燕全身汗毛都一起猛然倒竖。

演习时弹匣里填装的全部都是空包弹，但是他们身上的格斗军刀，却是货真价实，一刀捅下去就会立刻见红，再往回一拉，背部锯齿就会把伤口直接破开的多功能格斗军刀。

刀锋压得实在太紧，紧到了裴踏燕都不敢开口说话的程度，他只能对着燕破岳怒目而视，他真的不知道，在这个要命的时候，燕破岳突然发了什么疯。

“我们已经离开机场超过五公里了，除非他们弄了一枚战略级核弹头，否则的话，我们应该已经安全了。”燕破岳语气很温和，温和得甚至像是在安慰裴踏燕，但是他手中那把格斗军刀，紧压在裴踏燕脖子部位的大动脉上，稍有不慎就会让明年的今天变成裴踏燕的忌日，“现在请你放松心情，把车速由每小时八十迈，降低到三十迈左右，拜托。”

就算是裴踏燕的心机深沉，听到燕破岳这礼貌客气的“拜托”两字，一股老血也猛然涌上大脑，如果不是那把格斗军刀还架在脖子上，无声地提醒着他形势比人强的道理，他在这个时候，百分之百已经不顾一切对着燕破岳挥拳相向。

这货连联合演习指挥部的大校级军官都敢用枪托去砸，摆明了就是一个偏执暴力狂，不怕一万，只怕这万一，万一他真一刀子把自己脖子上的大动脉割断，那可真的要命了。

第四十章 - **烈焰狂潮**

裴踏燕咬着牙，放松了油门，军用卡车的速度降低下来。燕破岳收回格斗军刀，微笑道：“谢谢。”

裴踏燕从牙缝中挤出一句低语：“你最好能拿出一个可以接受的理由，

否则……”

裴踏燕充满威胁的诅咒戛然而止，他目瞪口呆地看到，燕破岳竟然从口袋中翻出一小瓶汽油，把它浇到了脚下，双腿盘坐在驾驶席上，取出了打火机。

“你干什么？！”

话音未落，燕破岳就手一松把打火机丢下去，将脚下的汽油点燃。

“着火啦，着火啦！”

燕破岳一脸慌张地跳出汽车，转眼间驾驶席里已经是浓烟滚滚。燕破岳一跳下驾驶舱，就跳着脚对车队的其他人放声狂叫：“傻愣着干什么，还不快点拿灭火器！”

就算在这个时候，燕破岳依然没有忘记他们必须保护首长的责任，又对着萧云杰放声叫道：“老萧，车内这把火有问题，肯定是有人动了手脚，你立刻带人做好安全防卫工作，绝不能让联合指挥中心的各位领导受到一丝伤害，记得小心提防狙击手！”

看着燕破岳一脸忠心，想领导所想、急领导所急的模样，裴踏燕在心中的第一个冲动，就是想骂娘。没错，车内这把火是有问题，而且真的是有人动了手脚，但在车厢内放了这把火，让整支车队都被迫停住的问题人物，不就是燕破岳队长、燕破岳阁下吗？

他裴踏燕从小混迹江湖，见过无数形形色色的人物，但是像燕破岳这种无耻、这么下作、这么贼喊捉贼的货色，他这一辈子还真是头次目睹。

燕破岳事急马行田，为了不把时间浪费在口水上，直接用枪托砸一个大校军官的脑袋，而且直接砸得见了红，裴踏燕还能猜出其中原委，甚至做出了配合，但是，燕破岳这贼喊捉贼不说，还把汽车直接点燃，就真的让裴踏燕有些丈二和尚摸不着头脑了。

看看因为他们这辆头车出现火情而被迫全部停下的车队，再回头看看机场，裴踏燕的大脑被八个字给彻底填满了……

燕破岳抽了什么风？

燕破岳抽了什么风？

燕破岳抽了什么风？

燕破岳抽了什么风？

燕破岳抽了什么风？

……

在这一刻，燕破岳的行为，不要说是一名身经百战的王牌特种部队副队长，就算是在场那些文职作战参谋，都比他更镇定。

车队突然停下，隔着车厢可以清楚听到士兵们在拿着灭火器扑火时的急促脚步声，以及燕破岳扯开嗓门儿那近乎夸张的喊叫。车厢里几名中国军官不由得一起摇头，其中一个更是在脸上露出了不忍直视的表情。

“轰！”

就在这一片鸡飞狗跳式的混乱中，身后突然传来了惊天动地的巨大爆炸声，秦锋和那名大校不约而同霍然站起，他们快步走到车厢最尾端，向军用机场方向眺望。

一团浓烟在爆炸冲击波推送下，直冲上一百多米的高空，就算是在几千米外都看得清清楚楚。天知道演习主办方为了这一记模拟核弹爆炸，究竟准备了多少烈性炸药，随着浓烟翻滚，竟然真的出现了一个小型的蘑菇云。

这代表在这场名为“演习”的战场上，恐怖分子，不，是敌军，真的利用安-26客机将一枚战术核弹头送到了联合指挥中心一群高级军官的眼皮子底下，并被敌军成功引爆。

还好，车队冲出军用机场后一直狂飙，驶离军营已经超过五千米，早已经离开了战术级核弹的直接杀伤及辐射半径。

但是，在秦锋和大校以及车厢内其他高级军官的脸上，却看不到半点笑容。

就算那只是一枚一千吨当量的战术核弹，在爆炸后，七百米直径内所有人都会被判定当场死亡，整个军用机场都处于核辐射范围内，再也不可能重新使用，就算是在第一时间对核爆现场进行了安全处理，在机场附近几十年内都会寸草不生。

他们面对的演习规则制定者，或者说是“恐怖分子”指挥官，既是一个战略战术天才，更是一个超级浑蛋，甫一交手，还没有彼此试探逐渐升温，就直接擎出了战术核弹这样的终极撒手锏。

如果不是燕破岳在第一时间以一名老兵的敏锐直觉发现情况不对，没有任何迟疑就直闯联合指挥部，用暴力手段解决了所有反对声音，那么联合指挥部来自五个国家的高级指挥官，连同他们的作战参谋，还没有真正投入战场展现自己的能力，就会一起完蛋。好不容易凝聚在一起联手打击恐怖组织的各国军队，立刻又会变成各自为战。

如果不是“各回各家，各找各妈”，接受联合反恐演习，已经被恐怖分子击败的“现状”，参演各国就必须在最短的时间内，重新挑选新的高级军官和作战参谋，外加新的直属特种部队，组成第二支参演队伍迅速赶到哈萨克斯坦重新集结。

有谁能想到，演习一开始，要淘汰的不是底层的士兵，而是反其道而行直接剑指最高指挥部？！

“我的上帝啊！”

大校突然发出一声低叹，他喃喃自语：“这是特种部队最擅长的斩首战！我们的敌人，在用特种部队战惯用战术，向我们发起进攻！”

秦锋沉沉点头，在他的眼睛里，猛然涌起一股针锋相对式的锋利炙热，真是好精彩的攻击，真是好狠辣的手段，和常规特种部队使用的战术相比，这批敌军的攻击方法狂野嚣张了何止十倍。应该说，这是特种战加恐怖战两者相结合的产物。

秦锋跳出车厢，打量着四周的地形，目光落到了右前方一片长满茂密丛林的山坡上。秦锋慢慢眯起了双眼，他一招手，一名背着步话机的步话员立刻赶过来。秦锋拿起了步话机话筒，却没有说话，核爆刚刚发生，他们距离核爆位置太近，短时间内无线电通信根本无法建立，秦锋放声喝道："燕破岳！"

燕破岳手里拎着一个干粉灭火器喷罐飞跑过来，放声回应："到！"

秦锋看了一眼在车队最前方，火势已经被扑灭，但是再也无法驾驶的军用卡车，再看看脸上还沾着一丝烟灰，显得分外狼狈的燕破岳，秦锋走前一步，低声道："带上'始皇''箭虎''天狼'，把那批看戏的小鬼全部拿下，一个也不许跑掉！"

燕破岳放声回应："是！"

秦锋的声音小得只有在场极少数人能够听到，一直站在秦锋身边的那名大校，通过翻译听懂了秦锋的命令，他霍然转头望着一千多米外那片长满茂密丛林的山坡，再仔细打量了一下车队前行到山坡附近时，山坡居高临下对车队可能形成的完美攻击距离与角度，大校突然对着燕破岳这个刚刚在几分钟前，用枪托砸破他脑袋的可恶家伙开口了："红绿黄绿绿，以三秒、四秒、二秒、二秒时间差，连续对空中发射这五发信号弹，然后对着你认为可能潜伏敌军士兵的位置，打一发红色烟幕弹，记住顺序没有？！"

在无线电广泛普及之前，任何一支军队都有属于自己的信息传递方法，用来打破距离束缚，对远方的部队进行指挥。就算是到了信息化时代，这种最原始的信息传递方式，依然在军队内保留下来，成为联系部队的最后一条纽带。

就是这短短的交代，对燕破岳来说，却无异于重如千钧。燕破岳忍不住抬头，又看了一眼大校刚刚用烈酒洗过，依然渗着血丝，绽开的头皮上已经露出鱼腹般白色的伤口，他嘴唇动了一下，欲言又止。

大校伸出他如公熊般厚大有力的手掌，在燕破岳肩膀上重重一拍：“北高加索出来的男人，都有黑海一样的胸怀，我们前一刻还是刀剑相向的敌人，后一刻就可能是一起喝着伏特加的兄弟！演习结束后，陪我喝酒！”

燕破岳笑了，他对眼前这名现在连名字都不知道的大校，露出一个大大的孩子气的笑容，用力一点头：“好！”

“裴踏燕！”

“到！”

“你带领‘踏燕小队’布防，保护联合指挥中心，同时派人向阿尔法和‘毒蝎’发送信号，要他们迅速归队，保护联合指挥部！”

裴踏燕脸色微沉，燕破岳主攻，他裴踏燕主守，这一攻一守之间，在秦锋大队长的眼里，谁更善战已经不言而喻。“是！”

核爆刚刚结束，无线电通信中止，阿尔法和毒蝎脱队，俄罗斯特种摩步分队与阿雷斯特特种部队在外执行任务，现在中国特种部队已经成为联合指挥中心唯一可以动用的军事力量。

秦锋在短时间内就连续下达作战任务，不容置疑的果断，混合着再无保留的杀气，从秦锋身上疯狂升腾，让在场所有人都嗅到了大战已开，敌我双方必将尸横遍野的血腥气息。

刘招弟匆匆赶至，她手中捏着一张刚刚勾勒出来的地形草图，这是她迟到了三分钟的原因：“队长，敌人很可能在前方设了埋伏！”

秦锋看了一眼刘招弟送到面前的地形草图，不置可否，只是问了一句：“理由？”

“这一次演习，我们遇到的敌人分别来自俄罗斯、中国和阿富汗，外加赶来支援的国际恐怖组织别动队，却唯独漏了哈萨克斯坦，但是我认为，在这场会牵动各国军事力量与恐怖组织的对抗中，哈萨克斯坦恐怖组织一定会出现，而且是一支不容忽视的强大力量。”

秦锋神色不变，就算是心理学专家，也休想从他的脸色或者肢体语言看出半点情绪波动，这样的态度和语气，足以让绝大多数擅长对上司察言观色并投其所好的“智者”感到气馁，“继续。”

“首先，战场选在哈萨克斯坦，没有理由战斗已经打响，本土恐怖分子没有行动。”

无论是刘招弟还是秦锋，都不再把这场演习视为演习，刘招弟已经开始直接用“战场”“战斗”来定义他们面对的一切，和秦锋这位拥有丰富实战经验的老将相比，刘招弟这位新一代特种作战专家，更擅长运用数据和情报进行推理式分析：“哈萨克斯坦位处中亚，是世界上最大的内陆国家，在十六世纪以前，生活在这里的是突厥游牧民族，直到十八世纪初，才被当时的俄罗斯帝国吞并，所以哈萨克斯坦的文化属于突厥文化、伊斯兰文化和斯拉夫文化的结合体。这注定了哈萨克斯坦在中亚地区，受到的恐怖主义、极端主义和分裂主义影响最深。哈萨克斯坦军事战略研究所副所长就曾经当众说过，哈萨克斯坦每1408人当中，就会出现一个恐怖分子；二十一至三十九岁的青壮年人，占据了恐怖分子的百分之五十四！”

秦锋终于微微点头，有这些情报数据支撑，刘招弟已经有资格在这场战争中做出相应判断。但是旋即秦锋又抛出一个新的问题：“我认为在两点钟方向的山坡密林中，隐藏着哈萨克斯坦土著恐怖分子，我让燕破岳带领‘始皇’‘箭虎’‘天狼’，合计八十七人，对他们展开攻击，而且下达了彻底全歼，不得跑掉一人的死命令，你认为我的命令，有没有过于严苛甚至是有些不可理喻？”

刘招弟不假思索：“不，他们能做到！”

秦锋的嘴角轻轻一勾，露出一个微不可察的弧度，旋即又消散开来：“理由？”

每1408个人当中，就会出现一个恐怖分子，这个由哈萨克斯坦官员说出来的比例是否正确，暂时还无从考证，但是哈萨克斯坦的恐怖分子数量绝对惊人，这是一个不容置疑的现状。

而躲在幕后那位无论干什么，都会把恐怖分子优势最大化的演习推动者，必然会把这个数据引用出来，所以他们所处的哈萨克斯坦，境内隐藏着一万多名恐怖分子或者激进分子，而且大部分都是青壮年，更拥有突厥游牧民族特有的强悍坚韧！

无论怎么看，在缺乏足够情报支撑的情况下，命令部队去进攻敌人隐藏的山峰，都是过于鲁莽的事情，就算是刚刚从军校走出来的菜鸟军官，都不会做出这么冒失激进的举动。更何况秦锋还对燕破岳下令，要将恐怖分子彻底全歼，一个也不许跑掉。

战场，是一名军官转变成指挥官的最终试金石。

平时指手画脚口若悬河，仿佛是孙武再世诸葛复生的聪明人实在太多了，也只有到了情况瞬息万变，每发出一个指令，每做出一个判断，都必须承担起失误、失败、可怕后果的战场，才能让真正的强者绽放出属于自己的灿烂。

而刘招弟，显然就是真正的强者。在这一刻，她的一双神情专注、沉静如水的秋眸中，闪烁着的分明是用智慧与知识混合着强大自信，终于形成的洞悉世事。面对敌方指挥官一环扣着一环的猛攻，面对秦锋步步紧逼式的提问，刘招弟非但没有紧张得顾此失彼，反而爆发出比平时更优秀、更敏锐的状态。

“哈萨克斯坦组建了三个旅一级特种突降突击部队，从规模上来说，这种空降突击旅和夜鹰突击队是同一级别。三支突降特种突击旅常年枕戈待旦，但是他们拥有的空中运输能力，包括伞兵空投和直升机机降，每次最多只能覆盖一个营。这种奇特的现象，可能就是哈萨克斯坦政府打击恐怖组织的战场折射……恐怖组织多如牛毛，但是数量太多，使得规模都不够大、一个营的空降特种部队已经足够把他们彻底吃死。还有，这里距离军用机场只有区区六七公里距离，就算恐怖分子背后的指挥官再胆大妄为，也不会在这里派出太多军队，我判断那片丛林里潜伏的恐怖分子，规模绝不会超过一个排。”

秦锋笑了，他真的笑了，他笑得开怀而欣慰。中国军官的退伍年龄，师一级为五十岁，由于他带领的部队特殊，可以再向后延长五年，而他今年已经四十九岁了，六年之后，无论他心里多么不舍，他都应该脱下这身军装退伍，让更加年轻力壮、更适应二十一世纪高精端打击时代特种作战的军官来接替他的岗位。秦锋曾经不止一次地问自己，中国已经和平了十几年时间，而且随着国家的强大，这种和平岁月会不断持续下去，没有了战火的洗礼，只是从录像和书本中知道战争的新一代指挥官们，能否从他们这些老兵手中接过指挥棒，扛起十四亿人的守护重任?

今天，看着面前的刘招弟，他终于找到了这个问题的答案。

和平，会让部队的战斗力大大降低；缺乏经验，会让指挥官在战争中犯错。但是同样地，这些在新时代成长起来的军官，他们身上也有着秦锋这些老兵所欠缺的优点，一旦真的战火重燃，这些拥有高学历、高素质的军官，会在战火中迅速成长，成为比秦锋他们这些老兵更优秀的指挥官!

想到这里，秦锋看了一眼带领两个排规模特种部队，准备对前方丛林外潜伏敌人发起歼灭战的燕破岳，以及现在还站在他身边的裴踏燕。燕破岳代表的是老一代特种兵，而裴踏燕则是代表着新一代特种兵，唯一可以庆幸的是，燕破岳虽然和秦锋一样是老一代特种兵，但他的实际年龄比裴踏燕还要小一两岁，就因为年轻，燕破岳的未来还有着无数可能。

也许……

一个模糊的念头从秦锋心头涌起，他还没有来得及将这个想法彻底思考清楚，四十管火箭炮连环轰击时，那撕破苍穹的轰鸣声就再次传来，一百二十发火箭弹从车队头顶飞过，以天女散花般的姿态，对着车队前方不足两公里的山坡丛林展开了覆盖式轰击。

这赫然是俄罗斯特战摩步连和哈萨克斯坦摩步营联军，在接到燕破岳发射的信号后，对着敌人发起了进攻。

第四十一章 – **九头蛇**

只是在瞬间，不大的小山坡上，整片丛林就被爆炸形成的火光和硝烟彻底覆盖。面对如此激烈的火炮轰击，除非那些恐怖分子在山坡上建立了永久性防御工事，否则的话，他们的阵亡率会超过百分之五十！

不对，他们并不是训练有素，知道如何在炮击中最大化生存的职业军人，而是一群恐怖分子中的所谓精锐，那么他们的伤亡率，应该达到了近乎崩溃的百分之七十！

燕破岳直接下达了攻击命令，在这个时候，敌方战场上硝烟弥漫，影响了敌我双方视线。这对于特种兵来说，就是最好的保护。刚刚遭遇炮击，就算是恐怖分子，他们的身体和内心都受到双重重创，更需要一段时间来恢复，才能重新作战，而身经百战如燕破岳，又怎么可能给予他们这种喘息之机？

萧云杰却没有跟着燕破岳一起对敌方阵地发起进攻，连带萧云杰一起停在原地的，还有另外四名“始皇特战小队”士兵。在萧云杰的指挥下，这四名老兵迅速从车厢中搬出两门八二口径迫击炮，并将它们架设起来，整个架设动作高速有效，一看就是经过反复训练。

特种部队在战场上遭遇敌军，尤其是在遭遇狙击手暗中突袭后，立刻用便携式迫击炮对敌人展开炮击，是最常见的战术之一，这原本没有什么稀奇，但是当弹药手打开木箱，从里面取出一米多长，还带着小型尾翼的掷弹筒，并将一枚硕大的弹头和掷弹筒连在一起填装进迫击炮，参演各国指挥官的眼珠子在瞬间都瞪得比鸽子蛋还大。

没错，这就是中国军工厂在二十世纪六十年代研发制造，因为其特殊性和变态追求杀伤力，出现太多太多弱点，只是昙花一现，就湮没在历史长河中的长炮榴弹！

作为一名单枪匹马，可以带着自动榴弹发射器漫山遍野乱跑，就喜欢使阴招下绊子，坑死人不偿命的特种兵，燕破岳在经历了几年前让“始皇”差点全军覆没的一战，尝尽了“长炮榴弹”的苦头之后，又怎么可能让这么一款虽然弱点太多，但是攻击力绝对彪炳的武器，从自己的眼前消失？

或者说，从那一天开始，燕破岳就喜欢上了“长炮榴弹”，喜欢上了这种武器追求杀伤力，追求到了极限！

在心中计算着这枚比迫击炮炮管都长的“长炮榴弹”，里面填装的炸药分量，以及它爆炸后可能形成的杀伤力，站在一边观战的参演各国指挥官都面面相觑，而秦锋身边那名来自俄罗斯的大校军官，却是伸出了一根大拇指：“你们部队使用的这种炮弹，可真是把我们俄罗斯军队‘简单就是美’‘攻击就是最好防守’这两项宗旨发挥到了极限！”

秦锋的嘴角忍不住轻轻一抽。

担任观察员兼变态迫击炮小队队长的萧云杰，开始下令：“风速，一巴掌半！”

听到翻译过来的话，在场的指挥官都对身边的翻译怒目而视，在世界各国的炮兵战术口令里，哪一国的风速会用“巴掌”来做计量单位？

担任翻译的军官，在这个时候当真是欲哭无泪、欲语还休，那个中国特种部队的中尉军官（萧云杰也提干了，恭喜他），真的是这么说的嘛！

“距离，七百零二元，五角三分！”

这下几个翻译真的要哭了，这又是哪一国的距离单位？

“开炮！”

萧云杰根本没有时间去理会几名翻译的腹诽和委屈，随着他一声令下，两枚采用拉发式攻击的“长炮榴弹”脱膛而出。

这两发经过燕破岳和教导他使用火炮的神炮手“老杨”联手改良，有效射程从一开始的一千二百米增扩到二千二百米，至于它的射击精度，倒是没有刻意去提升。其实想想看也是，这种在距离地面十米高度爆炸，一炸就能覆盖两百米直径的玩意儿，用最快的速度一口气全部轰到敌人头顶就是胜利，还需要提高射击精度吗？！

四发炮弹连续轰击，自有人迅速将“长炮榴弹”的参数送到了演习指挥部，以及在场的联合指挥中心军官手中。

看着数据资料中那一发发炮弹的性能以及“独特”杀伤力，在场一群见多识广的指挥官，一个个脸色精彩得当真是有若见鬼。

就连区区35毫米口径榴弹，燕破岳都能在里面添砖加瓦地玩儿出花样无数，这种“长炮榴弹”里面可供发挥的空间何止大了十倍，燕破岳要不利用，他就不是“歪门邪道”的徒弟，更对不起名将“白起”的称号！

首先轰过去的四发“长炮榴弹”，有两发是传统的高爆弹，有两发是大面积覆盖，对人员实施软杀伤的“箭弹”，这玩意儿对于身上没有穿防弹衣的恐怖分子军队来说，杀伤力更加惊人。

四发“长炮榴弹”轰击完，在萧云杰的指挥下，两支火炮小组搬起他们的迫击炮就向前飞奔，跑出两百米之后，他们停下脚步再次架设起迫击炮。

这一次，他们射出的“长炮榴弹”在硕大的高爆弹头上，赫然还粘了一层细细密密，让人看了就觉得一股凉气从脚底板子直冲天灵盖的小钢珠。

这套战术还真不是燕破岳首创，而是来自恐怖分子的创意。恐怖分子为了增加手雷的爆炸威力，在手雷上面用胶水粘了一层钢珠外壳，这样手雷爆炸时，钢珠四处飞溅，杀伤力就会得到有效提升。燕破岳看到这样的钢珠手雷之后，立刻把它借用并发扬光大，直接使用到“长炮榴弹”上。虽然炮弹这么一弄，发射距离会受到影响，就连原本小得可怜的射击精度也会再次下降，但是，中国的一代伟人也曾经说过，“不管是黑猫白猫，能逮到老鼠就是好猫”，拿这样的炮弹去轰击躲在树林里，已经被炸得晕头转向的恐怖分子，谁敢说它们不好使？

不服气的话，你躲到丛林中，让“始皇”给你来上一发货真价实的试试！

四发“钢珠高爆长炮榴弹”轰击完毕，又轰过去两发其貌不扬的，但是在炮身上却有着标准的醒目红色叉叉，代表着它们拥有丰富内涵的“长炮榴弹”，四团烟雾随之在树林上空扬起。

没错，您不必怀疑，更不必讶异，这四枚看起来其貌不扬的炮弹里面，填装的就是燕破岳招牌式的“一用羊羊羊，您就发发发”的那个，呃……能够有效促进公羊和母羊之间进行亲密交流，增加羊群扩张扩展，有效增加牧民和牧场经济效益的“羊羊羊888”！

虽然《日内瓦公约》中明文规定，不得在战场上使用生化武器，但是谁规定不能在战场上对敌人使用几十块钱就能买一大包，有合法手续，有合法途径购买的民用产品？

最令人发指的是，别的“长炮榴弹”在演习战场上都只是样子货，总不能真把扮演恐怖分子的人炸光杀光，但是这四发“羊羊羊888版长炮榴弹”里面填装的东西，却是货真价实的。

在如此强大的“火力”支援下，后面的战斗已经再无悬念，四十多名“恐怖分子”主动走出那片小树林，他们每一个人在走出来的时候，不知道为什么，都把上身的衣服脱下来系在腰间，形成了一个超短裙般的造型，恰到好处地遮住了身体某一个在战场上绝不应该发生变化的部位。

他们走路的姿势，更奇怪得犹如赶鸭子上架。而他们看向萧云杰带领的迫击炮班时，目光中更充满了一些说不清道不明的东西，迎着这些诡异的目光，萧云杰轻耸着肩膀，伸手指了指站在一边带领“踏燕特战小队”担任临时指挥部亲卫队的裴踏燕，成功地祸水东引，让裴踏燕莫名其妙地多了四十多个恨不得立刻冲上去对着他暴打狠踹的仇敌。

半个小时后，阿尔法带着毒蝎匆匆赶到。和他们几乎同时赶到的，是俄罗斯特种摩步分队外加整编制的哈萨克斯坦摩步营。

四十分钟后，军用运输机从头顶飞过，降落伞随之在蓝天中开出一朵朵漂亮的伞花。这些降落伞上挂的，是包括通信器材在内的各种仪器，很快，在远离核爆点的安全区域，一顶顶军用帐篷重新竖了起来，在柴油发电机的轰鸣中，指挥系统、侦察系统、情报系统再次恢复运转，甚至就连吃饭用的连一级野战炊事套装都空投了二十套。

防化部队也已经进入被核弹攻击的军用机场周边区域，这些部队已经接受过最严格的防生化训练，他们按部就班地开始对核爆后的“生还者”进行营救，这些生还者身上的衣物都被彻底脱除，他们轮流走进用透明塑料制成的雨棚内，接受药水冲洗……

到了二十一世纪的现代战争中，一个指挥部被击毁，根本代表不了什么。通过空投的方式获得各种物资，指挥部就像九头蛇的脑袋一样，能一次又一次地反复重建再生，最关键的还是人，还是那些能够对战场上做出各种指令，有资格做出各种指令的人必须活着！

下午三点钟的时候，每个人都领到了自己的午餐，中国特种部队甚至吃到了热气腾腾的煮面条。面条的香味，引得周围的特种兵都不停轻耸着鼻子不约而同地聚了过来，几乎所有参演的中国特种兵都将手中的食物交到了其他国家的军人手中，将中国人特有的好客美德展现得淋漓尽致。

看到来自世界各国的军人，不分年龄级别，围坐在一起进餐，他们面前的食物更是五花八门。他们就算是彼此言语不通，很多人无法正常交流，也可以用笑容和夸张的手势来展现善意，在场的指挥官都相视一笑。一碗热气腾腾的面条，很多时候会比外交官说一万句漂亮的外交辞令更有效得多。

最重要的是，在己方指挥部被对方用终极手段端掉后，必然会随之下落的士气随着食物进胃得到了补充。敌人对联合指挥部的斩首行动以失败告终，一群军人过于紧绷的脸上，总算是露出了几丝笑容。

但是在军营的一角，“踏燕特战小队”的成员——却脸色沉重，他们所有人都野心勃勃，想要跟着队长在这场演习中绽放光彩，让“始皇”那群家伙看看他们的厉害，结果呢，他们从头到尾，几乎都在当打酱油的配角，而“始皇特战小队”却在他们副队长燕破岳的带领下，成为绝对的主角。

纵然在十八个月时间里，他们都经受了最严格训练，无论是身体还是意志都变得坚韧起来，面对这种现实和希望的巨大反差，说心中没有失落，那百分之百是骗人的。

裴踏燕端着两个纸箱走了过来，他将纸箱丢到地上，指着自己脖子上那条伤疤，冷然道：“怎么，都成仙了，不用吃饭，光喝西北风，也能精神抖擞？”

还是没有人吭声，裴踏燕也不多说，他从纸箱中取出一个俄罗斯单兵野战食品盒，拆开包装，露出了里面种类繁多的食品。

这是一个可以为一个士兵提供二十四小时热量的野战食品盒，里面有用透明塑料纸包裹的四包饼干、一盒肉末土豆、一听牛肉罐头、一听火腿罐头、一听牛肉和大米混合出来的食物、一听奶酪、一听辣椒酱、两袋果酱、一包需要开水冲泡的果汁粉、两包果酱、三包红茶和与之相配套的三包白糖、一小包盐、一小包胡椒粉、一小包维他命，外加三张餐巾纸和三把一次性塑料勺子。

最吸引人注意的是，这样一盒可以为士兵提供一天食物的野战食品中，还有三小块象棋子大小的固体酒精块、几根防水火柴，以及一个金属片制成的小炉子。固体酒精块上面带着自擦火药，只要在火柴皮上一划，就会自己点燃，放进铁片做的小炉子里，就可以对听装食物进行加热。

就是用一小块金属片嵌成的简易小火炉里，固体酒精块上飘起了蓝红色的火苗，轻舔着金属盒底，不一会儿，罐头盒里就飘出牛肉的香味。裴踏燕却并没有急着拿勺子去品尝，而是拔出刀子挖出一小块奶酪，把刀子送到火苗上方，慢慢地烤着，直到奶酪变热变软，他才慢条斯理地将奶酪涂抹到饼干上。

在这个过程中，周围的“踏燕特战小队”成员不停地吞着口水，食物被加热后散发出来的浓香，一波一波地刺激着每一个人的嗅觉，在人群中不时传出肚子咕噜咕噜的声响。

“我从小爹死娘嫁人，七岁时流浪街头，被贼头看中，想要强迫我去当一个贼。为了逼我就范，那个贼头先把我饿了三天，然后当着我的面吃红烧肘子，我眼睁睁地看着贼头把那只肘子啃得只剩下一堆骨头，在贼头问我肯不肯去偷钱包时，我什么都没想，只是拼命点头，然后，我就吃到了那堆骨头，像狗一样把所有骨头都嚼碎咽了下去，它可真香。”

裴踏燕终于抬起了头，望着所有人：“如果不想像我那样去啃从别人嘴里吐出来的骨头，就要先填饱肚子，让别人没有用食物诱惑威胁的机会！”

十几名“踏燕特战小队”成员彼此对视了一眼，他们又看了看裴踏燕脖子上那条勉强不再流血的伤痕，他们都知道，那是燕破岳刚刚在裴踏燕身上留下的记号。在这个时候，裴踏燕的心情肯定比他们当中任何人都要坏得多，但是为了让他们吃饭，却讲了一段他人生当中最不堪回首的一段记忆，这也是他们第一次听副队长讲起曾经的人生。

“踏燕特战小队”的特种兵们站起来，沉默不语地从纸箱中取出了单兵食品，他们学着裴踏燕的样子，点燃了固体酒精，开始给食物加热。

各种罐头就算是加热了，也并不怎么可口，放眼全世界，也只有最追求浪漫的法国制造的单兵食品，称得上色香味俱全，但是不管怎么说，胃里塞满了食物，总算是让“踏燕特战小队”士兵们的精气神恢复过来。

在已经吃得干干净净的罐头盒里添上水，等水烧开后，将果汁粉倒进去，稍一搅拌，把热气腾腾的果汁轻轻啜上一口，酸甜的味道随之在舌尖轻跳，一时间，刚刚经历的尔虞我诈激烈冲突，以及彻底沦落为背景配角的不甘不服，似乎都淡化了。

有时候吃饭，并不一定非要肚子饿了，就好像客人来了请对方喝茶，对方并不一定真的渴了是同一个道理。无论是吃饭还是喝水，都是对生命力的补充，也是对精神进行安抚的手段。

“我只是隐隐感受到危险逼近，却没有足够的经验去分辨这种感觉的来源，可是燕破岳却能直接做出判断，并立刻展开积极应对，无论是经验，还是身为指挥官的自信和担当方面，我都不如他。”

裴踏燕说着这些话，他的心底涌起了一种疼痛的快感。他从来没有想过，自己会当众称赞这一辈子最痛恨必须战胜的死敌，但是在这片演习战场上，他必须承认，他要战胜的敌人比他预估的更强大，也更优秀。

所有人都在静静地聆听，他们望向裴踏燕的目光中，非但没有因为副队长的自认不足而折损士气，反而隐隐多了一份原来所未曾有的坚韧和隐忍。

如果裴踏燕连正视敌人，承认敌人优点的肚量都没有，那么他这一辈子，休想超越一个如此自信又如此精彩绝伦的燕破岳，陪伴在裴踏燕身边的“踏燕特战小队”，更无法在裴踏燕的带领下，战胜同样自信而精彩绝伦的“始皇特战小队”！

果然，裴踏燕的声音突然有些提高了：“我们之所以在演习战场上被‘始皇’压制，最大的原因，就在于等级。他们已经是最高等级的老兵，我们却还是一群刚刚走出军营等级为零的新兵蛋子。但就是因为这样，他们已经到了极限，强无可强，我们却还有无数的可能，还有最重要的一点……”

在所有人凝神倾听中，裴踏燕微微扬起了下巴，也扬起了他们这一代特种兵的骄傲与自信：“我们拥有远超‘始皇’的学科知识，猛地看起来，似乎比不上他们的身经百战，但是在这样的学科知识推动下，我们掌握了更先进的特种战术和工具，在我们面前，‘始皇’就是瘸了一条腿的对手，就算他再强壮、再彪悍，一旦需要用两条腿一起跑步时，他们的缺点就会彻底暴露。而这项致命缺点，绝不是他们用实战经验或者等级，就能弥补回来的。”

一群新兵的眼睛都亮了。

在不远处，正在和俄罗斯大校微笑交谈的秦锋，微不可察地点了点头，他仿佛对这边发生的事情，什么也没有看到，又仿佛什么都看到、听到了。

第四十二章 - **第二阶段**

“恐怖分子”甫一出手，就使出最强撒手锏，这除了设计这场演习的人不按常理出牌之外，也说明了一个问题，“恐怖分子”的军力还不能和政府军正面死磕才会这样兵行险招。

联合指挥中心重新恢复运转，通过无线电通信将各个国家的部队有序调动起来，一群演习刚刚开始就差一点被淘汰，以最不光彩方式回家的指挥官彻底被“恐怖分子”激怒了，在这么一个卑鄙无耻而又绝对强大的敌人面前，什么彼此之间较较劲儿，看看谁更牛的小念头全消失了。来自各个国家的高级指挥官们迅速亲密团结起来，再加上有足够庞大的参谋团在一旁拾遗补阙，在哈萨克斯坦境内和边境线周边地区，到处都是军队的身影，到处都可以看到装甲车、坦克组成的钢铁洪流，战斗机、轰炸机和武装直升机在蓝天上来回穿梭。在上万米的高空，甚至还有一架俄罗斯空军当中可以称之为空中巨无霸的A-50“中坚”型预警机，在两架战斗机一左一右拱护下，不断盘旋，无论对手再使出什么奇袭伎俩，都休想再逃过这架空中预警机的监控网。

演习打到这种程度，在哈萨克斯坦的反恐战争已经再无悬念。好不容易联合起来的恐怖分子，在哈萨克斯坦境内和边境线附近遭到致命打击，他们被迫再次分散开来，各自为战，从战略角度来看，演习第一阶段已经基本完成，只剩下了扫尾工作。

两天后，所有参演国指挥官和部队再次集结，这一次他们没有进入军用机场。如果这是一场真实的反恐战争，这座军用机场已经因为指挥官的错误决定，而被恐怖分子用核弹攻击，在机场里超过百分之四十的地勤人员和飞行员当场阵亡，剩下的人也受到不同程度的核辐射，再也无法回到正常生活。

虽然死伤惨重，虽然伤痕累累，虽然险象环生，但是不管怎么说，多国联合部队他们赢了。

五名在这场战斗中，表现最出色的军人，当众走上了领奖台。

在真实的战争中，为了鼓舞士气，会在火线对立功人员进行奖励，这对参战人员士气提升有极大作用，更可以用英雄事迹形成榜样作用。只有不疼不痒，结果提前就知道的演习，才会在所有“战斗”都打完后总结表彰。

第一个被点名，还没有走上领奖台，掌声就如潮水般响起的明星式英雄，当然就是来自中国参演部队，在演习甫一开始，就如此精彩的“始皇特战小队”副队长燕破岳！

燕破岳走上领奖台，一名哈萨克斯坦军官在他的衣领别了一枚哈萨克斯坦军功章，当他猛然立正，对着站在领奖台下一起并肩作战的战友们，猛然敬了一个认真的军礼时，掌声更加热烈地响起。

抬头看着站在领奖台上昂然而立，当真是头顶蓝天脚踏大地的燕破岳，引以为傲的大大笑容从“始皇特战小队”每一名成员的脸上扬起，就算有些人起名“踏燕”，试问，只要燕破岳没有主动收起双拳屈起双膝，又有谁能踏得动、踏得了？

在颁奖仪式之后，俄罗斯大校找到了秦锋：“秦，能不能告诉我，那支部队是怎么训练出来的？我在他们身上嗅到了血的味道，浓得几乎无法化开的血的味道。在我们俄罗斯，也只有打过车臣战争的特种部队，身上才会有类似的气息。”

俄罗斯大校说话依然带着一贯的夸张：“中国的恐怖分子，还远远没有达到车臣的程度，难道你直接把他们丢进了地狱？”

地狱？

听到这个词，秦锋先是点头，又轻轻摇头。

在第二次世界大战期间，中国远征军大溃败，十万军魂在短短几个月时间里葬身野人山。对普通人而言，得不到补给，没有医疗的原始丛林，真的和地狱差不多了，所以秦锋在点头。

但“始皇特战小队”并不是他这位大队长下令，一直待在原始丛林中伏击毒贩，就算是再铁血的军官，下达这样的疯狂命令也会被反抗，是“始皇特战小队”目睹了毒贩在运送毒品时，对遭遇人群格杀勿论的凶残，主动轮流潜伏，硬生生在那片人迹罕至，不知道吞下了多少生命的原始丛林中，支撑起一条疏而不漏的生死防线！

他们在原始丛林中生存的每一天，都是在作战。在那里，风是他们的敌人，雨是他们的敌人，雾是他们的敌人，硕大的旱蚂蟥是他们的敌人，毒蛇是他们的敌人，饥饿是他们的敌人，干渴是他们的敌人，疾病是他们的敌人，那些随时可能出现，一旦遭遇就会爆发生死之战的毒贩护卫队，更是他们的敌人！

他们在磨砺中成长，他们在痛苦中变强，坚韧、自律，用刀锋和冷酷对待敌人，用春风般的温柔对待同胞，在他们的身上，有着中国陆军纵然经历半个世纪的风风雨雨，依然薪火相传的最伟大信仰与传统。

颁奖仪式一结束，秦锋就将几名指挥官全部集中到一起，他已经拿到了第二阶段演习情报。

作战参谋将打印好的文件分发到在场的每一名指挥官手里，一时间帐篷里只剩下翻动纸张时发出的沙沙声响。在场的这些指挥官，无论是来自夜鹰突击队，还是来自城市反恐部队，或者是武警部队，他们既然能代表自己的部队来参加这场演习，自然都是精英中的精英，但是看着那薄薄几页纸上的内容，他们都忍不住耸然动容。

第二架被劫持的客机，坠落到中国北部地区丛林当中，被劫持的客机里面装载的并不是普通乘客，而是整整八名中国生化研究领域的专家。

早在十年前，世界恐怖分子对全世界展开了生化武器袭击，一开始他们还只是使用最简单的炭疽热病毒，利用邮件的方式进行扩散，但是随着恐怖组织资金、军事实力和专业人才团队的不断增强，恐怖组织建立了自己的生化研究室，并研发出多种扩散性呼吸道传染病毒，并将它们有计划地向全世界投放。

在世界卫生组织的带头牵动下，世界各国生化领域最优秀的专家都参与到这场生化武器攻击与疫苗研发的战争当中。而第二架被劫持的客机当中那八名中国生化专家，已经掌握了某一种生化病毒的原体和机理，并针对性制造出疫苗，他们这次带着疫苗样本匆匆回国，就是要在中国大规模生产疫苗，让恐怖组织的病毒再无用武之地。

八名生化研究员临时被带到丛林深处的一所小型军营，在军营中有两个连的武装恐怖分子军队驻守。根据可靠线报，如果不能在四十八小时内实施营救行动，这八名研究员就会被转移，失去最后的机会。

在这些文字介绍后面，就是恐怖分子在丛林中开辟出的军营相片，以及那两个连的人员武器配备数据和军营周边地区可能存在的恐怖分子武装力量。

看着这些内容，燕破岳的眼角在不停跳动，心中更是在狂叫“厉害”！

对方手中握有重要人质，又躲在丛林中，先不说派出大规模部队在丛林中展开作战困难重重，一旦战事吃紧，恐怖分子就会狗急跳墙，将八名研究员全部枪决，来个一拍两散。但是如果派出小股精锐特种部队实施营救，怎么看燕破岳心里都有一种被人阴着主动往坑里跳的感觉。

按照演习设定，那片区域已经是恐怖分子的地盘，在那里有超过五万名全副武装，能够在正规地面防御战中和中国政府军死磕的武装恐怖分子！

只要行踪暴露，他们面对的就是从四面八方包抄过来的武装恐怖分子，就算他们再骁勇善战，最终也会被恐怖分子的人海淹没，更不要说在那个军营里，必然还驻扎着那批“国际恐怖组织精英部队”中的游击队老兵，以及世界各国特种部队退役老兵组成的雇佣兵！

想要赢得演习第二阶段的胜利，他们就必须像一名刺客一样，悄无声息地渗透，再悄无声息地实施营救。在驻守部队发现之前，带领八名目标顺利撤退，找到安全点后发送信号，等待直升机接应。就算是成功登上直升机，他们也绝不能放松，对方既然已经有了和中国政府军打阵地战的资格，装备上几十门高炮射，几百架单兵地对空导弹，也不是什么稀罕事情。

第二个阶段的演习，赫然就是检验特种部队是否已经拥有了进入敌占区转战千里执行国家战略级任务的能力！

燕破岳放下手中已经反复读过两遍的资料，他慢慢呼吸着。他猛地抬头，也许是心有灵犀，坐在他对面的裴踏燕也霍然抬头，两个人的目光狠狠对撞在一起，彼此刺痛了对方的眼睛。

既然第二阶段的战场在中国，执行营救任务的特种部队，自然也是身为东道主的中国特种部队。

再细分下来，“天狼”特种部队，他们作为五年后将会肩负起奥运会安保工作的反恐特种部队，接受最多、最擅长的就是城市反恐，把他们投入山地丛林作战，无异于赶鸭子上架；至于武警部队推出的“箭虎”特种部队，他们倒是属于多面手，无论遇到什么状况，都能拉出去应付几下，但就是因为他们是多面手，在执行任务时，就缺了陆军特种部队一击必杀的果断与狠辣。

算来算去，最适合执行这场营救任务的，就是燕破岳带领的“始皇”和裴踏燕带领的“踏燕”！

看着两名副队长针尖对麦芒、王八对绿豆互不相让的样子，秦锋在心里都发出一声轻叹。他曾经说过，让“始皇”和“踏燕”在这次跨国军事演习当中用成绩来决出胜负，这才让两名副队长一个个犹如好斗的公鸡。就连他这位大队长都没有想到，第二阶段的演习会变成这个样子。

“燕破岳。”

听到大队长秦锋提及自己名字，燕破岳霍然站起：“到！”

“裴踏燕。”

裴踏燕同样动作干脆利落：“到！”

“这场人质营救行动，不用我多说，你们也知道要面对的敌人有多强。把你们两支小队全部加在一起，也不过是三十二人。”

秦锋语重心长：“我知道你们从一开始，就把对方当成对手甚至是敌人，但是在这个时候，如果你们还不能捐弃前嫌联手合作，最终的结果，只会是任务失败全军覆没！如果是这样，我宁可放弃这次行动，由联合指挥部调配更适合执行任务的部队。”

在中国境内发生的“战争”，请其他国家的部队唱主角执行行动……如果最终事件真的演变成这样，在座参加联合军事演习的所有人都会变成一个笑话。他们的名字，说不定会直接载入中国特种部队史册，成为“丧权辱国”型反面教材。

燕破岳突然笑了，在这一刻，他脸上的表情犹如看到了从小穿同一条开裆裤长大，却出于某种原因，已经十几年没见的发小，那个欢欣、那个灿烂、那个开怀，当真是春风拂面、万物复苏。

裴踏燕也笑了，他笑得温柔而洒脱，就像一位英俊而强大的骑士，终于在宴会中等到了和心仪的公主共舞，那种发自内心的开怀，让他的眉角轻轻挑起，甚至就连他全身的每一个细胞都为之欢呼起来。

燕破岳微笑着道：“作为新兵，‘踏燕小队’虽然还欠缺战火的洗礼，在战斗经验上稍微差了一点点，但是他们学历高、素质高，从进军营第一天起，就接受高精端时代的特种训练，这种针对性让他们少走了很多弯路，而且他们比‘始皇’更擅长使用那些高精端仪器，尤其是擅长电子战对抗，能和这样的部队并肩作战，双方取长补短、互通有无，我相信一定能起到事半功倍的效果。”

“我承认，一开始的确小看了各位前辈，小看了对一支部队来说，‘经验’两个字的意义。”裴踏燕也在微笑，“但是来到这里的第一天，我就发现自己错了。燕破岳用最精彩的表现，让我知道了什么叫作老兵，如果没有足够的经验支撑，一个指挥官根本没有办法在瞬息万变的战场上，第一时间对战况做出准确判断，自然也没有办法带领部队以最小的代价获取胜利。现在我已经明白，能跟在‘始皇’身边作战学习，是我们‘踏燕’每一个人的幸运。”

两名队长一脸的认真，都在说着掏心窝子的话，也许是不打不相识，在这一刻他们竟然越看对方越顺眼。

燕破岳主动对着裴踏燕伸出了右手：“十八个月时间，有一半人完成了从平民到特种兵的转变，这种淘汰率远低于正常水准，仅凭这一点，我就得承认‘踏燕’不愧是一支高学历、高素质的部队。”

裴踏燕也伸出了右手，两名副队长同样有力的右手隔着一张桌子紧紧握在了一起，还上下晃动了三次，亲密得无懈可击：“你们更厉害，十六个月就学完从初中到大学的核心课程，听说在‘始皇’还有一位擅长炼丹的高手，专门炼制了一款能够增加记忆力的‘状元丹’，这样的好东西，身为前辈你们可不能私藏哦。”

“好说，好说。”燕破岳笑容可掬，“等回去了，我就让徐福做它一二百瓶，给你们一起送过去。”

裴踏燕笑容温和：“打虎亲兄弟，那我就不客气喽。”

看着这两位副队长“哥儿俩好”当真是亲密无间的模样，再看看他们紧紧握在一起的手，秦锋狠狠一拍桌子站起来，一言不发地大踏步走出帐篷，刘招弟和许阳两个人不约而同一起追了出去。

秦锋抿紧嘴唇，走到军营角落负手而立，望着即将开拔的临时军营里那人来人往的忙碌景象，再过三个小时，他们就要开拔进入中国境内，执行第二作战计划。而夜鹰突击队的两名特战小队副队长，就算是他这位大队长亲自出面调解，仍在皮笑肉不笑联手演着笑里藏刀的好戏。

秦锋突然开口：“烟。”

许阳走前几步，从烟盒中拿出一支红塔山，又“嗒”的一声点燃了打火机。

秦锋深深地吸了一口，他的肺活量惊人，一口就将香烟吸掉了将近三分之一，烟雾在肺叶中绕了一圈后，秦锋又将它们长长呼出：“我昨天还在为他们彼此敌对不断变强而高兴，今天就因为他们无法亲密合作而恼怒，这和既想马儿跑，又想马儿不吃草，差不多是一个道理。你们怎么看？”

刘招弟和许阳都知道，秦锋这是在问他们，怎么解决即将到来的第二阶段演习任务。把这两名队长强行捏在一起，别说是发挥“1+1>2”的作用，九成九会演变成“1+1<1”的笑柄。

刘招弟先开口：“据资料上显示，那八名人质原本就属于两支科研小组，我们可不可以这样理解，我们能将八个人一起全部营救出来，自然是满分过关，能救出其中一支科研小组，也依然是任务成功？”

秦锋吸烟的动作微微一顿，他思索着点了点头。

“这样的话，我们根本没有必要强行命令两支特战小队一起行动。”许阳的眼睛也亮了，“等成功营救出人质，让‘始皇’和‘踏燕’特战小队各自保护一支科研小组分头行动，这样既能分散敌军注意力，增加任务成功率，也可以回避他们之间的冲突，不至于出现内耗。”

……

在大队长秦锋走出帐篷的同时，燕破岳和裴踏燕两个人脸上的笑容瞬间消失了。那种变脸的速度，竟然让旁观者心中不约而同浮现出了“迅雷不及掩耳”这个成语。

燕破岳和裴踏燕一起用力，狠狠甩开对方刚才还和自己亲密紧握在一起的右手。

裴踏燕看了一眼自己右手手背虎口部位那个隐隐发红的指印，刚才两个人当着大队长秦锋的面亲切握手的同时，他们之间已经进行了一次不动声色的角力，这场角力的结果是，燕破岳略略占优。

裴踏燕从口袋里取出一块白色手帕，仔细擦了擦自己的右手，随手将这块白色的手帕丢进了垃圾桶里，将他对燕破岳的不屑和排斥展现得淋漓尽致。

燕破岳却满不在乎，只是像走进手术室，刚刚进行了无菌消毒的外科手术医生一样，举起了自己的双手，站在那里一动不动。作为“始皇”一成立就进入的老兵外加班长，萧云杰也获得大队长秦锋的特许，参加了这场作战会议，他突然站起来冲出了帐篷，看得在场所有人莫名其妙。

很快萧云杰就去而复返，他的手中端了一个脸盆，脸盆里热气腾腾，在脸盆边沿还搭着一条军绿色的毛巾。

萧云杰把脸盆往地上一放，又取出了一块香皂：“队长，多洗几遍，一定要把手上的细菌和病毒全部洗干净。”

摆足了大爷谱的燕破岳，从鼻孔里发出一声轻“嗯”，接过香皂，竟然真的在临时会议室洗起了右手，而且是用香皂洗了一遍又一遍，一连洗了三遍，燕破岳把右手放到鼻端闻了闻，又第四次开始用香皂清洁他的右手。

燕破岳洗得认真而严肃，萧云杰却在一边碎碎念地嘀咕着：“队长你说，某些人明明是一个大男人，随身带块手绢本来就已经够奇怪了，那手绢怎么还像姑娘家家似的，选了块粉红色的，上面还绣着，呃……鸳鸯戏水？”

纵然知道萧云杰纯属胡扯，在场的一群军官目光仍然不由自主地向会议室中那个垃圾桶上瞄了一眼。这一个下意识的动作，就让裴踏燕的脸色彻底阴沉下来。

“队长，你要是觉得光用香皂还是洗不干净，心里腻歪得慌，要不，咱用刷子试试？”

萧云杰一伸手，在他的手中，竟然真的亮出了一支……牙刷？

燕破岳随手将那块刚刚用了几次的香皂，外加擦手的毛巾一起丢进垃圾桶，没好气地瞟了萧云杰一眼：“省省吧，别告诉我你出来就连牙刷都带了两把，香皂可以借你用，这牙刷你想都别想。”

萧云杰嘿嘿笑：“这把牙刷，本来就是队长你自己的，放心，我肯定不会向你借用这把刷过手的牙刷的。”

如果说裴踏燕用手帕擦手，再将手帕丢掉的行为，是用来表达对燕破岳的不屑，燕破岳和萧云杰以洗手为开端的嬉笑怒骂、冷嘲热讽，则是直接挥起了巴掌，对着裴踏燕的脸反反正正连抽了十七八个大耳刮子。

最让人无语的是，在萧云杰端着脸盆离开时，燕破岳不阴不阳不轻不重地又加了一句：“脸盆也丢了吧，你可以用我的。”

“好嘞！”

……

在萧云杰离开后，中国参演部队临时指挥室里陷入了诡异的宁静。

“天狼”和“箭虎”特战队的两名队长，外加他们的副手，一个个面面相觑。他们从一开始就看出来，夜鹰突击队这两名队长有点不对付，可是他们打破脑袋也没有想到，燕破岳和裴踏燕之间的关系竟然恶劣到了这种水火不相容，就算是大队长亲自出面调解，都没有半点儿作用的程度。

第四十三章 - **第二战场**

凌晨三点钟，正是一个正常人睡得最香、最沉，遇到外界刺激，反应最迟钝的时候。

集群火炮突然对着“恐怖组织”反政府军防线发起覆盖式轰击，大口径重加榴炮、密集式火箭弹，在空中拉出一条条火龙，对着目标劈头盖脸地砸下去。那种密度，那种几乎连成一线的嗖嗖声，那一道道火光瞬间撕破黑暗在空中拉出的光亮，在瞬间就带着整片大地都疯狂颤抖起来。

在同一时间，早就已经在云层上空的攻击机群，就像看到猎物的雄鹰般，对事先预定的军事目标猛扑而下。巡航炸弹、高精度制导飞弹就像雨点般砸落，如果在这个时候真有谁能够用上帝视角居高临下观望，就可以看到原本沉浸在黑暗之中的大地上，突然扬起了一团团火球，就是以这些火球为圆心，一道道超声速冲击波夹杂着被彻底烧红的钢铁，对四周进行了一次次无死角无差别覆盖，在瞬间就清空了它们覆盖范围内的所有生命。

面对这样的攻击，不管你是平民、民兵、普通士兵还是精锐特种兵，最终的结果都是被炸得支离破碎，或者被冲击波生生震死，除此之外再也没有第三个可能。

第二阶段的演习，甫一出手就打出如此凌厉、如此疯狂、如此不计损耗的火力至上式彻底覆盖打击，中国军队就是要告诉那些试图用十年时间组建什么几万名正规军和中国政府军队打游击战、阵地战，逼迫中国政府承认他们独立的恐怖分子、分裂分子睁大眼睛看清楚，醒醒吧，别做梦了，就算你们真的组建了五万人的“正规”部队，你们也根本不堪一击！

这就是人类武器不断发展到二十一世纪，炸弹威力越大、火力越来越猛、攻击命中度越来越高带来的跨时代改变。那种躲在钢筋混凝土防御工事里面，等到敌人炮击后再爬出来实施反击，还能赢得胜利的阵地战，早已经不复存在了。

空地一体重火力打击刚刚结束，在被炸得满目疮痍的大地上，到处都是硝烟翻滚。早已经蓄势待发的中国陆军机械化部队，就以惊人的高速猛扑过来，上百辆96式主战坦克，再加上协同作战的装甲车，一起向前挺进，履带轧得整片大地都为之发出犹如重鼓狂鸣的声响。在坦克和装甲车形成的钢铁洪流正上方，是十二架武直-9组成的空中打击力量编队。一旦在阵地上发现敌军的反坦克武器存在，武装直升机就会像空中猎豹一样猛扑过去，居高临下地对敌方反坦克武器阵地发起毁灭性打击。

面对中国军队两次军事改革后形成的新型战斗力，反政府军在阵地上精心布置的铁丝网加战壕再加机枪碉堡的防线，就像沙子做成的城堡一样不堪一击，转眼间就被机械化部队摧枯拉朽地一举击破。

弹如雨下的战场吸引了叛军几乎所有的注意力，就是在机械化部队对着叛军阵地发起猛攻的同时，一架运-8型军用运输机在夜幕的掩护下，悄悄从敌占区丛林上方飞过。在运-8运输机机舱中，“始皇”和“踏燕”两支特战小队成员全副武装背着伞包，他们一左一右坐在机舱两侧，摆出了楚河汉界互不相让的对峙姿态，从上运输机开始到现在，这两支同样来自夜鹰突击队的特战小队，包括他们的队长在内，没有说过一句话，就那么瞪大眼睛对视着。

已经回到中国，在临时指挥中心，不仅仅有秦锋、刘招弟和许阳，就连夜鹰突击队的参谋长，也通过军网连线“站”到了秦锋的身边。为了让夜鹰突击队可以打赢这场注定敌强我弱的战斗，夜鹰突击队可谓是精英尽出，除了老谋深算的参谋长，就连已经外放出去，成为实职军官的余耀臣和孙宁也被临时抽调回来，和参谋长组成了最强智囊团队。

余耀臣和孙宁几乎同时走进了夜鹰突击队指挥部队，他们打量着对方，目光在对方军装的肩章上一扫而过，然后两个人都露出笑容，一起在对方的胸膛上轻轻捶了一拳。

这两名在夜鹰突击队少壮派军官内，除了赵志刚之外再无对手的谋略高手，在夜鹰突击队的经历，以及参谋长的大力推荐，都让他们的仕途一路通畅。现在两个人的肩章上，都挂了两杠二星，成为两名中校。余耀臣成为某师直属侦察营营长，这对于作战参谋出身的文职军官而言，不能说不是一个奇迹；孙宁混得也相当不错，在某一个摩步团成副参谋长，已经达到了中校副团级别。

“燕破岳。”

重新念起这个在多年前的演习中，曾经让他们头疼不已的名字，余耀臣和孙宁的脸上都露出了淡淡的缅怀。

那一年，他们三个中的一个还只是接受了几个月训练，就敢往“特种部队中的特种部队”里钻，除了夜鹰突击队指导员赵志刚之外，谁也不看好的新兵蛋子；另外两个，则是心比天高，彼此谁也看不顺眼，谁也不服谁，结果在演习时才发现，在赵志刚那样的真正强者面前，他们就像是两只好斗的小公鸡，总是喜欢用彼此啄来啄去来证明自己的成熟与强大。

不同的理由，不同的人生轨迹，但是因为同一个人，他们三个一起成熟了。

看着通过内部通信网络传送回来的机舱内部画面，余耀臣和孙宁他们的心中，想的是一句相同的话：“燕破岳，让我们看看，身为赵志刚唯一的徒弟，这些年你有什么长进！”

运输机已经飞临空投区域，后舱门慢慢打开，三十六名全副武装的特种兵，以两人为一组，轮流跳出了机舱。整整四十朵洁白的伞花，随之在黑暗笼罩的苍穹中绽放。这其中的三十六朵伞花，自然是“始皇”和“踏燕”特战小队成员，还有四顶降落伞，下面吊的则是实施这场营救行动时需要使用的各种武器装备。

三十六名特种兵组成的空降渗透部队，成功降落到丛林当中一片相对空旷的草地上，在折起降落伞并对其进行处理时，燕破岳手中的自动步枪猛然抬起，指向了面前一片空旷位置。其他“始皇特战小队”成员，两支火力支援小组一左一右散开，在瞬间就以队长燕破岳为核心，摆出队攻姿态。

裴踏燕看到这一幕，也迅速做出反应，但是他关注的目标，却并不是燕破岳枪口所指之处，而是带领“踏燕特战小队”将火力扇面调整到“始皇特战小队”相反位置，和“始皇特战小队”彼此拱卫住对方的背部。

无论他们之间有多少恩怨，彼此之间多么不待见对方，在面对突发事件时，这两名特种部队指挥官本能地就做出了最有效反应。

在“始皇特战小队”十六名特种兵的枪口下，距离他们一百多米外，仿佛已经和黑暗融为一体的灌木丛突然动了，通过自动步枪上加装的红外瞄准镜，可以看到两名全身披着用绳网和杂草编织成的伪装网，脸上涂着伪装油彩，就连自动步枪上都缠着一层伪装布条的特种兵慢慢从灌木丛里站了起来。

“都睁大眼睛学着点，”燕破岳轻声开口了，“这两个人是空降侦察引导队的老兵，有资格进这种部队的人，都是潜伏渗透方面的宗师级专家。”

燕破岳的话并没有半点儿夸张，这两名早就潜伏在附近的特种兵，隶属于十五军侦察引导队。他们的作战任务，就是在大部队实施空降前，先行进入空投区，完成气象观测、地形探察、敌情搜索等工作。如果说“始皇特战小队”是特种部队中的特种部队，空降兵侦察引导队就是特种部队中的侦察兵。

这两名号称“空中能跳，地面能打，空天一体，三栖全能”的空降部队地面引导员，慢慢向燕破岳他们走过来。他们在移动过程中，总是能利用地形起伏以及地表植物避开月光，将自己隐藏在黑暗中，他们身上的武器弹药以及其他装备加起来，也超过了二十公斤，可是他们走在草地上，脚步却像猫儿一样轻。他们给人的感觉，就像是两名习惯躲在暗处，一击必中、一击即走的幽灵刺客，始终与黑暗为伍，隐忍、冷静、神秘而又危险。

略略走在前方的那名空降侦察兵，目光直接落到了燕破岳的脸上，一口道破了燕破岳在“始皇特战小队”的代号：“白起。”

燕破岳将自动步枪枪口垂下：“紫雷。”

他们明明素未谋面，却一口道出了对方的代号，而且使用的都是肯定语气，他们也没有客套地去握手，对于特种兵而言，在战场上绝不会把自己的手递到还不能完全信任的人面前，哪怕这个人是一起作战的友军。

“你是怎么发现我们的？”

这个问题不仅仅是紫雷想要知道，就连站在一边的裴踏燕也竖起了耳朵。刚才大家都在隐藏降落伞，裴踏燕可以确定燕破岳并没有用红外线设备，或者微光夜视装置对四周进行巡视。紫雷带领的侦察小组，又躲在一百多米外的灌木丛中，单凭肉眼，根本无法看清楚他们的存在，更何况他们还是两名精通潜伏的特种兵。

燕破岳指了指紫雷身边那名背着狙击步枪的伞兵：“他在狙击时，习惯两只眼睛都睁着吧？”

后面的话已经无须再说，紫雷别有深意地望了身边狙击手一眼，年轻狙击手脸上就算涂抹了伪装油彩，仍然可以看出来他脸红了。

“目光”无形无色，但它包含着一个人的意志和精神，有人在你背后愤怒地瞪着你，就算你一开始毫无所觉，时间稍长，你就会觉得浑身不对劲，最终发现背后那个对你怒目而视的人。在某种程度上来说，目光也是一种能量。

这名狙击手不知道在训练场上打出过多少万发子弹，已经磨炼出手指扣动扳机，只要枪声一响，目标必然会被一枪命中的自信。当他透过狙击镜找到“始皇特战小队”的指挥官，也许是狙击手的职业习惯，也许是因为他听说过“始皇特战小队”的指挥官白起，心中有着一种初生牛犊不畏虎的勇气和不服输精神，把手指搭到了步枪扳机上，并在心中模拟出将敌方指挥官一枪击毙的场景。

他透过狙击镜来观察燕破岳的右眼还好说，毕竟隔着镜片，他为了增加视野，就算是瞄准时都不会闭上的左眼，所透出的一击必杀自信与压抑的杀机，却突破了双方之间上百米的距离，直直刺到燕破岳身上，在瞬间就引起了燕破岳警觉。

无论你在训练场上流过多少汗水甚至是鲜血，无论你有多么优秀的天赋，只要稍有不慎，就会死在同样优秀、同样流过不知道多少血与汗的敌人手中，而且往往在死的时候，都不知道自己究竟犯了什么错误。

这就是特种兵之间的对抗，精彩而残酷。

紫雷对着同样身为队长的裴踏燕略一点头，却并没有多作寒暄，他取出一叠手绘地图铺到了地面上，燕破岳和裴踏燕一起围拢上去，和紫雷一起用身体组成了一个三角形，将调到最低明流的战术手电筒灯光笼罩在狭小空间中。

在那几张手绘地图上面，密密麻麻标满了各种数据，这是紫雷直接渗透到小型军营附近侦察得到的第一手情报。

“关押人质的小型军营，是一座二十世纪六十年代，由建设兵团在丛林中开辟出来的屯田农场。在一九七五年被撤销，建设兵团人员撤出后废弃，由于这个农场建造在丛林当中，拥有极佳的隐蔽性和天然反侦察能力，所以在十年前被恐怖分子占据，成为他们训练士兵的军事基地。”

紫雷指着他亲手测绘的地图上四个用红色铅笔专门标注出来的位置：“这座军营原本就是半军事化建筑，恐怖分子占据之后，又对它进行了改造。他们在军营四个角落，搭建起四座木制哨塔，在上面加装了十二点七毫米口径高平两用重机枪，这四座哨塔上的重机枪火力视野相互交叉，形成了对整个军营的无死角覆盖网，一旦在执行营救任务时暴露，你们会被哨塔上的四挺大口径重机枪彻底压制。”

“还有这里，”紫雷指着军营内部中心位置，“他们在这个位置，布置了一台固定式萨姆-9防空导弹系统。”

萨姆-9防空导弹，于二十世纪六十年代末装备苏联军队。它的雷达火控系统及发射架全部集中到一辆轮式水陆装甲车上，拥有极佳机动性，可以伴随机械化部队一起移动和作战。近四十年过去了，这款防空武器技术已经日渐落伍，到了淘汰边缘，但是不管怎么说，它都是用雷达控制，可以直接攻击飞行高度在四千五百米以内战斗机、运输机和武装直升机的防空导弹！

“他们还装备了数量不详的单兵地对空肩扛式飞弹，除此之外，我还在丛林中发现一些有士兵把守的地道，从地表车辙痕迹判断，里面很可能藏着轮式高射重机枪，中间甚至可能掺杂了少量高炮。”

拆掉装甲车，当成固定防空炮台使用的萨姆-9，单兵携带的“毒刺”肩扛式地对空飞弹，数量不详的高射机枪甚至是高射炮，外加丛林天然形成的屏障，组成了恐怖分子叛军的防空体系。

紫雷对他看到的这些防空武器做出了最后总结：“想用这些防空武器对付空军从俄罗斯购买，并已经形成战斗力的苏-27战斗机，虽然不够看，但是它们却能对运输机和武装直升机产生威胁。”

执行这场营救任务，一旦行踪暴露，军营中驻扎的二百多名武装叛军就会立刻倾巢而出，如果他们不能在最短时间内摆脱敌军，六到八个小时后，恐怖分子的援军就会从四面八方赶过来，把他们拉入无休无止的战斗当中。在这个过程中，由于空军受到地面防空武器威胁，他们不能通过武装直升机迅速撤离战场，也无法再通过空投的方式获得武器弹药补给，至于可以无视叛军防空火力的战斗机，面对到处都是丛林的山地，他们的高精端打击能力也会大打折扣。

这是一场把中国军队拥有的优势针对性削弱，却把恐怖分子叛军优势最大化形成的局部战场，总之对方是怎么坑人怎么来。

将情报送到燕破岳和裴踏燕手中，紫雷带着那名年轻的狙击手离开了。

燕破岳和裴踏燕彼此对视，他们明明心中都恨不得将对方一脚踹飞，却不约而同地露出一个微笑。笑容中透出的那种相濡以沫，即将并肩作战，克服重重困难的荣辱与共，看起来当真是比真的还要真！

原因无他，作为联合演习行动第二阶段的主角，两支特战小队他们说的每一句话，都通过身上的麦克风传送到临时指挥部，在燕破岳和裴踏燕这两名队长的头盔上还安装了摄像头，将他们的所有行动都拍摄下来，等到演习结束，拍摄下来的录像就会成为参演各国反复研究的素材。

在两个摄像头的监视下，燕破岳突然轻轻一挥手，“始皇特战小队”的参演官兵立刻跑到“踏燕”特战小队成员身边，不由分说就从他们身上取走了一部分弹药之类的负重。

“我们这边全是老兵，早就习惯了在丛林中超负重行军。”燕破岳脸上的表情，犹如春风拂面，“照顾新兵，让新兵尽快成长起来，从菜鸟变成老兵可是我军的光荣传统。”

裴踏燕望着面前这个比自己还要小两岁，但是军龄却比自己要高出好几倍的老兵，展颜一笑，目光明媚：“我们这些新兵会尽快成长起来，从前辈们手中接过保家卫国的重任，努力做到青出于蓝而胜于蓝。”

燕破岳微笑，点头，他伸手在裴踏燕的肩膀上重重一拍，这一拍当真是重若千钧，将共和国守卫者薪火相传的军魂展现得淋漓尽致：“拜托了！”

裴踏燕立正，肃然回应：“是！”

……

在临时指挥部，纵然只能听到声音，看不到实况画面，听着燕破岳和裴踏燕两个人的“惺惺相惜”“语重心长”，在场的许阳、孙宁、余耀臣甚至是刘招弟都觉得牙齿发酸。

至于他们的大队长秦锋和参谋长，总算还面色沉静如水，但是仔细观察就会发现，这两位夜鹰突击队的正、副掌门人，眼皮子正在不断轻跳。

到了这个时候，对着摄像头和麦克风，这两个货竟然还能用这种貌似温情脉脉的方式彼此互刺，就凭这别开生面的冷嘲热讽、笑里藏刀、窝里反，就让孙宁和余耀臣在牙酸之余，在心中狂叫“精彩，精彩，真精彩”。有燕破岳参赛，果然是让他们不虚此行。

在好好表演了一番中国军人的团结友爱，并用摄像头将这一幕记录成资料之后，两支特战小队混编成的营救队，在夜幕的掩护下，开始向丛林深处的军营挺进。

“踏燕特战小队”的成员们必须承认，身边这些和他们互相看不顺眼的老兵，的确有骄傲的资本。老兵人均负重已经超过四十公斤，却依然步履轻快，在丛林中快速行军，“踏燕特战小队”成员竭尽全力，才勉强没有掉队。

这些老兵就在负重长跑时给他们上了一堂震撼教育课，已经接受完地狱式训练的新兵们，原本想着在负重越野方面，差距已经缩小到几乎可以忽略不计，甚至可能比老兵更好，可是现在他们才知道和老兵们相比，他们仍然显得太过稚嫩。

双方的敌对立场，让新兵无法开口向老兵去请教，但是他们仔细观察，也慢慢看出了门道。

两支队伍一起前进，“踏燕特战小队”成员急于表现自己并不输给对方，他们行军时步伐跨得太大，虽然一开始显得雄赳赳气昂昂，但是在丛林中，这种大步伐向前走会让他们的双脚遇到更多阻碍，而且大跨步要用到双腿肌肉的爆发力，一旦他们的爆发力用完，腿部肌肉反馈回来的信息，就是酸疼无力。

而“始皇特战小队”成员使用的是小步伐的“龟步”，他们每一步踏出的距离，只有新兵们的三分之二。这样在急行军时，他们应用的就是腿部肌肉的韧性，而不是爆发力，这样他们在丛林中行军时，当然会比身边的新兵更耐久。

同样是因为采用了小步伐前进，老兵们的呼吸更有节奏，他们平均每走两到三步，就会换气一次，这是马拉松运动员在比赛中，惯常使用的“有氧运动”换气法。

“始皇特战小队”成员在走下坡路时，都在利用脚掌和腿部肌肉施力，减少骨骼和关节，尤其是膝关节的负担，这样他们纵然比新兵多背了超过十公斤负重，他们的身体持久负荷程度甚至比新兵还低。

除此之外，老兵们在行军时，他们的队形也和特种训练教材上的标准队形有着丝丝缕缕的细微差异，虽然不知道这些差异的内在原因是什么，但是可以肯定，这绝不是老兵们训练不过关留下的缺点。

但是最让新兵们震撼的，还是“始皇”的队长燕破岳！

燕破岳的右脚跨出，在即将落到地面上时，却诡异地突然向前滑了二十厘米，从小步变成了大步，这个过程莫名其妙得没有半点征兆，在右脚踏落到实地后，燕破岳猛地举起了右拳，“始皇特战小队”成员立刻进入静止状态。

燕破岳转身，打量着他刚刚跨过的位置，仔细打量了几眼。燕破岳拔出了身上的格斗军刀，以斜四十五度角向刚才他本应该一脚踏上去的位置轻探。格斗军刀仅仅刺入地面几厘米，就碰到了什么坚硬的东西，停顿住了。

随着燕破岳拂开地面泥土，很快一枚反步兵地雷的轮廓就出现在面前，看到这一幕，裴踏燕不由得轻轻倒吸了一口凉气。如果燕破岳刚才真的一脚踏到这枚反步兵地雷上，他当场阵亡不说，爆炸形成的声响更会让他们这场营救行动直接完蛋。

燕破岳将一面代表危险的小红旗插在地上，又将泥土拨了回去。

又走了大概半个小时，燕破岳突然又停住了脚步。他眯起眼睛，仔细打量面前那片一米多高的杂草丛，旋即他将一面红旗插到了杂草丛旁，带着队伍远远地绕开。在这个过程中，裴踏燕瞪大了眼睛仔细观察，也没有看出任何问题。在燕破岳绕路而行时，虽然裴踏燕毫不犹豫地跟在身后，却对身边的人使了一个眼色。那名在“踏燕特战小队”担任副班长的新兵点点头，留在了那片草丛旁。

五分钟后，副班长匆匆追了上来，副班长悄悄望了一眼走在队伍最前方的燕破岳，脸色诡异，低声道：“草丛里埋着五枚拼成‘A’字形的跳雷，而且在草丛中布置了网状踏发装置，只要踏进那片草丛，就必死无疑。”

深深吸了一口气，副班长继续道：“布置那片雷区的人绝对是高手，他利用地形和草丛掩护对踏发网进行伪装，我用了整整两分钟才找到它们。”

副班长明明知道眼前的草丛有问题，睁大了眼睛仔细寻找两分钟，才终于找到隐藏在草根部位的踏发网。他真的无法理解，带队在最前方行走，几乎没有停顿的燕破岳，是怎么看出草丛中隐藏的杀机的？

裴踏燕跟在燕破岳身后，沉默地走了很久，才低声道：“熟练罢了。”

副班长莫名其妙地瞪大了眼睛。

裴踏燕在做贼时，不止一次听贼头用尊敬而羡慕的语气说过，在民国时期，盗匪横行，出现过一些传奇人物。这些人大都身怀绝技，比如有人只要看旅人走在路上脚步带起的尘土，就可以估量出对方身上带了多少块银圆，误差压到了百分之一；又比如，有人传下绝活儿，只要看脚印，就能判断出对方的性别、年龄、身高、体重，误差同样压到了百分之一。就是因为练出这种火眼金睛，民国时的盗匪才会多了几分传奇色彩，甚至涌现出一批“大侠”级角色。

裴踏燕一开始对此根本不以为然，但是当他成为裴嫣嫣的干儿子，接触到更广阔的天空，眼界也随之开拓后，他终于明白过来，世界这么大，总有一些人能做到常人所做不到的事。而形成这种奇迹的本质，就是熟练，适当的天分加极限的熟练带来的质变！借用中国古代“卖油翁”说的话，不过是“手熟尔”。

最简单的例子，就是孩子听到门外传来开门的声响，只需要听到钥匙碰撞声，他们就能分清楚回来的究竟是爸爸还是妈妈！如果有人突然从背后蒙住了你的眼睛，对方一点儿声音也没有发出来，你仅凭对方的体温和呼吸声，就能知道蒙住眼睛的人是你最亲近的情人。

这就是极限熟悉，克服人的感官形成的直觉反应！

想明白这一切，裴踏燕看向燕破岳的眼神微微变了。走在他前方的这个男人，难道真的是对山地丛林战，拥有了极限熟练，才终于培养出了这种近乎奇迹的敏锐直觉？

第四十四章 - **抢镜**

经过三个半小时的急行军，燕破岳他们终于在凌晨四点钟，赶到了那座隐藏在密林深处的军营。

也许是因为担心遭到中国空军打击，一到夜间就会进行灯火管制，也许是因为在这里无法外接电缆，只能用柴油发电，所以要节省再节省，整个小型军营都沉浸在黑暗当中，只有巡逻队经过时，他们队长手中的手电筒四处照射带起的那一点点微光。

燕破岳举起手中的夜间微光望远镜，小心观察着面前的军营，这座军营通体都是用木料建成。木制的栅栏加上蛇形铁丝网，组成了军营的外围屏障，在这片丛林中，划出一片长二百米、宽一百二十米的广阔空间。四座大约有五米高的戒哨塔，建立在军营四个角落，四盏大功率探照灯，加四挺高射机枪，静静潜伏在黑暗当中，但是只要稍有风吹草动，这些武器就可以将整个军营覆盖，让任何入侵者无所遁形。

在军营正中央位置，紫雷所说的那门萨姆-9地对空导弹，上面披了一层绿色篷布，就是它，代表着武装叛军拥有了有限度防空力量，让燕破岳他们能够得到的空中支援力量连打几个折扣。

军营中的房舍同样是用原木和竹子制成的，大约两个连的武装叛军，以及数量不详的“国际恐怖分子”就驻扎在这里。根据紫雷提供的情报，在军营右侧位置，那排用原木制成的沉重木排，就是军营中用来关押人质的地窖大门。地窖深度应该超过了两米，站在里面的人，就算是想齐心协力把木排搬开，也没有施加力量的地方。

“李斯。”

听到燕破岳的声音，萧云杰弯着腰跑过来，燕破岳低声道：“你带人去把他们的‘眼睛’摸掉！”

裴踏燕原本以为燕破岳的命令，是让萧云杰带人将戒哨塔上的哨兵干掉，可是他很快就发现，萧云杰竟然带着一名“始皇特战小队”老兵脱离阵营，摸向了他们左翼丛林，很快他们的身影就消失在黑暗的阴影当中。

大约过了半个小时，萧云杰和那个老兵去而复返，在萧云杰的手中多了一部步话机和一个俄罗斯出产的夜间微光望远镜。

裴踏燕虽然已经心中有所预计，看到这两件物品，仍然忍不住在心中暗叹了一声。作为指挥官，他有想到敌方可能在军营中布置了暗哨，可是他怎么也没有想到，这个暗哨竟然布置到了远离军营超过两公里的山峰上。这名暗哨居高临下纵观全局，如果没有拔掉他，就对军营展开攻击，最终的结果可想而知。

燕破岳回首看了裴踏燕一眼，露出一个若有若无的微笑，还比画出一个胜利意味的“V”字形手势，如果别人看到这一段录像，一定会以为这是燕破岳在向战友表达必胜的信心，用来鼓舞士气，但是自尊心比任何人都强烈的裴踏燕却清楚地明白，这是燕破岳对他的挑衅和示威！

黑暗的环境，时不时掠过军营的山风，形成了最好的掩护，“始皇特战小队”给驻守在外围负责支援接应的“踏燕特战小队”，上了一堂可以列入训练教材的特种部队渗透刺杀课。

每一个戒哨塔上都有两名哨兵，一旦在夜间爆发激战，他们其中一个负责操作重机枪，另一个负责操作探照灯，只有同时将两名哨兵一起清除，才能保证他们不发出一点儿声响。

“始皇特战小队”中只有一名狙击手，但是在他们当中，还有一名使用军用十字狙击弩的士兵，先用狙击弩在一百米距离展开攻击，可以直接射杀大象的纯钢十字弩箭，箭身上还涂有氰化物，只要刺中目标，就会在瞬间致命；在三百米外，一直通过狙击镜死死锁定目标的狙击手，看到弩箭命中目标，他一直扣在扳机上的手指立刻下压，加装了消声器的狙击步枪发出了轻微的声响，将第二名哨兵一枪击毙。

在戒哨塔之下，几名已经渗透进入的老兵，瞪大了眼睛紧张地盯着戒哨塔，一旦有尸体摔落，他们就要扑上去，几个人一起徒手接住尸体。当他们听到戒哨塔上传来重物坠地的声音，却没有尸体掉下来，他们不由得相视一笑……这可是演习，就算是上面的哨兵再敬业，也不会真的任由自己从五米多高的戒哨塔上摔下来吧？

一名“始皇”老兵爬上戒哨塔，看到胸部挨了一箭的哨兵身体几乎蜷缩成了虾米形状，短短半分钟时间，汗水就浸透了对方的衣衫，老兵安慰地在对方身上拍了拍，又赞许地竖起了一根大拇指。

在一百米范围内射出来的弩箭，就算是没有箭尖，这撞在身上也真是够疼的，搞不好连肋骨都断撞了一根。这名哨兵挨了这样的攻击后，还能硬撑着一声不吭，完美地扮演了一具死尸，凭这份敬业精神，就得让“始皇”老兵肃然起敬。

旋即，老兵就微微一怔，借着头顶的月光，他清楚地看到这名疼得全身汗如雨下的哨兵，有着亚洲人所不具备的轮廓分明。

为了让这场演习更具对抗性，他们进攻的这座恐怖分子军营，里面的武装叛军并不是由中国军队扮演，而是直接把某个参演国的军队拉了进来。敌我双方都是精锐部队，都是王牌，一旦爆发激战，不管是特种部队还是“恐怖分子”，谁也不甘于失败，这注定是一场激烈到几乎真实的精锐部队对决！

通过望远镜，可以看到已经解决掉两个戒哨塔，并将其占据的“始皇特战小队”在燕破岳的带领下，摸向关押着人质的地窖。萧云杰却带着一名老兵，摸到了萨姆-9防空导弹发射台旁边。

一名“踏燕特战小队”的新兵忍不住问道：“队长，他们要干什么？”

“还有一个半小时，天就会放亮，军营中的武装叛军就会发现人质被劫走，倾巢而出对我们展开追击。”

裴踏燕仔细观察着“始皇特战小队”在敌方军营中，高速有效却不发一丝声音，犹如在上演一幕无声电影的营救行动，轻声道：“反正注定会在一个半小时后暴露，白起索性反客为主，让李斯安置定时炸弹，在一个半小时后，将那台萨姆-9防空飞弹炸掉。在敌军防空导弹被炸毁的同时，在空中就位的战斗机就会用航空火箭弹，对整个军营实施覆盖式轰炸，将军营中的武装叛军连带那支‘国际恐怖分子’精英部队一举全歼。”

远在千里之外的夜鹰突击队指挥部，通过扬声器可以清楚地听到裴踏燕的声音，余耀臣走到刚刚垒起不久的作战沙盘前，仔细观察了片刻，低声道：“好小子，够狠，够狡猾，我喜欢。”

孙宁点头：“他现在已经有那么一点儿秦之名将‘白起’的影子了。”

指挥部里参谋长微笑不语，其他作战参谋都露出不解的表情，在他们看来燕破岳炸毁恐怖分子叛军防空导弹，协助空军对敌军军营实施高精度打击，这只是特种部队惯用的战术，可是余耀臣和孙宁这两位从夜鹰突击队参谋部走出去的前辈，为什么却对这看似平常的举动赞不绝口？

“你们两个都是前辈，燕破岳刚才不是已经说过了吗，照顾新兵，让新兵尽快成长起来，从菜鸟变成老兵，可是我军的光荣传统。”

参谋长微笑着道：“给这些后辈讲一讲其中的道理吧。”

余耀臣和孙宁彼此做了一个“请”的手势，最后还是余耀臣当仁不让地拿起了一根指挥鞭，在作战沙盘上，画出了一个大大的弧线：“据我判断，营救出人质后，燕破岳带领的‘始皇’会在丛林中绕出一个大圈，在这一路上，他们会倾尽全力，给予武装叛军重创，将武装叛军彻底激怒，对他们群起而攻之。到了时机成熟时，燕破岳会带领‘始皇’从这里突然折返，运用‘始皇’远超武装叛军的行军速度，从敌军包围网缝隙中强行穿插，再返回原点！”

余耀臣手中的指挥鞭，在丛林中画出一个大大的弧线，又拉出一条直线后，最终又落到了现在燕破岳他们正在营救人质的那座小型军营上。

在场的作战参谋们更加不解了，燕破岳他们可是在敌占区作战，在将叛军彻底激怒后，说不定会有上千敌军对他们紧追不舍，在这种情况下，他们不想着向外突围，却折返回丛林中心，这样做除了自投罗网之外，又有什么意义？

“演习指挥部对战场的设定是，武装叛军在丛林中布置了数量不详的防空导弹与高射机枪。我军运输机和武装直升机在执行任务时，很可能遭到地面防空火力打击。这样的设定，限制了我们用运输机和武装直升机对地面部队的支援接应。”

孙宁也开口了：“但是战场并非一成不变，燕破岳带队在战场上弧线运动，一方面是在吸引敌人注意，另一方面也是在清理路上可能遇到的叛军重型防空火力，当他停下脚步往回突进，就代表在方圆十公里之内，再也没有重型防空武器，而单兵肩扛式地对空导弹，以最常见的‘毒刺’为例，它的理论极限射程只有五千米，在丛林中使用，实际射程至少会打一个折扣，只要燕破岳能将身后的追兵甩出三千米，那座已经被炸成废墟的军营，对直升机来说，就是整个战场上最安全的降落点！”

在场的作战参谋们终于听懂了，没有了重型防空导弹和高射机枪威胁，背着地对空肩扛式导弹的叛军，被甩到了几公里之外，武装直升机自然可以安全降落，接应“始皇特战小队”连同他们营救出来的人质成功撤退。

余耀臣又补充了一点：“燕破岳可以把人质预先安排到军营附近隐藏起来，他带领的‘始皇’就毫无牵挂地保持最佳状态，如果遭遇绝对优秀武装叛军围堵，无法强行穿插，燕破岳可以带领‘始皇’继续作战，吸引武装叛军。

只要直升机成功将四名人质救走，他们的任务就算是成功。但是以燕破岳的性格来看，不到万不得已，他不会选择这种弃子战术。”

指挥部内几名“后辈”作战参谋面面相觑，这原本是一场考验特种部队在敌占区潜伏渗透能力的营救行动，他们在这边制订的作战计划，一切都围绕着一个“静”字做文章，怎么到了燕破岳手里，就变成了一场必然会打得轰轰烈烈，战斗机、武装直升机、激光制导炸弹、制导火箭弹一起登台的多种兵联合特种作战？

在联合演习指挥中心，刘招弟一语道破了天机：“燕破岳在抢镜！”

秦锋曾经说过，“始皇”和“踏燕”两支特战小队将会在这场联合演习中决出胜负，谁能取得更多成绩，谁就能成为最后的胜利者。

燕破岳从一开始，就利用他在等级方面的绝对优势，在演习战场上保持了高度活跃，将所有人关注焦点都集中到他身上，让自己和“始皇”成为无可争议的主角，同时，他们的竞争对手自然被压制，沦落到打酱油的配角地步。

如果燕破岳能保持这种华丽的高调，按照自己的剧本一路演到尾声，“始皇”与“踏燕”两支特战小队的对决，还没有正式开始，就已经结束了。

第四十五章 - **节外生枝**

八名人质被悄无声息地救出军营，按照演习规定，只要他们能将其中一支科研小组满员带回基地，他们就算是取得了胜利。看起来似乎条件放得蛮宽，但是当他们把八名科研人员带到安全位置，终于可以仔细打量他们时，所有人都在心中对着演习设计者倒竖起一根大拇指。

在国内军事演习时，就算是有营救人质的项目，随便找几个路人甲之类的角色客串就行了，可是他们刚刚救出来的人质……

三个老人，发梢上已经挂上了一层灰白，怎么看他们中间最年轻的一个，也得有五十来岁，他们平时估计也很注重保养，就算是满脸灰尘，都透着一股儒雅风度，但是真让他们去跑越野五千米，估计跑不了一半，就得吃速效救心丸。还有三个是女性工作人员，其中一个瘦得跟排骨似的，在啤酒瓶般厚的树脂黑框眼镜后面，一双眼睛透着鹰一样的锐利，让人不由自主就想到了金庸老爷子笔下那个叫"灭绝师太"的人物；另外两个，则是明显缺乏运动，脸庞已经像吹气一样圆胖起来，目测下来体重已经超过一百三十斤大关。至于剩下的两名工作人员，他们倒是正处中年，算得上年富力壮，但是很可惜，他们身上带着伤痕，有一个头上还裹着厚厚的绷带，大概在飞机被劫持时，他们曾经站出来质问甚至是反抗，随之遭到了恐怖分子重创。

更让人无言问苍天的是，在他们当中，还有一个女性研究员有夜盲症，就是说她白天视力一切正常，到了晚上，就看不清东西，几乎变成了一个瞎子。

八名科研人员分属于两支研究小组，在被营救出来之后，他们自然而然按照原本工作关系，分成了两个小团队。第一支小团队，有两个老人，一个女人，一个伤员；第二支小团队，有一个老人，两个女人，一个伤员。就算是裴踏燕都得承认，演习主办方的分配真是够公平公正，不管挑选哪一支，都绝不省心。

好吧，燕破岳和裴踏燕都承认，国宝级专家，最值钱的不是学历，而是他们用经验与年龄糅合出来的智慧，那么这批人平均年龄超过四十岁，也没有什么不能接受的；谁都有个三病六灾的，八个人当中，有一个患有夜盲症，也不算是什么稀奇。摸进敌军营地，救出一群二十多岁，跑得比兔子还快的专家教授，这才问题大了！

两支特战小队各自派出七八名队员走向身边的树木，特种兵们并没有用开山刀直接去劈砍幼儿手臂粗的树枝，而是用两尺多的绳锯套在树枝上随着他们来回拉动，很快树枝上就被锯出一条细而深的印痕。他们每个人手腕上都戴着一个用伞兵绳编织而成的手环，只要把手环拆开，就会变成将近一点五米长的伞兵绳，把这些伞兵绳绑在两根两米多长、比鸡蛋略粗的树枝上，就会成为一个简易临时担架。

指望那些国宝级专家和他们一起在山地丛林中快速穿行，无异于做梦，还不如直接做出八副担架，由特战队员轮流抬着专家们前进。

燕破岳和裴踏燕走到了一起，由于两名队长的头盔上都有摄像头，所以他们的交流非常亲切而融洽。

燕破岳说："等做好担架，我们就从这里分手，我刚才看过了，第一科研小组成员状态要稍好一些，你就带上他们吧。"

裴踏燕点头，对着燕破岳，或者说对着燕破岳头盔上那只摄像头伸出了右手。

两只同样有力的大手，握在了一起，两名代表了不同时代的特种部队队长，一起低声道："保重，兄弟！"

不知道内情的旁观者，还没有什么特别的感触，知道燕破岳和裴踏燕实际情况的人，心中不由自主地齐齐涌起一阵恶寒。

一名六十多岁的老专家和那位"灭绝师太"一起走过来，打断了两名可以问鼎奥斯卡影帝特种部队队长，正在激情上演的"啊，兄弟再见"戏码。燕破岳和裴踏燕都事先看过资料，这位白发苍苍的老专家是一位中科院院士，也是第一研究小组组长；那位"灭绝师太"也不赖，同样是中科院院士，担任第二科研小组组长。

老专家开口了："你们谁是负责人？"

面对这个问题，刚才还友爱谦让的两名队长，立刻原形毕露。燕破岳和裴踏燕几乎同时回应："我！"

老专家微微皱眉，似乎对一支区区三十二人编制的部队，竟然有两个职权相等的指挥官感到不解，但是这位老专家并没有时间和兴致，去了解面前这批特种部队的内部构架和指挥体系，直接道出了来意："我们不能这样离开。"

燕破岳和裴踏燕眼角齐齐一跳，他们绝不会认为，眼前这两位专家没事找事、吃饱了撑的跑过来拿他们开涮，不管是在战场上，还是在电视剧、电影里，这种突如其来的意外变化，都不会是什么好事。

"我们的工作笔记本被恐怖分子全部收走，在工作笔记本里，有我们这些年积累下来的全套研究资料数据；同时我们还在飞机上托运了一个恒温箱，在里面有我们收集到的病毒原株，以及从幸存者身上提取到的病毒抗体。只有将这两样东西带回去，我们才能在实验室中用最快的速度培养出可以大范围使用的疫苗！"

白发苍苍却依然精神矍铄的老专家，微微提高了声音："它们关系到全人类的安全与未来，人道立场，你们必须回去，将笔记本和恒温箱取回来！"

全场一片肃然，虽然明知道这只是一场演习，可是听着老专家的叙述，看着他严肃而认真的脸，每一个人的心里硬是扬起如山岳般的凝重。

如果这是真的战场，他们真的在执行营救任务，面对老专家的请求，他们究竟是义无反顾地立刻折返回去，抢回工作笔记本和恒温箱，还是坚持执行他们接受的任务，只是将这些专家活着带回去？！

在以前的演习中，营救出来的人质都是闭嘴葫芦，他们命令跑就跑，他们下令停就停，从来不会多说一个字，也不会多做任何一个动作。可是这些给他们带来麻烦的专家，却让他们觉得，这才是在战场上营救人质时，真正可能遇到的有性格、有思想、有追求，也有坚持的"人"！

裴踏燕迅速抬起手腕，看了一眼手表，他们将人质营救出来又转移到这里，前前后后用了半个小时，如果他们再折返回去，寻找这位专家口中的笔记本和恒温箱，先不说军营中的武装叛军可能已经发现有中国特种部队入侵，整个军营中两百多名士兵都进入作战状态，单单说时间，也不允许他们再进行一次折返，大概再过五十分钟，天就要亮了。

燕破岳不假思索地断然拒绝："不行！"

老专家脸色微微一僵，他站在某一个领域的世界巅峰，自信、成就、威望与赞美，让他拥有了远超常人的骄傲，他已经骄傲到了根本不相信眼前军人会拒绝他的要求，或者说命令的程度。面对燕破岳干脆利落丝毫不拖泥带水的拒绝，一时间老专家竟然不知道应该再说些什么。

站在一边的"灭绝师太"开口了，她的声音就和她干瘦的身躯一样干干巴巴，硬得让人一听就觉得难受，还带着一股近乎金属的质感直刺耳膜："你们是哪一分部的？我要和你们的领导通话！"

这句话，似乎有点耳熟。

"我们是中国人民解放军陆军山地特种部队，现在处于战时电子静默状态，想打电话，可以，等出去后随便你打多久！"

"灭绝师太"盯着燕破岳的目光中，透出了刀锋一样的犀利气息，正常人被这样的目光盯着，用不了多久就会觉得全身难受，甚至会进退失据。

只可惜，燕破岳连花生都不怕了，怎么会怕"灭绝师太"的犀利目光？再说了，这位"灭绝师太"既不会九阳神功，也没有倚天剑。

眼看着双方谈判已经有闹僵趋势，老专家语重心长地再次开口了："年轻人，我可以负责任地告诉你，你正在犯错，犯一个大错！那个恒温箱最多只能为疫苗原株提供七十二小时恒温保护，笔记本中的资料更是集结了上百名科研工作者的心血结晶，这些工作成果对人类生理、病理学科来说，都具有划时代意义……"

站在一边的裴踏燕，对着燕破岳抬起手腕，伸出手指在手表上轻轻点了点，提醒燕破岳担架已经快要做好了，如果不能尽快解决这场纷争，燕破岳就会把战场上最宝贵的时间浪费在口水争执上。

在吸引了燕破岳注意后，裴踏燕对着燕破岳流露出一个“爱莫能助”的遗憾笑容。

他和燕破岳一样，在第一时间就判定绝不能接受这些专家的要求，却故意抬起手腕看表，仿佛真的在思考折返回去寻找笔记本和恒温箱的可行性，将一个菜鸟指挥官缺乏实战经验，不能当机立断做出正确判断的弱点展现得淋漓尽致，同时也赢得了那些专家的好感。

燕破岳如果再摆出思考的模样，试图和稀泥，他们最终的结局只能是冒着生命危险返回军营，红脸角色已经被裴踏燕捷足先登，燕破岳只能站到了白脸位置，同时也站到了这些国宝专家的对立面。

如果这不是演习，而是货真价实的人质营救战，就算燕破岳成功把这些专家救回后方，智商极高情商白痴的专家们也绝不会承他的情、记他的好。

但是，这又能怎么样？

战场形势瞬息万变，一秒钟都可能决定一支部队的生死存亡，燕破岳绝不能让时间继续浪费在和这些专家研究员的争论上。燕破岳一挥手，用粗暴的方式打断了老专家劝说：“担架做好后，我们继续前进！”

老专家不由得气结，“灭绝师太”一声不吭地转身走回去，走到那些科研人员身边后，“灭绝师太”一屁股坐在地上，一群科研人员有样学样都坐到地上，摆出了非暴力不合作态度，将科学家特有的单纯、偏执展现得淋漓尽致。

说到在战场上的纵横穿插，裴踏燕还欠缺了经验，但是这种人与人斗其乐无穷的尔虞我诈，站在一边隔山观虎斗的同时，再煽风点火推波助澜，裴踏燕已经登堂入室，称得上是行家里手。

眼看着双方已经进入对峙状态，裴踏燕开口调解：“咱们可以从两支小队中挑选精英，用最快速度急行军，如果条件允许，就将笔记本和恒温箱带回来；实在不行，可以就地掩埋，以后再想办法将它们带回去。总好过连带军营一起被战斗机炸毁，将来后悔都没有办法。”

裴踏燕的这几句话，看似在调和双方矛盾，找出一个折中方法，但是他首先透露出来的信息，就是两名队长的意见并不统一，给了“专家”们乱中取胜的希望；再者，他把燕破岳呼叫战斗机，对整个军营展开轰炸的信息透露出来，让“专家”们一定会抗争到底，绝不妥协。

果然，裴踏燕的几句话一说出口，坐在地上的科研人员脸上的表情都彻底坚定起来，看他们的样子，除非燕破岳他们用枪托将这些专家敲晕，再抬上自制担架，否则的话休想再让他们挪动一步。

给燕破岳带来最大压力的还是那位“灭绝师太”，她霍然抬头，死死盯着燕破岳。在她的脸上，扬起了一抹绝不正常的红潮，在厚厚的眼镜片后面，那双眼睛里更是透出看待杀父仇人般不共戴天的戾气，而在她手中，赫然捏着一枚高爆手雷！

燕破岳霍然转头望向裴踏燕，裴踏燕一脸坦然：“我们要带着这些专家穿越几十公里丛林，随时可能遭遇敌军，她刚才向我讨要防身武器，我就顺手给了她一颗手雷。”

“你不要过来！”“灭绝师太”的声音在一片寂静的丛林中显得分外刺耳高亢，“我知道你们都是冷血暴徒，你给我走远些，你要是再过来，我就跟你们同归于尽！”

“叮！”

金属弹簧崩响的声音，在“灭绝师太”的手中扬起，赫然是她拉开了手雷上的保险栓。

“是我教她怎么用的。”面对这一幕，裴踏燕的眼角也在轻挑，他苦笑道，“我真没有想到，会变成这个样子。”

燕破岳还真相信了裴踏燕的解释，裴踏燕和他再不对付，也绝不会想出这种损人不利己的招数。

问题是演习主办方是用什么方法，让这位“灭绝师太”如此坚决，比真的还像真的？

到了这个时候，裴踏燕也不能置身事外了：“我估计演习主办方，为了让他们可以‘激情’参演，下了血本。就算我们演习失败，和他们也没有半毛钱关系，可是如果他们成功强迫我们折返回去，将笔记本和恒温箱带回来，无论最终结果如何，都会有一大笔额外奖金。就算是为了这笔钱，他们也会抗争到底，这就叫‘屁股决定脑袋’。”

真正的科学家，会为了资料和病毒原株而和燕破岳他们抗争到底；这批演习主办方聘请的演员，为了大笔额外奖金，和他们死磕到底亮出手榴弹，宁可大家一拍两散也决不退缩，虽然大家出发点不同，但对燕破岳来说却是标准的殊途同归。

虽然没有画面，但仅凭传送回来的声音，夜鹰突击队指挥部内的众人，就可以想象到现场的紧张氛围。

余耀臣低声道：“这下有点意思了。”

孙宁点头：“燕破岳带领的‘始皇’，裴踏燕带领的‘踏燕’，外加隐藏在那名女性研究员身后的演习主办方设计者，一场看似简单的人质营救战，本应该齐心合力，中途竟然因为立场不同而演变成了三国鼎立，的确是有点意思。”

余耀臣真的有点哭笑不得了：“燕破岳和裴踏燕原本处于对立立场相互攻讦，在那名研究员亮出手雷后，他们立刻联手，这算不算是《三国演义》中的孙刘联合，共抗曹贼？”

“是有那么点意思。”孙宁伸手扶着下巴，认真思索，“想赢得这场赤壁大战胜利，仅仅是孙刘联合还不够，他们还欠一点点东风。”

听着两名曾经最得力的心腹爱将在这里借古喻今，就连参谋长也有了点兴致：“你直接说，他们还缺一个擅长装神弄鬼的诸葛亮，不就行了。”

就是在这个时候，指挥部已经打开的扬声器里，传来了燕破岳的声音：“李斯。”

紧接着，是萧云杰的声音：“到！”

参谋长、余耀臣还有孙宁，三个人相视一笑，属于智者的自信和骄傲，尽在不言中。

孙刘联合有了，擅长装神弄鬼的诸葛亮也有了，他们现在等着看的，就是如何上演一场现代版的《借东风》。说实话，他们还真不相信，燕破岳他们在演习中，会因为一个“灭绝师太”而折戟沉沙。

被燕破岳当场点将的萧云杰，摊开双手慢慢走了过来，他在距离“灭绝师太”还有七八米远时，主动停下了脚步，就凭这一点，萧云杰就不愧“狼狈为奸”的狈……他恰好站在了“灭绝师太”最后心理警戒线位置。

萧云杰也学着专家研究员的样子坐在地上，他甚至还将双膝盘起，他就算是特种兵，用这种姿势自盘双腿，想要猛地跳起来扑向“灭绝师太”，在手雷爆炸前将她制服，也不是一件容易的事情。

萧云杰柔声问道：“恒温箱里真的放了病毒原株和抗体，只有把它们抢回来，你们才能研究出疫苗？”

“灭绝师太”微微一扬下巴，手里死死捏着那枚手雷：“嗯！”

“那我就不太明白了，这么重要的东西，关系到全人类命运，能够推进人类生理学、病理学发展的任务，难道我们国家真的穷到了没有钱派出专机的程度，只能让你们这些国宝级专家，冒着被恐怖分子劫持的风险去坐民用客机？”萧云杰脸色平静，声音柔和，论态度要比燕破岳好上十倍，仿佛什么都可以商量，不见刀光剑影，没有杀气腾腾，“还有，什么时候民航飞机也拥有运送特种器材甚至是病毒的资格了？如果在空中病毒泄漏，又没有专业防范措施，那整架飞机不就成了一个空中自动播撒机啦？你们究竟是想救人，还是想把整个地球的人类都杀光？我读书少，不懂什么大道理，您可是高学历、高素质的专家，千万别骗我啊！”

“噗！！！”

在临时指挥部，演习进入第二阶段，已经是无事一身轻的俄罗斯大校，正在偷偷抿着军用水壶里的伏特加，听着翻译过来的话，他当场就喷了，浓烈的酒味，随之在指挥室的空气中弥漫开来。

“咯咯咯……”

在场几乎所有人都对俄罗斯大校侧目而视，大校脸上笑容尴尬得一塌糊涂，他却不忘对着秦锋竖起了一根大拇指：“秦，在我印象中，你们中国军人都像机器，服从、勇敢、坚定，但却冷冰冰的，缺乏热情和变通，你究竟对他们用了什么魔法，能让手下的士兵又变成了活生生的人？”

秦锋哂然耸肩，不置可否，微微一笑尽显我泱泱大国礼仪之邦风度。

“灭绝师太”却是彻底瞠目结舌，无言以对。这还真不是她的错，演习准备得再细致，它也是演习，并不是真正的实战，只要发了狠戴上放大镜去鸡蛋里挑骨头，怎么都能挖出点不合理、不正常、不应该的东西。

她纵然接受过专业演技训练，能够将一个“灭绝师太”级角色演绎得淋漓尽致，甚至敢于捏着一枚手雷和燕破岳这种杀人机器对峙，但是，你又要她如何解释在演习中根本不可能避免的设定差异，如何面对萧云杰的软刀子割肉？

燕破岳也学裴踏燕的样子，伸手点了点手腕上的手表表盘，示意萧云杰宜将剩勇追穷寇，莫学霸王沽钓誉，抓紧时间迅速解决战斗。

“就算退一万步讲，这个恒温箱真的存在，你们真的打算用民航飞机把它运回国，其他国家的情报机构也不是吃素的，怎么可能眼睁睁地看着你们带着这样一个没有保险措施，一旦发作起来，比十颗原子弹爆炸还危险的玩意儿，大摇大摆地在空中做跨国飞行？”

萧云杰温和地微笑着，但是在这个时候，他说的每一个字都像是刀子，一下下地剐着“灭绝师太”。

“这么看来，只有两种可能性：第一，你们的确有东西落在了那个集中营。但是它的价值和意义，并没有你说得那么重要，至少不会有病毒原株；第二个可能性，你已经被恐怖分子收买，利用职务便利，营造出这一系列不合常理现状，同样也是因为你，恐怖分子才获得第一手情报，成功劫持了所有科研人员和最重要资料！”

……

“灭绝师太”彻底呆住了。

再继续拿着手雷和营救他们的军人对峙，就是和恐怖分子勾结，就是出卖国家，就是出卖民族，就是站到了整个人类的对立面，萧云杰这个帽子扣得真是够大的。

萧云杰站了起来，一直走到“灭绝师太”面前：“演习主办方对你的要求应该是有理有据、坚持己见，而不是让你无理取闹、当场撒泼，既然你已经无法自圆其说，就应该配合我们的行动，一起活着离开。这是中国特种部队第一次参加多国联合军事演习，对我们来说，这场演习中有责任、有光荣、也有梦想。现在，你已经踩到了我们梦想的翅膀上，能不能请您挪一下脚步，让我们可以继续为梦想而努力？”

“灭绝师太”望向萧云杰，她当然不是什么国宝级专家，她只是一个普通的女人，更确切地说，她是一个曾经结过婚，却用自己的猜忌与专制，逼走了丈夫，逼走了女儿，守活寡般一直活到现在，却依然没有觉得自己做错了什么的老女人。一和别人聊天，就会痛骂曾经的男人不是东西，亲生女儿不是玩意儿，仿佛全天下都对不起她，所以时间一长，只要她出现的地方，都会出现一片真空区域，让她变得更加孤僻也更加偏执。

她可以花十个小时去排队，购买所谓的特价商品，就算是前方人潮人海，她也百折不挠勇往直前；她也可以一走上公共汽车，就气喘心跳、百病缠身，似乎没有人给她让座，她就会在车厢内当场晕倒；在公众场合她就像一个炮仗，动不动就会和路人产生冲突，她斗志高昂，气势万千，咄咄逼人，不止一次把对手的衣服撕烂，把口水吐到对方脸上，甚至就连调解冲突的警察也挨过她的耳光。

她并不在乎买特价商品能省几个钱，她追求的就是人与人斗其乐无穷的感觉；她快六十岁了，但是“难得老来瘦”，她的健康状态还不错，她也根本不需要年轻人给自己让座，但她就是喜欢看到那些工作了一天累得不行，或者一大早还没有睡醒，就挣扎着爬起来去上班的年轻人，主动让开座位；她更喜欢和路人产生冲突，用诸如“你不就是欺负我一个孤寡老婆子”之类的话，以中华民族尊老爱幼的道德为武器不断开火，她就是要让对方明明比她年轻力壮，却不敢稍有动作。去年有一个年轻人脾气火暴推了她一下，她立刻躺到了地上，然后在医院里一住就是半年，直到那个年轻人跪到她面前认错，她才高抬贵手。

她这一辈子，都在和人斗，她和自己曾经的男人斗，和亲生女儿斗，和素不相识的路人斗，也只有在这个时候，她才觉得自己的人生还有存在的价值和意义。

也就是因为这样，演习主办方派出的工作人员出现在她面前，邀请她参加一场跨国军事演习，用她的本色演出，强迫中国特种部队折返回军营，她毫不犹豫地答应了。

特种兵又能怎么样，又不是真正的战争，他们敢动自己一下，她就敢放声大叫“当兵的打人了”，谁怕谁？

至于那颗手雷，更是意外之喜，让她拥有了最后的撒手锏。

她已经做好了所有准备，一定能在这场对峙中取得最后胜利，可是看着萧云杰脸上带着无害的微笑，一步步走了过来，不知道什么时候，她紧捏着手雷的手心已经被汗水给浸透了。

为什么她的心脏，会不听话地狂跳，跳得让她几乎无法喘气？

为什么她的手，在轻轻颤抖，无论她怎么给自己打气，都抖个不停？

为什么她突然间觉得全身发冷，冷得她只想把身体蜷缩起来，再也不要面对这个越走越近，也让她身上越来越冷的年轻军人？

难道……她，已经活了将近六十岁，生活已经乱成一团，似乎再也不会变得更差的她，在害怕？

萧云杰已经走到了“灭绝师太”面前，他的脸上挂着温和而帅气的笑容，对着“灭绝师太”伸出了右手，就连他的语气，都彬彬有礼得无懈可击：“把你手中的东西给我，好吗？”

“灭绝师太”的目光，在不经意中，跳过面前的萧云杰，落到了那群中国特种兵的身上，她的身体再也不受控制地颤抖起来。

她懂了，她终于懂了。能让她都害怕得不能自抑的，并不仅仅是眼前这名笑里藏刀的年轻军人，而是一群中国军人！

就像他说的这样，她踩到了这群中国军人混合了责任、光荣与梦想的翅膀上，或者说，她正在和一群共和国守卫者的信仰为敌！

她也不是没有想过反抗，但是在萧云杰步步逼近时，她无论如何努力，都无法让自己做出哪怕最细小的动作，她无论如何不甘，也不能从嘴里吐出哪怕是一个字。

千夫所视无疾而终，眼前的这批特种兵，只有区区三十个人，但是他们的信念之强烈，又何止于一个普通的“夫”？她并没有做好必死的准备，单凭一个女人长时间孤僻生活造就的偏执，又怎么可能抵挡住这些军人以萧云杰为核心，对她形成的“势”？

萧云杰的双手，同时捂住了“灭绝师太”握着手雷的右手，当保险栓重新插回手雷上面，无论是在场的特种兵，还是通过无线电广播，仔细聆听事件发展的指挥官们，都齐齐吐出一口心有余悸的长气。

如果说在演习第一阶段，设计这场演习的超级智囊为他们准备的撒手锏，是一颗一千吨当量的战术级核武器，那么在演习第二阶段，那位未曾谋面的超级智囊为中国特种部队准备的撒手锏，就是这位“灭绝师太”。

一支优秀特种部队，能够有效执行作战任务只是基础，他们更必须具备处理突发事件的能力，在敌占区和当地土著沟通交流，获得最基本帮助的手段。

八副担架早已经做好，在处理了“灭绝师太”这个隐患之后，“始皇”和“踏燕”两支特战小队终于到了分手的时间。

令人心里恶寒，鸡皮疙瘩能抖落一地的画面再次来临，两名恨不得一脚把对方踹翻，再狠狠补上一脚，让对方永世不得翻身的指挥官，不约而同再次一起伸出右手，紧紧相握在一起。

“保重，再见！”

“保重，一路顺风！”

相互给了对方美好祝福后，两支特战小队在敌占区的山地丛林中，各自走向了不同的方向，在彼此看不到对方也听不到对方的声音后，两名队长不约而同地把右手在身上擦了擦。

第四十六章 - 新时代的音符（上）

爆炸撕破了黑暗中的宁静，大团火焰夹杂着硝烟直冲云霄，紧接着此起彼伏的爆炸声接连响起，整片天与地之间扬起一阵阵惨白，大地都为之一次次颤抖，这是萨姆-9地对空导弹基地被炸毁后引起的弹药殉爆。

爆炸形成的硝烟在空中翻滚，驻守在军营中的武装叛军惊叫着从床上跳起来。他们在黑暗中寻找着自己的武器，胡乱穿着军装，他们还没有来得及从营房中冲出去，两架中国空军从俄罗斯引进的苏-27重型战斗机，就从云层上空俯冲而下，露出了它们那线条优美而杀气腾腾的身形。

在引进苏-27重型战斗机之前，中国空军驾驶的还是二十世纪六十年代研发的第二代战斗机，已经落后世界超过二十年。引进苏-27战斗机，这既是对空中战力缺板的填补，更是积累自身研发经验与能力，制造出属于中国先进战斗机的跳板。

根据内部消息，以苏-27为蓝本，由中国研发完成的新一代战斗机歼-10，在今年已经通过最严格测试，明年就会正式列装部队，这不但标志着中国空军在保持战斗力的同时，摆脱了进口武器束缚，对燕破岳他们这些陆军特种部队来说，更代表着他们将来在战场上，可以获得更精确、更有力、更猛烈的空中力量支援。

中国同时在致力学习并建造的，还有在阿富汗战场上，让美军特种部队不断创造奇迹的GPS定位系统。

迄今为止，中国发射了三枚军用卫星，组成了 “北斗一号”卫星定位系统，虽然这套系统因为军用卫星数量不足，只能覆盖亚太地区，在定位精度和反应时间上也有一些局限，但是“北斗一号”系统的出现，代表着中国已经正式在这个领域迈开了脚步。组建时间比GPS晚了三十年，这既是缺点也是优点。缺点自然是缺乏足够的经验和数据积累，还需要摸索相当长时间，优点就是中国的“北斗系统”采用了比GPS更先进的技术，只要中国持续研发投入，“北斗系统”的作用会慢慢展现，直至超越美国的GPS。

生活在和平环境中的人们可能还无所察觉，但是燕破岳却清楚地感受到，中国的军事力量在看到更高更远的目标后，在这不到两年时间里，正在以一日千里的速度向前突飞猛进。

而在和平时代，军事演习在某种意义上来说，就是在“秀肌肉”，就是在向其他国家展现自己的实力，告诉所有人——我不主动去打别人，但是我有足够的力量保护自己，如果你们有什么不好的想法，最好能三思而后行！

两架苏-27重型战斗机，只对着隐藏在丛林中的小型军营，射出了两枚HK-29型空对地导弹。

两架苏-27重型战斗机并没有装备什么火箭发射巢之类的武器，将“简单就是美”这种战争哲学应用到极限的俄罗斯军工产品，他们恨不得一发导弹就炸沉一艘航母，这使得苏-27重型战斗机携带的空对地或者空对海导弹都是些威力猛！

而这两枚HK-29型导弹，就是标准的俄罗斯军工代表之作。这种导弹全长近四米，弹径四百毫米，翼展一点一米，最大有效射程超过十公里。好吧，不扯这么多有的没的，你只需要知道，这一枚就有六百多公斤重的机载空对地导弹，光弹头就有三百二十公斤，就足够了！

不必惊讶，也不必怀疑，要不然苏-27能被称为重型战斗机，这个“重”字难道只是摆设？

两枚个头儿惊人，威力更加惊人，搞不好真的一颗就能炸沉一艘航母的HK-29导弹，在空中划出两道美丽的轨迹，不断细微调整着自己的前进方向，最终一头砸到了还在硝烟翻滚的军营正中心。

没有震耳欲聋的爆炸。这只是一场演习，一场在中国境内丛林中展开的特种作战演习，就算是主办方再想着用演习展现出战争的残酷与血腥，也不能让中国空军空投两枚填装了实弹的HK-29导弹。

但是当这两枚导弹成功命中目标，这代表着方圆几百米内，所有的武装叛军，不管他们是恐怖分子也好，民兵也好，身经百战的雇佣兵或者游击队队员也罢，总之，他们全死了，连带那座小型军营，一起被炸得干干净净死无全尸。这其中当然也包括了“灭绝师太”提过的笔记本和恒温箱。

透过头顶树梢的缝隙，目送两架战斗机呼啸而去，分处在这片丛林两处的燕破岳和萧云杰都明白，对他们来说真正的战斗，现在才算开始了。

四名专家连带四名留下来保护他们的“始皇特战小队”成员，已经藏到了一个天然形成的岩洞中，在洞口原本就有爬藤类植物长得密密麻麻，又经过燕破岳他们再次伪装，甚至还在四周撒了狼粪，这样就算受过训练的军犬都不会往这里跑，除非那些恐怖分子有透视眼，否则他们就算是从附近经过，也无法发现这里另藏玄机。

燕破岳回首望着放下负担，彻底轻松起来，冲着可以用最佳姿态和敌人交战的十一名老兵，沉声道：“兄弟们，演出时间到了！”

而在丛林中另一侧，裴踏燕的命令却正好相反：“有人想出风头，吸引敌军注意，那我们就做影子，尽量避免作战，以零伤亡为代价，带着人质返回基地！”

后面的演习时间几乎变成了“始皇特战小队”的山地丛林特种作战表演。

燕破岳用熟能生巧到几近华丽的战术，带领全部由身经百战老兵组成，能将他所有战术意图落到实处而且几乎不打一丝折扣的“始皇特战小队”，在他们最擅长的山地丛林中，不断高强度运动。虽然没有现场画面，但是当作战参谋们通过燕破岳他们不断传送回来的无线信号，计算出燕破岳他们所在方位，并以此为基础，在电子作战地图上画出一条不断曲折延伸的行军路线时，在场参演各国的特种部队指挥官们都震惊了。

这批中国山地特种兵，他们背着超过三十公斤的负重，在到处都是敌人和陷阱的山地丛林中，竟然保持了每小时十公里的行军速度，当他们遭遇敌人即将被包抄时，他们爆发出来的冲锋速度，更让指挥官们面面相觑。

就是凭借这近乎野蛮的山地丛林行军速度，也就是游戏中的高敏捷，“始皇特战小队”带着十倍甚至是百倍于己的武装叛军疲于奔命，在不断运动过程中，只要敌人露出破绽，燕破岳就会立刻带领“始皇特战小队”发起突击，在敌人身上撕下血淋淋的一块肉，一击即中一击即走，绝不给敌人将他们包围反戈一击的机会。

这样做的结果是，武装叛军感受到了死亡威胁，一开始气势汹汹的围追堵截变得有些迟缓起来，纵然这种迟缓只是可以忽略不计的一点点，但是对特种部队来说，这一点点就代表燕破岳将战场上代表“胜利”与“生存”的天平硬生生扳向了己方。

燕破岳带领的“始皇特战小队”用了整整五个小时，把这片丛林中所有的武装叛军都调动起来，带着他们疲于奔命，直至把整个战场都带入了属于“始皇”的节奏。一开始武装叛军们气势汹汹，他们一边在嘴里念着他们的神祇，一边握紧手中的武器在丛林中飞跑，可是四个小时后，就算是再强壮、再疯狂的武装叛军，他们的动作都变得迟钝起来，他们每一个人都累得气喘吁吁，就算是隔着很远，都可以听到这群人发出的那一大片犹如猛力扯动风箱的声响。

他们累了，他们和“始皇特战小队”相比，人数占据了绝对优势，但是在这片丛林中，他们无法使用汽车之类的交通工具，只能徒步追在燕破岳他们身后，或者从前方包抄。在这个方面，他们双方又是公平的，他们比拼的就是士兵的体能意志及对山地丛林地形的适应性。

谁能跑得更快、跑得更久，谁就能在这场马拉松式丛林突击战中取得优势。

“秦，我收回一开始对他们的评价。”俄罗斯大校叹气了，“他们根本不是机器，就算是机器，最大马力开动了这么久，水箱也要‘开锅’了。你们究竟用了什么方法，能训练出这样一批‘永动机’？”

不要说是俄罗斯大校，在场所有特种部队指挥官的目光，都落到了秦锋身上。连续五个小时不间断高强度山地丛林作战，行军速度几乎没有任何变化，这代表着那支代号“始皇”的中国山地特种部队，他们的成员体力一直控制在消耗与恢复的平衡点上。

也许在特种部队中，有极少数必须冠以“变态”的人物能够做到这一点，但是让整支特战小队都用这种变态频率高速移动作战，那就像俄罗斯大校说的那样，哪怕他们是机器，现在也应该水箱开锅了！

望着电子地图上，燕破岳带领“始皇特战小队”用了五个小时在战场上“打”出来的轨迹，秦锋的心里有些欣慰，有些开怀，这种感觉就像一个望子成龙的父亲，终于目送着孩子走进了北大、清华大学校门，他挺直了身体，沉声道：“合则分之，分而合之；分分合合，虚虚实实，此谓兵法之精要。”

周围的老外特种部队指挥官，一个个听得莫名其妙。站在指挥官旁边的翻译们更是齐齐一脸苦色，显然想要将这一串几近于文言文的中文意思完美翻译出来，并不是一件容易的事情。

刘招弟解释道：“中国解放军陆军部队，在抗日战争期间，不断活跃在敌占区，习惯了在战场上遭遇敌军优势兵力围追堵截。中国军队最擅长的应对战术，就是分散突围。大家都知道，军队一旦分散突围，凝聚力和指挥系统就会崩溃，只能撤到安全区域重新收拢败兵进行休整，否则的话根本无法恢复战斗力。但是中国军队不同，他们突围后会在敌占区迅速重新集结，并恢复战斗力，重新投入战场。一旦敌人再次包抄，他们就会再次分散。引得敌人疲于奔命，却根本无法消灭中国军队有生力量，这也就是中国陆军游击战的精髓。”

中国陆军用了八年时间，从日本侵略者身上学习到了先进步兵操典，千万不要听电视剧里乱说什么日军步兵战术呆板，在真实的战场上，日本陆军绝不仅仅是武器精良那么简单，他们就像是一群狼，分工明确合作默契悍不畏死，在攻坚时尤其擅长使用迂回包抄战术。

从敌人身上学习到了优点，再结合中国人的智慧和对战争的理解，中国人民解放军终于形成了属于自己的独特步兵战术；到了三年解放战争期间，中国陆军的连排级步兵战术，已经超越日本陆军这个“老师”；到了抗美援朝期间，中国志愿军能和掌握了当时最强大机械化部队的美军，打得旗鼓相当，除了人海战术之外，更重要的，就是中国志愿军在十几年的战争中，不断磨砺出来的最优秀步兵战术，让他们学会了在战场上如何像狼一样分分合合，如何在战场上面对绝对强敌生存下来，在敌人意想不到的时候，狠狠扑上去咬掉他们一块血肉！

到了今时今日，外科手术式高精端打击时代已经来临，以第二次世界大战为代表的大机械化战争时代因为人类科技高速发展，已经不可避免地处于淘汰边缘，中国军队在全力追赶西方国家的先进战术思想时，他们自然而然开始将中国军队曾经的光荣与强大，归入淘汰范畴，并不再提倡。

可是在今天，燕破岳却带着“始皇”用中国军队的传统战术，打出了最灿烂的一击，让他无可置疑地成为这个战场上的绝对主角。

就算没有视频，秦锋和刘招弟他们都清楚地知道，燕破岳将身边只剩下十二人的特战小队分成了三个小组，无论什么时候，燕破岳的身边都跟着两支小组，第三支小组则会在战场上就地隐藏休息，等到体力恢复后，他们会和主力部队会合，另一支小组成员则会脱离战斗，如此分分合合周而复始，让他们全队十四个人，总是有三分之一成员可以脱离战斗，让每一名队员都赢得了最宝贵的喘息之机。

敢在到处都是敌人，随时可能身陷重围孤立无援的战场上，让队伍化整为零各自为战，又能保证让队伍重新聚集的特种部队，放眼全世界，大概也就是中国特种部队敢这么做；而在中国特种部队，也就是燕破岳带领的“始皇”能将这种战术用了一次一次又一次！

“兄弟们，时间到了，不要再节约体力，全速突击！”

指挥室的扬声器里，传来了燕破岳已经有些沙哑的声音，作为“始皇”精神与实质双重领袖，在过去五个小时时间里，燕破岳一直带领主力部队在坚持战斗，也只有他亲自带队，“始皇特战小队”才是真正的“始皇”，才敢于在几百名敌军的围追堵截中，连续二十七次奇迹般地跳出了敌人的包围圈，更创造出击毙敌军六十七人，击毁高射机枪、地对空导弹发射台等重型器设施九座，自身无一伤亡的惊人战迹！

“始皇特战小队”不再分散作战，他们在燕破岳的带领下，就像一把刺刀，以两点之间直线最短的姿态，对着理论上已经被炸成废墟的小型军营猛扑过去。

几乎在同时，隐藏在小型军营附近，负责保护四名专家的“始皇特战小队”小组长，对着身边的队员下达了解除通信静默命令。

身上携带有卫星通信设备的队员，成功和“北斗一号卫星系统”取得联络，并向其发送了信号。这个信号通过“北斗卫星系统”转发到地面接收中心，经过计算后，这支“始皇特战小组”的精确坐标又传送到了协同演习的陆航部队。由三架武装直升机和两架武装运输机组成的直升机编队，按照传送回来的坐标，快速向丛林飞去。

方圆十公里内的所有重型防空武器，已经被燕破岳带领“始皇特战小队”

清扫一空，背负着沉重单兵地对空肩扛式导弹的武装叛军，早已经累得犹如死狗……战场上的一切，都在按照燕破岳精心布置的剧本分毫不差地演出着。

燕破岳现在需要做的，就是带领这支已经略显疲态，却依然战意高昂的老兵特种部队，在半个小时内强行穿越五公里丛林，和分离出去的作战小组相会合，一起登上接应他们的运输机，并成功撤离。

只要完成这最后一步，他燕破岳和“始皇”就是从头笑到尾的绝对赢家！

不就是地面精确引导，不就是用卫星通信设备，不就是看看英文地图吗，那些高学历、高素质的学生兵能做到，他燕破岳带领的“始皇”同样能做到，他倒想看看，那些学生兵和裴踏燕凭什么“长江后浪推前浪”！

三架武装直升机、两架武装运输机组成的直升机编队，在空中快速飞行，就在它们掠过丛林上空时，直升机里的警报声突然疯狂响起，这是直升机被火控雷达锁定后发出的最高等级警报！

下方那一片一眼望不到头的茂密丛林影响了飞行员的视线，让他们无法在第一时间判断出敌方雷达的具体方位，就在飞行员拉高直升机，试图摆脱敌方火控雷达锁定时，在丛林深处，十几名扛着FIM-92“毒刺”式单兵地对空导弹的雇佣兵，一起扣动了扳机。

整整十四枚有效射程五千米的“毒刺”飞弹，在丛林不同位置一起飞出来，它们在空中拉出一条条漂亮的尾线，劈头盖脸地对着直升机编队猛撞过去。

在阿富汗战争期间，苏联军队用直升机几乎将阿富汗游击队赶尽杀绝，就是得到了美国支援的“毒刺”式飞弹，阿富汗游击队才终于拥有了对抗苏联武装直升机的能力。据数据显示，阿富汗游击队在战场上，一共射出了340枚“毒刺”地对空导弹，有效命中目标269次，命中率高达百分之七十九，由此可见，这种单兵便携式防空武器在拥有了全攻击能力与A级抗干扰能力后，对武装直升机的威胁有多大。

至于它的缺点，那就是因为轻便耐用，所以战斗威力较小，换句话说，就是炸药填得不够多，就算是打中了武装直升机，也未必就能百分之百一炮把对方干下来，也就是因为这样，在阿富汗战场上，“毒刺”式飞弹的战果是有效命中269次，而不是击毁269架。

在丛林中使用“毒刺”飞弹的敌人，显然清楚地知道手中武器的优点与缺点，所以他们发射的十四枚“毒刺”式飞弹，攻击目标避开了更加灵活机动的武装直升机，全部锁定了那两架武装运输机。

平均每架运输直升机，要面对七枚抗干扰能力极强的“毒刺”式飞弹!

“队长，”已经打破无线电静默，“始皇特战小队”可以随时接到基地传送来的情报，负责携带步话机的士兵放声叫道，“负责接应的‘狼烟’小组遭遇地面单兵防空火力袭击，两架‘雌鹿’运输机被击毁，剩下的三架武装直升机已经被迫返航。”

正在队伍最前方高速奔跑的燕破岳，霍然停下脚步，听到这个情报，他心中的第一个反应就是“不可能”！

方圆十公里内的武装叛军都被他带动起来，乱成了一锅粥，除非是提前预谋，否则的话，武装叛军根本不可能在“狼烟”直升机编队经过的丛林中设伏，更不可能集中了整整十四台“毒刺”式飞弹。

武装叛军他们的装备并不精良，就算是精良又能怎么样，美军一个陆军师才装备了几十挺“毒刺”，十四门“毒刺”式单兵肩扛式地对空飞弹，大概已经是这片区域内敌军装备的总和。

燕破岳还在思索情报泄露的可能性，通信员就接收到了新的情报：“报告，‘伏龙’小组四周突然出现大量敌军，他们身陷重围，并和敌军展开激战！”

就算没有接过耳机，都可以听到耳机中传来的激烈枪声和爆炸声，而最刺耳最响亮的，就是“伏龙”小组组长的嘶声狂吼：“队长，不要过来，我们被超过两百名叛军包围，四名人质在第一时间就被他们用迫击炮炸死，我们已经被围死了，你们就算是过来，也只是一起完蛋！重复，不要过来，不要过来，不要过来！”

所有人的目光都落到了燕破岳的脸上，他们都在期待燕破岳能再次带领他们创造奇迹，但是燕破岳清楚地知道，他们完了。

在敌占区作战，面对绝对优势的敌人还要主动进攻，吸引敌军注意力，再趁机火中取栗，这原本就是在钢丝绳上跳舞，精彩而危险，只要中间有一丝偏差，他们就会撞得头破血流。而隐藏在暗处的敌人，就是在燕破岳以为自己即将取得最后胜利的关键时刻，对燕破岳带领的“始皇”发起了刺杀式攻击，让燕破岳几乎已经触手可得的胜利在瞬间片片破碎。

燕破岳甚至不知道，他们究竟输在了哪里。

“是北斗系统。”在千里之外的刘招弟开口了，她的声音通过步话机送到了燕破岳的耳中，“我国现在使用的‘北斗一号’系统，卫星是在地球同步轨道上运行，也就是说它们距离地球有三万六千公里，而美国的GPS卫星系统，却是在低轨道上运行。”

这些东西，燕破岳听不懂，但是他并没有打断刘招弟，仍然站在那里，静静地聆听着。在这一刻，燕破岳全身都冒着腾腾雾气，从头上渗出的豆粒大小的汗珠，在他的脸上滑落，聚集在下巴部位，像下雨一样不停地滴落。

“这样的距离，可以让有限的卫星覆盖更多区域，但是也因为这样的距离，再加上使用的是‘两维导航系统’，使得‘北斗一号’系统无法像GPS一样单方面接受信息，再通过内部运算，就得出精确三维坐标。”

刘招弟的声音很轻，但是她说的每一句话、每一个字，都在燕破岳的心底炸起了一片片波澜：“我们的‘北斗一号’最大的问题就在于，想要用它测量出具体位置，必须由地面部队主动发送定位信号，再通过卫星转发给地面控制中心，如果对方有足够的设备和优秀技术人员，你们在地面向‘北斗系统’发送信号时，他们就会截到信号，并计算出你们的位置。”

听到这里，燕破岳捏着耳机的手，都不受控制地轻颤起来。

“我知道你心有不甘，这种感觉就像是一个受过最严格训练的狙击手第一次走上战场去射杀敌人，结果开的第一枪，就因为步枪炸膛，而身受重伤一样。我们的‘北斗一号’，也的确有着不可弥补的致命缺陷，但就是因为它有缺陷，才需要我们在演习中去使用，去探索和发现，获得足够多的数据，让科研团队可以有的放矢地去弥补，甚至是将它们整体推翻，重新制定新的‘北斗系统’。”

刘招弟的话透过话筒继续传进燕破岳的耳朵：“我知道你身经百战，自认为比裴踏燕优秀得多，在连续演习中，你也用实际行动证明了这一点。但是你也不要太小看裴踏燕带领的‘踏燕’小队，你知道他们是怎么使用‘北斗一号’系统的吗？”

燕破岳终于开口了，他嘴巴一张开，舌尖上就尝到了自己汗水的咸味，他的声音沙哑而怪异，就连燕破岳自己听到都觉得如此陌生：“他们，怎么做的？”

第四十七章 - **新时代的音符（下）**

“裴踏燕在一开始，就假设这是一场敌方拥有电子对抗能力的局部高科技战争。在你们两支小队分开后，他利用‘北斗一号’系统定位，需要主动发射信号，一旦被敌军截获，就会暴露行踪的弱点，连续将武装叛军引入歧途，以为将他们顺利全歼，从而赢得了宝贵撤退时间。”

燕破岳的声音很怪很怪：“以为将他们全歼？”

“我们一共有四支特种部队来参加演习，你理所当然地认为，只有身为山地特种部队的‘始皇’有资格完成这个任务，就连同样来自夜鹰突击队的‘踏燕’，你都没有放在眼里，只是想要用同台竞技，将他们彻底打倒罢了。”

刘招弟望向电子地图上“踏燕特战小队”在战场上留下的移动轨迹，他们的行军速度和“始皇”相比，真是相形见绌了很多，但是在他们行动的轨迹上，却出现了两个分叉点。每一个分叉点附近，都画出一片红色区域，那代表敌我双方曾经在这片山地丛林中爆发出激战，另外两支来自中国的参演部队，就是在这两片战场上，以身为饵将追杀裴踏燕他们的武装叛军引开。但他们毕竟不是山地特种部队，对山地丛林地形的适应性，远不如燕破岳带领的“始皇”。和裴踏燕的“踏燕”相比，都有一段差距，他们很快就遭到武装叛军优势兵力包抄围截，被迫停下脚步应战，面对十倍于己的敌军，他们最终的结局已经确定，但是他们却有效为裴踏燕争取到了最宝贵时间。

“你们‘始皇’被称为骄兵悍将，这是你们身经百战的证词，但同时也说明，你们太过骄傲，从战斗力上来说，‘始皇’在山地丛林中也的确比武警特勤部队和城市反恐部队强。但是你别忘了，大家都是军人，都有军人的尊严，没有人愿意在这种场合成为观众。在你把他们有意无意地忽视的时候，裴踏燕亲自找到他们的队长，请他们担任‘替身’，每一次裴踏燕通过‘北斗一号’系统向武装叛军发送坐标时，都会有一支‘替身’出现，帮他转移敌人视线，掩护‘踏燕’撤退。”

说到这里，刘招弟的声音渐渐严厉：“这是一场战争进入高精端时代后的多国联合演习，你依然在用以前的战术和思想来参加战斗；而你的对手，却在信息战场上，和敌人进行了多次没有声音、没有硝烟却同样精彩的对抗，他利用‘北斗一号’系统的缺点，引敌人上当；他利用军人的尊严，将两支原本中立的部队拉到了他的身边；他主动向参谋长求援，参谋长请余耀臣和孙宁与他一起组成了最强参谋阵容，为他出谋划策，并动用整个参谋团队，和敌方进行电子对抗；你太过张扬的战斗和战术，更将超过百分之七十的武装叛军吸引到自己身边，让竞争对手在撤退的路上压力大大减轻。面对为了战胜你，可以纵横联合，用尽一切手段的对手，你和带领的部队明明拥有重大缺点，却依然骄狂放纵，自以为一切尽在掌握中，你们不输，谁输？”

燕破岳抬起了头，望着头顶的树梢与天空。

原来，在他们看不到也听不到的战场上，他一向看不起的裴踏燕和那支由学生组成的童子军，已经和敌人进行了不知道多少次没有硝烟却同样会要命的战斗；原来，在不知不觉间，裴踏燕已经纵横联合，将另外两支部队都拉到了身边，让他们心甘情愿地在这场演习中成为替身死士，其实想想看也是，好不容易战胜无数竞争对手，参加了这场多国联合军事演习，又有谁愿意被人踢到一边坐冷板凳?

甚至，就连参谋长都亲自上阵，带着余耀臣和孙宁这两个加在一起，几乎不弱于师父赵志刚的强者，组成了参谋团队，成为裴踏燕身后最强大的情报与战术支撑。

他燕破岳只是带着“始皇”孤军奋战，裴踏燕却在不动声色间，发动了他所能发动的所有力量。

这货，真不愧是做贼的，这表面一手、背地一手的功夫，玩得还真是炉火纯青啊!

“我知道，‘九·一一’事件后，美国特种部队在阿富汗战场上的活跃表现给你留下了深刻印象，让你以为这就是高精端战争的最前沿状态。”

刘招弟作为燕破岳的姐姐，她真的是太了解燕破岳了：“但是你却忘了，美国和阿富汗塔利班，及基地组织恐怖分子之间的战争，本来就是一场标准的‘不对称’战争。美国特种部队可以在阿富汗战场上任意纵横，就是因为他们的空军在阿富汗战场上几乎受不到威胁，阿富汗战场上更没有信息战方面的敌人。可是一旦国与国之间爆发战争，空中打击力量与地面防空力量就会形成对峙，电子屏蔽、虚假情报、信息对抗等新型战术对抗，会成为双方角逐的焦点。如果你不能抱着‘零’的心态去学习、去补充，你怎么保证能在将来可能爆发的战争中，把身边的兄弟活着从战场上带回来？”

原来，这才是那批国际恐怖分子的真正内涵。他们当中喜欢玩自爆的恐怖分子，在演习第一阶段，燕破岳已经见识过；他们的游击队，是擅长使用“毒刺”飞弹攻击直升机的防空高手；而他们的雇佣兵，根本就不是身经百战的退役特种兵，而是一群高学历、高素质、高智商，擅长电子对抗的专家！

燕破岳回头，又看了看身后那群同样汗如雨下，就算是已经陷入必败绝境，依然沉稳如山的老兵兄弟，他们用了十八个月时间补习知识，在这一段痛苦的过程中，有超过一半成员因为无法忍受学习带来的痛苦而选择离开，他们已经做得够多、做得够好了，如果再要求他们去学习更专业的知识，去掌握电子对抗战之类，能够在战场上不断给敌人发送虚假信息，甚至是能用几个人在敌方雷达上显示出一个师甚至一个集团军移动的伪装技能，燕破岳无法说出口，因为扪心自问，就连他自己都不敢保证能做到做好。

至于接收一些高学历，懂得应用这些器材的新兵进入“始皇特战小队”……这不就是一开始刘招弟所期望的吗？可是他们却拒绝了。他们是骄兵悍将，他们本能地排斥连士兵都不算的新兵，他们学历最高无非就是高中毕业，他们又本能地排斥大学本科毕业的高才生，觉得双方根本就不在同一水平。

其实他们都知道，他们已经错过了最好的学习时间，也许他们一辈子都无法在学历和知识方面超越那些新兵蛋子，可是那些新兵蛋子，只要能咬牙通过最严格训练，再假以时日，他们也能变成老兵，也能身经百战经验丰富。

所以在他们张扬的排斥背后，隐藏着的其实是羡慕甚至妒忌。

品尝着失败的滋味，思索着这一年多时间自己总不愿意去思索，更不愿意面对的问题，燕破岳的脸上露出了一个苦涩至极的表情。原来……他真的是落伍了，他愿意承认也好，不想承认也罢，他已经成为长江的前浪，而裴踏燕才是后浪，他真的阻碍了中国特种部队向高精端时代发展的步伐？

背后传来了枪声，一些身影再次出现在他们的视野当中，经过这一阵耽搁，武装叛军的尖兵又追上来了。

燕破岳低声问道：“他们，能完成任务吗？”

燕破岳从来没有像现在这样，希望裴踏燕这个死对头能够成功。他们两个人之间的矛盾，那只是内部矛盾，在他们的身上还肩负着整个中国特种部队的尊严，他燕破岳输了可以，但绝不能让中国特种部队都输了！

刘招弟微微一僵，有些话她心里明白，但是她无法说出口，因为她毕竟是“踏燕特战小队”的队长。

秦锋大踏步走过去，接过了刘招弟手中的话筒，沉声道：“白起，你带领‘始皇’继续战斗，吸引敌人注意，掩护‘踏燕’小队撤退！”

在失去了人质也失去了己方获得胜利的可能后，随着秦锋的命令，“始皇特战小队”成为掩护“踏燕特战小队”顺利撤退，而要拼死作战的第三个“叉点”。

这个命令无情吗？

燕破岳在心里摇头，就算是他站在秦锋的位置上，也会做出相同的选择，战争原本就是无情的，他燕破岳既然穿上军装拿起了枪，就已经有了面对这一天的觉悟。更何况，这只是一场演习，就算他们“全军覆没”，最终也能活着返回军营。

这样做，能继续吸引武装叛军超过百分之七十的力量，“踏燕特战小队”顺利撤退，中国特种部队成功完成人质营救任务的概率，自然会大大增加。

这一切的一切，燕破岳都能想得清清楚楚、明明白白，但是心中这股苦涩的滋味，怎么却越来越浓、越来越重，浓重得燕破岳的眼底都涌起了一股酸涩？

身后的枪声越来越激烈，中间掺杂着火箭炮发射的轰响，萧云杰望着现在还没有对他们下达作战命令的燕破岳，嘶声狂叫：“白起！”

一声疯狂的狂号猛然在战场上扬起，燕破岳霍然回头，瞪着一双充血的眼睛，嘶声狂叫道：“始皇特战小队！”

在丛林中依托各种地形，向武装叛军射击的“始皇特战小队”所有成员齐声喝道：“到！”

在敌占区，面对十倍于己的敌军，燕破岳下达了一个他自从担任“始皇特战小队”副队长后最疯狂、最张扬、最放肆、最不计后果的命令：“杀光他们！让他们知道正在面对的是什么样的部队！让他们永远都不敢忘记我们‘始皇’的威风！”

抛开追杀“踏燕特战小队”的敌军，在这片丛林里，至少还有二百名武装叛军，他们的人数是燕破岳他们的十倍以上，可是燕破岳却要将对方全歼，面对如此疯狂的命令，“始皇特战小队”的老兵们却没有任何迟疑，他们伸直了脖子，齐声嘶吼：“是！”

特种部队再厉害，他们也是肉体凡胎，子弹打到身上一样要完蛋，用特种部队去主动进攻，还要全歼十倍于己的敌军，对于真正懂军事的指挥官来说，就是一个天大的笑话。

可是在指挥室内，来自参演各国的指挥官们却没有一个人脸上露出讥讽的笑容，通过扬声器送出的声音，他们都可以清楚地感受到，这支只剩下区区十二人的中国山地特种部队，在他们的队长“白起”发了疯、发了癫之后，他们整支部队都疯了。一股疯到极限的杀气，混合着身经百战的血腥与放纵，就那么扑面而来，激得每一个人皮肤上的汗毛都猛然倒竖而起。

面对这样一支太过强悍又彻底疯狂起来的部队，又有谁敢说他们做不到？

秦锋、刘招弟、参谋长、余耀臣、孙宁、许阳，以及在战场上的萧云杰，真正能懂燕破岳的人，脸上都露出了一丝就连他们自己也说不清道不明的表情。

他们都明白，燕破岳下达如此疯狂的命令，他就是要带领“始皇”这支因为此失败已经成为夕阳的中国山地特种部队，在这场演习中，在这场中国特种部队向新时代变迁的转折点打出他们最后的余耀，奏响他们最后一个最响亮的音符，直至在每一个旁观者的心里留下永恒的刻痕。

十二个小时后，当丛林中的枪声终于停止，站在满是“尸体”和弹壳的丛林中，燕破岳神情呆滞地四处回望，超过二百名武装叛军倒在了他们的枪口下，而代价就是“始皇特战小队”全军覆没，只剩下了燕破岳这个光杆司令，就连萧云杰也在中途战死。

被燕破岳亲手“击毙”的武装叛军，加上“阿富汗游击队队员”数量，超过了五十人。其中有十八个人，是在萧云杰周围“阵亡”，燕破岳身边再也没有战友的情况下，诡雷、飞镖、魔术、班用轻机枪，加了“羊羊羊888”的烟幕弹、自动榴弹发射器、自动步枪、手枪、格斗军刀……能见光的、不能见光的，他用尽了所有手段，终于单枪匹马将目标全部剪除。

当燕破岳带领的“始皇特战小队”带着满身的疲惫汗水与硝烟气息，重新回到多国演习中心时，来自世界各国的军人静静凝视着他们，不知道是谁带的头，如潮水般的掌声猛地席卷了整个现场。

每一个人都在用力鼓掌，还有一些人对着这支伤痕累累却杀气腾腾的部队放声呐喊，就连那些眼高于顶的特种部队指挥官，也对着这支部队竖起了大拇指，将他们的欣赏与尊敬毫不吝啬地送了出去。

在他们的眼里，中国特种部队赢了，裴踏燕他们没有和武装叛军开上一枪，只是不断地撤退，不断地发送虚假信息，不断利用其他部队掩护来赢得时间，就算这样，他们在撤出战场时，依然付出了三人阵亡的代价……他们踩到了武装叛军在丛林中布置的地雷。

但这又能怎么样呢？这批中国特种兵还是克服重重阻碍，将一支四人编制的科研小组活着带了回来，成功完成了他们的任务。而他们的“始皇特战小队”，更是用魔鬼般的疯狂，在丛林中前前后后击毙了二百多名武装叛军和一支二十二人编制的游击队，燕破岳更是在中途找到了那批“雇佣兵”，将那些电子对抗专家和他们携带的仪器全部摧毁。

能做到这一步，能创造这样的战果，中国特种部队当然成功了。

当燕破岳和裴踏燕这两名副队长站在一起面面相觑时，两个人的脸色都很平静。

燕破岳：“干得不错。”

裴踏燕能在燕破岳不知情的情况下，准备得如此充足，拉到如此多的支援，终于用量变形成了质变，就算是燕破岳都必须承认，在谋定而后动方面，裴踏燕是一个天才，在不显山不露水间，完成战术意图的特种天才。

裴踏燕也收起了目空一切的骄狂，他带领的“踏燕特战小队”是精通电子战信息战，他是擅长战术甚至战略部署，在悄无声息间谋划得当，但是和燕破岳带领的“始皇特战小队”并肩作战后，他却清楚地明白，在战场上像燕破岳这样的指挥官，带领“始皇特战小队”这样的部队，一旦发了狠，全力突击过来，能支撑住他们的进攻，并活下来的部队，真的不多。

至少，裴踏燕带领的“踏燕特战小队”并不在其列。

燕破岳将“以力破局”这四个字应用到了极限，如果不是他们必须保护四名人质，人质死亡就代表了他们失败，想要让他们低下骄傲的头，当真不是一件容易的事情。

裴踏燕望着燕破岳，认真地回了一句：“真是可惜了。”

第四十八章 - **终章**

三天后，燕破岳他们返回了夜鹰突击队。他们回来的时候，每个人手中都有一枚军功章。

没有理会夹道欢迎的战友，也没有去看到处悬挂的红色条幅，燕破岳就那么走回了“始皇特战小队”的独立军营，大踏步走向了竖在军营那座在过去十八个月时间里被一次次敲响的铜钟。

燕破岳抓起了钟锤，对着那座铜钟拼尽全力狠狠敲下去，清脆而洪亮的钟声带着悠悠的颤音，再次传遍了整个夜鹰突击队军营。

冲进军营的人望着手里紧握着钟锤，站在那座铜钟前，全身都在轻颤的燕破岳，所有人都惊呆了。

秦锋分开人群冲了过来，他望着燕破岳，厉声喝道：“燕破岳，你在干什么？”

燕破岳回头，望着秦锋，他脸上露出一个惨然的笑容：“愿赌服输。”

在参加联合军事演习前，秦锋就已经言明，“始皇”和“踏燕”两支教导小队，将会在联合军事演习中，决出胜负。

胜利者就会成为夜鹰突击队真正的教导队，而失败者，自然就应该滚蛋了。

萧云杰走了过去，他从燕破岳手中接过钟锤，抡圆手臂，对着铜钟狠狠砸下去，钟声再次激昂而起。

有了燕破岳和萧云杰的表率，眼看着剩下的“始皇特战小队”老兵们都走了过去，准备轮流敲响铜钟。秦锋瞪圆了眼睛，放声喝道：“燕破岳，你不要太脆弱！”

兵是将的胆，将是兵的魂。秦锋可以清楚地感受到，在燕破岳和萧云杰轮流敲响了铜钟后，“始皇特战小队”这支在任何绝境中都能反戈一击，打出最灿烂攻击，让任何强敌都要为之胆寒的部队，他们遇强则强、百折不挠的“魂”，散了。

秦锋因为焦急和愤怒，嗓音也变得沙哑起来，他能够感受到燕破岳去意已定，“始皇”就是燕破岳心中的圣碑，当他亲手推倒这座圣碑时，他的信仰和坚持也随之崩溃，他要离开的不仅仅是“始皇”，他大概连夜鹰突击队都要离开了。

“始皇特战小队”之所以强大，是因为支撑它的人够强大。就算十支“始皇”没了，秦锋也可以毫不动容，但是，他绝不能眼睁睁地看着燕破岳——夜鹰突击队十年或者二十年以后的未来最高掌门人离开！

没错，秦锋看中了燕破岳。他坚信，将来夜鹰突击队一定会在真正成熟起来的燕破岳手中发扬光大，成为捍卫祖国的最强大力量。

眼睁睁地看着这样的人才心灰意冷想要离开，秦锋又怎么可能不焦急、不愤怒？“你燕破岳难道连一次失败都承受不起，你这样走了，对得起教导员，对得起那些阵亡的兄弟吗？”

“那大队长您告诉我，‘始皇’解散了，我应该去哪里，加入‘踏燕教导小队’吗？”

秦锋猛然怔住了，他同意刘招弟将裴踏燕征召入伍，利用他们之间的矛盾来彼此刺激，让他们越来越强，这当然是正面效果，但是到了今天，这个决定的负面影响终于出现了，而且是在最要命的时候出现了。

燕破岳和裴踏燕之间的矛盾，并不在于他们彼此看对方不顺眼，而是因为他们都爱着同一个女人，有着同一个母亲，而且偏偏他们都和那个妈妈没有血缘关系。他们之间的对抗，他们之间的看不顺眼，很大一部分原因，就在于他们都在渴望获得更多的母爱。

这就是他们之间无可调和的矛盾，有这样的矛盾，他们根本不可能握手言和，更不可能亲密合作。

“我离开家，已经很长时间了，我好多年没有见过我爸爸，我当了这么多年兵，我累了，我想回家了。”

燕破岳摘下了军帽，他对着秦锋深深弯下了腰：“对不起了，队长，请您原谅我的任性，就让我自己选择后面要走的路吧。”

秦锋嘴唇轻颤，面对这个已经心灰意冷，没有足够的时间休息，根本无法重新振作起来的最优秀也是他最看重的部下，他想要出言挽留，他想跳起来用最强硬的命令喝令燕破岳留下，可是，看着一身疲态，再也没有了目空一切的燕破岳，他却什么也说不出来。

真的，眼前这个男人，他已经做得够多、做得够好了，就算他想要离开夜鹰突击队，又有谁能指责他的退出？

四周一片沉默，越来越多听到钟声赶来的人聚集到了一起，他们沉默地看着燕破岳深深鞠了一躬后，转身走向了营房，萧云杰紧跟其后。他们沉默地看着剩下的“始皇特战小队”老兵，轮流拿起了钟锤，敲响了铜钟。

这一天，“始皇特战小队”军营内那口铜钟，被连续敲击了二十多次。

这一天，夜鹰突击队曾经最强大、最值得骄傲、最值得自豪的“始皇教导小队”正式宣布解散。

这一天，燕破岳、萧云杰等十几名老兵，向上级递交了退伍和转业申请。

三个月后，穿着便装的燕破岳，再次推开了医院病房的门。

赵志刚依然静静躺在那里，一动不动，他脸色红润得仿佛在陷入一个长久的甜美的梦中，不愿意醒来。

燕破岳没有带什么水果，他将这些年自己得到的军功章和立功证书，一枚枚、一张张地摆到了赵志刚的枕边，他整整摆了一大片。

“师父，徒弟这么久没来探望你，你有没有生气？

“师父，这是徒弟这些年，获得的军功章，有金的、有银的，也有铜的。

“师父，我没有守住您和郭队长留下的‘始皇’，我……我……我……我……我对不起您……”

说到这里，燕破岳已经泪流满面。只有面对亦师亦友，躺在病床上陷入长久沉睡的赵志刚，燕破岳才能敞开自己的心扉：“我已经尽力了，我已经拼尽了全力，可是，我还是输了，输得彻彻底底，输得干干净净。如果您在这个时候还醒着，是不是会立刻吼着让我滚蛋，将我逐出师门？”

“不对，”燕破岳轻轻摇头，他在泪眼模糊中，望着静静躺在床上的赵志刚，低声道，“如果师父还好好的，你一定会想办法，让我们融入新时代变得更强，师父你都其智若妖了，怎么可能会让人有机会威胁到您亲手创立的‘始皇’？”

赵志刚依然静静躺在病床上一动不动，他已经昏迷了这么久，当然不会跳起来指着燕破岳的鼻子破口大骂，更不可能将燕破岳这个不肖弟子逐出师门了。

“萧云杰也退伍了，他可能会进入地方公安系统做一名刑警，而我……还没有想好，我从高中毕业就来当兵了，这么多年过去，我除了当兵，什么都不会。实在不行的话，我就回老爹那里，在军工厂找份工作，我想军工厂保卫科的工作，我肯定能胜任。

“在来之前，我感觉有好多好多话，想要对师父你说，可是我真坐在这里，才说了几句，就不知道应该说什么了。”

燕破岳伸手抹掉了眼泪，低声道：“也对啊，一个失败者，又有什么好说的，难道我还想从已经陷入沉睡，被宣布成为植物人的师父这里获得什么安慰吗？我也真够尿的。”

燕破岳站了起来，他对着赵志刚举起了右手，想要敬一个军礼，但是这个已经做了无数遍的动作，只做了一半就停顿了，最后他弯下腰，对着赵志刚深深鞠了一躬：“师父，保重，等我稳定下来，我会常来看您的。离开军营后，没有了那么多束缚，时间上倒是宽松了很多。”

再次深深看了一眼赵志刚，燕破岳霍然转身，就在拉开病房的门准备走出去的时候，他的后脑勺部位突然传来一阵疼痛，精神恍惚的燕破岳转身低头，足足看了四五秒钟，他的视线才终于凝聚起来，刚才砸中他脑袋的，赫然是一个……装着军功章的盒子？

不是吧？！

燕破岳整个人都猛地一震，旋即他霍然抬头，当他的视线再次落到赵志刚身上时，他首先看到的，就是一双明亮如暗夜星辰却又盛满愤怒的眼睛！

燕破岳伸手用力揉着眼睛，当他把眼角的泪水全部擦得干干净净后，就连眼珠子都被他揉得发疼起来，他再次向病床上看去，没错，病床上的赵志刚，就那么睁大眼睛愤怒地盯着他，而在赵志刚枕头边摆的那一片军功章和立功证书中间，赫然少了一个装着军功章的盒子。

燕破岳的声音都颤抖起来：“师……父？！”

“我没你这样的徒弟！”

赵志刚瞪大了眼睛："好几年不见，一跑过来就在我身边又是掉金豆子，又是怨女诉苦的，你把我这个师父当成什么了，一个专门被动接收各种负面情绪的垃圾桶？

"还有，萧云杰退伍至少还是去当刑警，以他的本事，混个刑警队长，甚至是公安局长，都不成问题。你要回军工厂，当什么保卫科工作人员，你是不是觉得自己已经是江湖大侠角色，风光过了想要金盆洗手，来个从此归隐田园不问世事？"

赵志刚对着燕破岳一阵破口大骂，看到赵志刚骂得脸色涨红，被骂得狗血淋头的燕破岳立刻冲上去，扶起赵志刚，轻拍着自家师父的后背："师父您慢慢骂，别激动，身体要紧。"

赵志刚翻了翻白眼，他常年躺在病床上，身体早已经不复往日的强健，但就是这样一个不经意的动作，却让燕破岳看到了昔日那个玩世不恭，什么都不放在眼里，却又把什么都看在眼里的师父。

"师父，您什么时候醒过来的？"

"怎么，刚刚掉了半天金豆子，现在终于知道不好意思了？"

赵志刚翻着白眼："都醒了两年了，你这个徒弟现在才知道，是不是太不称职了？你这样的徒弟要来何用，干脆逐出师门算了！"

燕破岳根本不敢反驳："对，对，对，您说得对。"

赵志刚抬起了右手，尝试挥动了一下："醒是醒了，但是最多只能动右手三根手指，别的部位，我再努力都像不属于自己的似的，怎么都挪不了一下，结果被你小子一气，不假思索地就抓起枕头边的盒子砸过去，竟然整条手臂都能动了。"

燕破岳咧起了嘴，小心翼翼地道："看来徒弟我还是有功的，这逐出师门的事，能不能再议？"

赵志刚对燕破岳侧目而视，突然问道："输得服气不？"

燕破岳脸上的笑容僵住了。

赵志刚拉长了声音："怎么，输给师父，你还不服气？"

"呃……"

燕破岳的眼珠子，在瞬间瞪得比鸽子蛋还要大。

"你难道不奇怪，为什么在这两个阶段的演习中，你一开始风光无限，直到最后都自以为胜券在握，却一把输得干干净净？"赵志刚嘴角一挑，"你小子带领的'始皇'，擅长什么，不擅长什么，能做什么，不能做什么，我这个当师父的都知道得清清楚楚，所以在设定演习规则时，我先让你出尽风头，引发你的骄傲，最后再把你引入最不擅长的信息对抗战，你小子得意忘形之下，甚至没有发现陷阱，就那么一头扎了进来。而裴踏燕却是小心谨慎、步步为营，用尽了手段，将身边能利用的力量都利用了，一个是志得意满骄兵必败，另一个是忍辱负重无所不用其极，两相对比，你燕破岳又不是三头六臂诸神上身，再加上有我这个师父在背后为你不断下绊子，又安能不败？"

燕破岳是彻底听呆了，直到这个时候，他才明白为什么他最终会输得这么惨。但是，赵志刚为什么要这么设计他这个弟子和"始皇特战小队"？

"师父你已经醒了两年，那……"

燕破岳欲言又止，赵志刚却回答得相当干脆："没错，刘招弟把裴踏燕招进夜鹰突击队，也是我的建议。"

燕破岳霍然站起，在赵志刚的注视下，又慢慢地坐回到床沿上，顺手抓起一个枕头，让赵志刚用更舒服的姿势靠在了床头。在这个世界上，除了他的父亲和小妈，大概也只剩下师父赵志刚能让他无条件地信任了。燕破岳从心底里相信，赵志刚无论做了什么，都不会害他。

"刘招弟曾经向你们讲过人类战争发展史这一堂课，你有没有想过，为什么在热兵器来临时，那些曾经天下无敌的冷兵器军团不能放下手中的长矛，拿起相对而言更轻巧也更容易使用的步枪？”

燕破岳思索着，没有回答。

“因为他们骄傲地认为，自己就是世界上最强兵种，当一种新的武器出现时，他们本能地会排斥新型武器，无法顺应时代变迁潮流而被淘汰。在我们身边最近的例子，就是清朝八旗兵，他们用骑射赢得了整个天下，他们本能地拒绝火枪，直到西方列强用坚船利炮轰开国门，面对重机枪他们的骑射变得不堪一击时，才放弃了所谓天朝上国的脸面，去学习他们嘴中所说的‘奇淫技巧’，可是到了那个时候，他们已经落后了整个世界至少一百年。”

赵志刚望着若有所思的燕破岳，语重心长地说：“你带领的‘始皇’也面对了相同问题，你们的排斥和拒绝，并没有出乎我的预料。这是任何够强的骄兵悍将所具备的标准心态。如果没有这种绝对自信，动不动就人云亦云，你们就根本无法成为最强。”

燕破岳下意识地点头。说到历史变革什么的，并不是所有的变革都是正确的，大家所公认的正确背后，往往隐藏着数十倍的失败，那些一直走在时代最前沿的弄潮儿，往往最后都会变成四不像。而真正形成战力的，反而是像“始皇”这样一步一个脚印，绝不轻易更改目标的部队。

但是一旦真的开启了新的时代，他们这种一步一个脚印前进的部队，接受新型战术理念和知识的能力，也会比弄潮儿慢得多，所以这既是他们的优点，也是他们的缺点。

“你和‘始皇’的那群兔崽子，性格早已经定型，注定无法跟上时代发展，我在冥思苦想后，最终得出一个结论。”

赵志刚的目光变得深邃起来，他凝视着燕破岳的眼睛，沉声道：“想要让‘始皇’跟上时代，重新成为最强特种部队，你们就必须先‘破而后立’！破掉‘始皇’老子天下第一的骄傲，破掉你们无法容纳新型战术和知识的故步自封，也破掉你们自己形成不允许其他人进入，同时也封住了自己未来的小团体主义。只有重新具备了海纳百川的气度胸怀，吸收更多符合新时代标准的优秀军人，再保留你们身经百战的经验和坚韧，‘始皇’才有重新崛起的那一天！”

连续说了这么多话，重新恢复意识，但是长年卧于病床，早已经健康不在的赵志刚轻喘起来，他努了努嘴角，燕破岳立刻反应过来，伸手打开了床头柜的抽屉，并从里面取出了一份资料。

只看了一眼，燕破岳就呆住了。

这是一份国防大学入学通知书，是由夜鹰突击队大队长秦锋亲自推荐的入学通知书，学员的名字上面，赫然填着“燕破岳”三个字！

赵志刚已经算好了一切，并为他准备好了最后一条路。

“缺什么补什么，去国防大学进修，弥补你自身的缺陷去吧。顺便在学校里好好物色一下，将来新‘始皇教导小队’的班底。还有，告诉你手下那群老兵，这些年不要过得太安逸，免得好不容易等到‘始皇’重组，他们却变成体重超过二百斤的小肥肥了。”

赵志刚挥了挥手，他的脸上露出一丝笑容：“走吧走吧，别烦我了，我们两师徒可以比比看，究竟是谁先爬起来。你已经输给裴踏燕一次，不打算再输第二次了吧。”

燕破岳微笑起来：“这一次我倒是挺希望自己输的。”

赵志刚眼角一挑：“滚蛋，好不容易身体有了突破性变化，我要一鼓作气努力复健，我媳妇跟在一边任劳任怨伺候我这么多年了，我不快点恢复正常，怎么对得起‘男人’这两个字？”

燕破岳离开了，当他走出医院时，他的脸上洋溢着久违的笑容，抬头望着头顶的蓝天，看着身边的车水马龙人来人往，说不出的冲动涌上心头。燕破岳猛地把双手围成了喇叭状，对着头顶的蓝天和身边的同胞，放声狂喊道："我不会再输的，裴踏燕你给我等着，我迟早有一天会重新出现在你面前，让你知道，谁才是真正的强者！"

在距离医院大门不远的地方，一辆不知道在那里停泊了多久的汽车里，一个纵然不再年轻却依然美丽的女人凝望着燕破岳，她的脸上露出了一丝由衷的微笑。看到这一幕，这些年来她四处奔走，为素不相识的赵志刚寻找世界最优秀脑科医生，为陷入沉睡，理论上永远不可能再睁开眼睛的赵志刚，不断尝试各种新的治疗方法，所有的辛苦，所有的付出，真的不枉了。

她扭过了头，对着司机轻声道："走吧。"

司机发动了汽车，还没有来得及向前行驶，一个身影就拦在了汽车正前方。

是燕破岳。

当年在那座小山村，燕破岳至今都不知道她在那场"逼婚"中担任了什么角色。现在一转眼十年时间过去了，燕破岳早已经不是当年那个青涩而莽撞的大男孩儿，他能在一次次最残酷战争中生存下来，早已经培养出了比野兽更敏锐的直觉，只是她的目光落在他的身上的瞬间，他就感受到了她的存在，更确定了她的位置。

隔着汽车的挡风玻璃，燕破岳痴痴地凝视这个没有血缘关系，却比他亲妈更亲的女人，他的嘴角轻抽，想要对着这个女人露出一个笑容，但是几次努力，他却没有笑出来。在这个时候，所有的千言万语，所有的情绪，所有的冲动，都化成了一句话："妈，跟我回家吧，我和爸都想你，想死你了。"

在汽车里，那个女人早已经是泪如雨下，在她的大脑做出反应之前，她已经在用力点头，用力地、大大地点头。

……

五年，“始皇特战小队”解散。整整五年了，昔日朝夕相处的兄弟已经各奔东西，但是他们仅仅因为燕破岳一个电话，就立刻放下手中的事情，不远千里赶来，终于成功跟着燕破岳救回了重伤垂死的萧云杰。

打量着周围这些已经有整整五年未见的生死兄弟，燕破岳突然叹息起来：“看来大家这些年混得都不错啊，尤其是吕不韦，都是千万富翁了。”

“报告队长，”吕小天挺起了胸膛，声音中那股子小嘚瑟、小张扬，怎么都掩饰不住，“就是在上个月，我的个人净资产。已经达到九位数了。”

燕破岳伸出右拳，当他摊开手掌时，掌心上托的五枚鹰形勋章，在瞬间就映亮了在场所有人的双眼。

这是“始皇特战小队”队员才有资格佩戴的勋章！

“我进军校当了三年学员，实习了一年，又进入部队工作了一年，在这个过程中，我看到合适的人就挖，遇到厉害的角色就抢，弄得学校和单位里的人见我有如见鬼，还送我一个外号，美其名曰‘燕铲铲’。顶着这么一个神憎鬼厌的绰号，好不容易东拉西扯拼凑出几十号新兵蛋子，又软磨硬泡地将老师拉回来继续做指导员，却还缺了四个班长和一个副队长。这五个岗位，非身经百战素质过硬的老兵不能担任。”

燕破岳再次重重叹息起来：“可是我心中的合适人选，这些年一个个混得人五人六的，有的在上个月已经是亿万富翁，有的是刑警队长，还有的自己开了个私人健身房，估计也是日进斗金的，看起来这几枚勋章，我得找其他人来戴喽……唉！”

眼前突然一花，话还没有说完，燕破岳手中的五枚勋章就被人劈手抢得干干净净，就连萧云杰也硬是从担架上撑起身体抢了一枚。

燕破岳望着这五个兄弟，声音中透出一丝笑意：“好不容易打拼一片家业，熬出几分资历，舍得放弃？”

所有人都在用力点头。

“不后悔？”

所有人依然在用力点头。

剩下一个问题，燕破岳没有再问，这个问题是：“你们都准备好了吗？”

五年时间过去了，他们中间最差的一个，也拿到了大学专科学历。他们都能说一口流利的英语，拿起一张英文报纸也能读得津津有味，他们更是军事论坛的常客，经常换着马甲在论坛中和一些军事发烧友展开激烈辩论，各种军事类的文献杂志更是堆满了他们的书柜。

在别人的眼里看来，这样做纯粹就是没有任何意义的马后炮，但是他们却每天都在努力吸收自己曾经欠缺的知识，弥补着自己在身为一名特种兵时的短板。他们更保持着相当程度的体能训练，让自己的身体一直处于最佳状态。

他们坚信，迟早有一天，“始皇”还会卷土重来。就算有一天，他们这群已经不再年轻的老兵，还是会放下武器离开军营，至少，他们要以胜利者的身份笑着离开！

在彼此对视中，只可意会不可言传的默契，让所有人不约而同地一齐举起了双手，他们的手腕交叉在一起，两只手掌拼成的形状，就像是一只雄鹰在重新展翅腾飞！